月球往事

THE PAST OF THE MOON

李维北 ——— 著

台海出版社

图书在版编目（CIP）数据

月球往事 / 李维北著. -- 北京 ：台海出版社，
2019.10
ISBN 978-7-5168-2432-0

Ⅰ. ①月… Ⅱ. ①李… Ⅲ. ①短篇小说－小说集－中
国－当代 Ⅳ. ①I247.7

中国版本图书馆CIP数据核字(2019)第203618号

月球往事

YUEQIU WANGSHI

著　　者：李维北	
责任编辑：武　波	装帧设计：璞茜设计
版式设计：梁雅杰	责任印刷：蔡　旭

出版发行：台海出版社

地　　址：北京市东城区景山东街20号　　　邮政编码：100009

电　　话：010-64041652（发行，邮购）

传　　真：010-84045799（总编室）

网　　址：http://www.taimeng.org.cn/thcbs/default.htm

E-mail：thcbs@126.com

经　　销：全国各地新华书店

印　　刷：北京欣睿虹彩印刷有限公司

本书如有破损、缺页、装订错误，请与本社联系调换

开　本：880mm×1230mm	1/32
字　数：217千字	印　张：9
版　次：2019年10月第1版	印　次：2019年10月第1次印刷
书　号：ISBN 978-7-5168-2432-0	
定　价：42.00元	

目 录

目录

地球移民

1

自本机构成立，总有人跑来用各种方式告诉老王"我不是地球人"，老王总会耐心证明对方的错误，但眼前人说的话，他还是第一次听到。

"什么意思？我……我是外星人？"老王哭笑不得。

"也不能这么说，你在地球也定居了这么久，就像多年前在日本出生的日耳曼人一样，也可以称呼为日本人。我的意思是，你勉强算。"对方是个卷发年轻男子，戴眼镜，穿军绿色夹克、白衬衣，背双肩包，衣裤上没有一点皱褶，不像脑子有问题的人。

"这位先生，你到底是什么意思？"老王有点糊涂了。不过来本部门申诉的人向来少有正常的，他看着墙上"非自然研究调查科"的牌子叹了口气。

"非自然研究调查科"的设立算是由一艘船而起，一艘本被多国秘密协议尘封的金属船。它在埃及被发现，未被搬出来前和金字塔的木乃伊们一起躺在棺材里。具体发掘年份是1938年，正是第二次世界大战前夕，被一无名小偷在金字塔的沙子下挖了出来。这张附带年份的老照片公布在网络上后，顿时引起热议。现代照片修改技术太过强悍，大多数人是抱着"哟，不错哦"的戏谑心情。毕竟孤证不立嘛，大家不相信也正常。

然而，同一天晚一个小时之后，连续十八张不同年代的照片纷纷出现，主角依旧是金属船，只不过这次多了配角，都是大名鼎鼎的各国科研人物。这些科研者守在金属船旁，或站或坐，探查沉思。

这一招"降龙十八掌"打得当局元首们猝不及防，而后又有几位退休的暴脾气老人出来证实，一时间"木乃伊之舟"闹得沸沸扬扬。

信息是一把双刃剑，假如利用得体，能够一剑刺中对方膝盖；但如果不小心掉在地上，那就砸了脚趾。

当政者确实有着符合地位的魄力，当即用官方媒体，将整个事件对民众公布。当然里头说了很多不得已隐瞒的苦衷，言之凿凿，一切都是为了全人类的和平。这次事件给民间科学爱好者带来极大刺激，纷纷将多年研究心血与假象抛出，再次让"星辰大海"成为热门话题。

而本国人数众多，好奇心数量也是世界之最，大老板将某机构改组成立了"非自然研究调查科"，以此让民众能够有个与官方交流的平台。按照老王的说法，其实就是给他们一个发泄电话筒，让那些话痨爱说什么说什么。

不过眼前的卷发不像以前倾诉者那样，仿佛恨不得将心脏起搏器都掏给你看。他说得挺慢，每个字都经过了斟酌。但说出来的话却是……

"严格来说没错，你的确算不上地球人。"他严肃道。

老王放下茶杯，他脑门子疼。

"这位先生贵姓？"

"免贵，叫我陈乐就可以了。"卷发拉了拉双肩包，腼腆地笑笑。

"小陈啊，你看，我有五根手指，你也有；你有四肢，我也有；你有眼镜，我也有。要说我们真有什么区别，也就我这肚子比你大，头发少了点对吧？"老王摸了摸肚腩，将顶上为数不多的头发捋向左边。

"不，不是这样的。首先，那么多物种只有人类进化出了智慧难道不奇怪吗？而且短短的万年间从生火发展到探索星空，而比人类历史长得多的其余物种，如蟑螂、老鼠基本没有变化。万物发展既有规则，如果人类灵智的诞生是一次随机变异，那后来呢，几何学、艺术、文艺复兴、工业革命、信息时代、小概率事件也未免太密集了一点。"

这时候突然传来嘀嘀嘀的警报声，老王下意识地看向天花板，那里的火警装置一切如常。他松了口气。

对面卷发青年脸带歉意地说："是我的闹钟，上课时间到了，要迟到了，今天耽误您了，下次继续拜访。"

他鞠了一躬，然后拉了拉背包，朝外跑去。

老王含笑，心想你小子的算盘老人家我一清二楚。

2

"非自然研究调查科"前身属于处级科，老王年龄到了，从重要部门退下来后做了这份闲差事。之前职能更倾向于文史类，与资料做伴，人少。自改组成立"非自然研究调查科"后，事情也并不多，偶尔有一两个电话来询问、请求帮助调查，大多是天然气泄露自燃、老鼠虫子撕咬房子之类。不过下半年开始，有一项叫"普通人太空之旅"的计划被提上日程，事情有所变化。

除去正规宇航员外，这次大型太空漫游还会纳入三位普通民众。本议题采取全民投票形式，毕竟要使用纳税人的钱进行额外支出，没想到网络与报纸投票均超过 80%。就这样，"木乃伊之舟"事件暂时偃旗息鼓了，所有人都投入轰轰烈烈的星空遨游计划中。

"非自然研究调查科"对五个名额中的一个有主要推荐权，以此来鼓励民间科学研究者多年以来的默默付出。大领导直接说："这个名额就是你们选，选出来，就上。"这事大领导是特地在大会上说的，从老王多年经验来看，这次是认真的了。

就这样，"非自然研究调查科"这样一个在十楼的二十平方米的小科室，每天都要接待一些自称不远万里来寻找探寻星空机会的人。老王这人有一点好，做事仔细，将每个来申请的人都做了纸质和电子两份报表，不管能不能选上，他能做的都做了。

不过关于陈乐的申请，他有些拿不准。

"你要写申请吧。"老王嘿嘿道。

"是，麻烦了。"卷发陈乐依旧背着他的双肩包，一笔一画地在申报表上写着：陈乐，燕园大学历史系硕士生，二十三岁……

老王到底是老人精儿，转眼就明白了年轻人的打算。人家这是求一个脱颖而出的机会，古代人常用这招，什么"你知道你快死了吗""吾笑汝看不清形势""道友且慢"都是玩这一手。学历史的就是道道儿多。不过老王也没有心生恶意，他也是年轻过来的，知道对于很多人来说开头最难，缺的就是一个机会。

陈乐写到个人研究项目时停了停，老王顿时感兴趣起来——看这小子这下怎么瞎掰。

经过一番思考，陈乐写道：从历史学角度审视如今人类起源与各阶段文明发展高度统一之现状。

真够长的，不知道是不是做学术的人都喜欢弄个让人觉得厉害的长标题。光是题目就看得老王牙花子都疼了起来，别说想了。不能想，不能想。

细细填完，陈乐长出一口气，放下笔却没有立即离去。他看着老王，有些欲言又止，老王这下不接招了，爱说就说，不说我也没时间理你。终究是倾诉欲望占了上风，陈乐先是左右一看，然后将门关上，神神秘秘地问："这里不会录音吧？"

老王摆摆手，这小部门又不是机密机构。

"其实这些发现我还没对其他人讲过，但上次看王科长您似乎很有见地。"陈乐在椅子上扭了扭，双手互搓，"不会浪费您的时间吧？"

老王说不会，就让这孩子一次说个痛快吧，看着怪可怜的。

陈乐继续搓手，开始讲述自己的一些发现："从宏观上讲，将人类历史先划分为古典时代、中古时代、近（现）代。我个人是认可将自人类城镇建立到 AD476 年西罗马灭亡为古典时期，再到 AD1453 年东罗马灭亡为中古时代，后到 1870 年工业革命为世界近代，最后持续到现在是现代。

"AD 您知道吧，拉丁文 Anno Domini 的缩写，意为'主的生年'，即当时的认识世界主体系为神学——虽然现在并不认为耶稣的诞生时期是正确的。欧洲文明最早是希腊智慧、神学、日耳曼野蛮人的混合体，因为利益与当时客观环境维持一个平衡。但认识世界的方法论，也就是神学，以神学解释万物，恪守自身，处理争端。当时神学比现代的科学范围更大，是当代人弄出来解释疑惑和发展的体系，虽然很多错误，现在也一样。按照唯物论说法，人类从未有发明，拥有的只是发现、利用。千年后，我们觉得神学是错误的、漏洞百出的，但以如今维度回顾科学体系的初期，不同样如此吗？

"科学也好，神学也好，都是一种人为构建定义的体系。从古典到中古时代，教廷不停在重新解释《圣经》，里面融入了部分逻辑学、哲学，这些算来都是从希腊人那里学来的。如今每一年科学架构都在微调，抛弃以前错误的，加入最新证实的发现，从体系发展来说，两者极为相似。神学之所以从主体上下来是因为最后的基础架构也被证明是错误的，无法解释具体发生的现象，而教廷不能承认也不能否定，唯一的办法就是从主导位置上退下来。"

老王常年混迹史料中，对陈乐所说很快就理清脉络，点头问："两者的确有相似处，和你所说人类起源又有什么联系？"

"当然有。"陈乐手指不停在桌面上轻轻敲打，似乎以此缓解心中激动。

"曾经有说法，使用火与工具是人类与其他物种的最大区别。但现在证实，北美黑猩猩曾用火炙烤乌龟，获得食物；红毛猩猩也曾用树枝挥舞驱赶狐狸。这不算利用火和工具吗？当然要算。那么猩猩和人类几乎是同一个时代过来的，为什么人类进化如此之快，而猩猩变化甚微？

"这就要说到人类进化起源上。主流是这么解释的：上万年的远古猿人有一个漫长的智慧积累过程，进化是水到渠成的质变。但王科长您想想，人类开启神智之后，各方面都是爆发性的增长。规模由群落扩到村镇，领导制度从最初变为头领、祭祀、长老模式，对食物和药物的繁多使用方法，对生育权的放开，有计划猎杀圈养其他物种……这里每一个都是跨越性的突破。但在当时各个大陆板块，好像大家都不约而同地找到了正确的进化之路，如埃及法老模式与建筑学、地中海古典数学、亚洲诸子百家、北美祭祀与历法，也就是说不同流域文明通过独有方式在各方向都有所建树。

"然后通过漫长时间的沿海、陆地通商，各大陆文明智慧互相印证，恰好组合成一个巨大、在当时极为完美的科学模型。王科长，您说，这像不像拼图？每个文明都是拼图的一部分，组合在一起越完整，散发的力量就越强大。"

陈乐从背包里摸出个保温杯，喝了一大口，眉飞色舞道："人类发展如此天翻地覆，但其他物种几乎没有变化。这是为什么？它们也有智慧，懂得借用群类，趋利避害，但为什么万千种族，就再没有一个有人类的运气？人类一直鸿运当头，希腊时代就能够利用几何学、哲学，对天体提出设想，经历战争后的宗教改革，欧洲各路统治者出现。启蒙运动、文艺复兴、法国大革命、工业革命，每一个都可以说是难以置信的壮举。冥冥中似乎有一只手牵引人类，总能将人类引导到最符合时代的路线上。

"再说说现在，按照古典志怪小说而言，人人千里传讯、上天入地、移山倒海，无所不能。这几百年的发展加速到简直不可思议的程度。而其他动物们呢，依旧停步原地，不只如此，好多还被人类圈养起来，失去了危险胁迫更没有了进化空间。"

老王听得入神，手指被燃着的烟烧了一下，连忙掐熄。

"我大胆推测，人类是外来物种。本地猿人应该停留在利用火的阶段，而外来人类让整个过程完全加速，待猿人进化到一定程度，外来人由于族群太小不得不与当地人通婚，然后默默引导新人类族群。这里要说到埃及。埃及金字塔这个名字是康有为的翻译名字，取名根据汉字象形，希腊人称它为Pyramis，Pyramis是希腊曾经的一种糕点，而在埃及第三王朝铭文上曾记叙——'为他建立起上天的天梯，以便他可以以此回到天上'。

"如今的解释是埃及人信奉法老死后会变成神，灵魂会上天，所以兴建金字塔作为尸身的永久归宿。我却认为，他，并不是指的法老的灵魂，而是另有他物。按照现在的信息收集，我有理由推测，正是曾经掩埋在木乃伊棺材之内的'埃及之舟'。"

老王暗暗为这位大学生心惊，能够将不同的东西联系在一起，光从这一点来看已经是非常难得。最关键的是，将整件事说得仿佛真的一般，令人信服。

"所以，古人类是通过'埃及之舟'移民，或者是逃难到地球来的，如此一来，整个文明发展史就可以串联起来！"年轻人猛地站起，动情道。

就在这时，又是熟悉的嘀嘀嘀声。年轻人立马惊慌地将保温杯收好，极有礼貌地朝老王鞠躬道别。

"又要上课了吗？"老王问。

"是的，又得跑步过去了。"年轻人答完朝外面跑去。

跑得可真快。老王笑道，细细回忆着年轻人的话，觉得很有趣。

3

临近上交推荐人选时期，来往跑动的人就多了起来。别看只是一个遨游太空的名额，却是很多人一辈子的梦想。老王恪守个人原则，一概不收贵重东西，但光是来询问的人就让他有些受不了，甚至想出去避一避。

中途陈乐又来过几次，老王和他聊得挺欢乐，对于年轻人的博学又高看几分。别说，陈乐还特别注重搜集一些遗落信息。老王对他提出的"古人类移民"挺有兴趣，而且看得出他在认真钻研这个课题。但对于老王而言，也仅仅有趣而已。他没有将这个说法看作一个严谨的科学设想，而是认为这更像某种野史推理。

老王问过关于想上天的原因。陈乐说，他需要的是太空的环境。自人类解决了温饱，眼光就从没从天上下来过，对于天外天比深海、地底渴望多得多。永远向往星辰大海，这也是支持人类来自天外的假设。

人类的每一次崛起和精进都是由一次灵光引起，引发了长期智慧积累的爆发效应。所以陈乐说，他上天是希望能够在那个巨大宇的环境里给自己灵感，能够否定或者进一步论证他眼下的课题。老王觉得挺好，比起其他申请者公式式的"感受天外浩瀚""领悟国家航天技术的先进""儿时梦想"要诚恳得多，也务实得多。老王就是个务实的人，他觉得眼前的小子很对胃口。所以，他决定照顾一下，将他作为首个推荐名额，将"年轻、名校有为、有进取心、大胆实践、小心求证"这些元素通过他的一支笔隐晦地告诉了上头。本着选拔公正的原则，也将另两位候选人也一并送上去。

将名单交完，老王门前就恢复了清净。他依旧喝着茶，挺着中年人的肚子，坐在椅子上看文献看报纸。这天，收发室打来电话说有他的邮件。

走下去，老王看到一口大箱子。用剪刀拆开，原来是一架小型折叠自行车，轮胎是荧光绿最新款。里头还有一张卡片，字写得非常工整，邮戳来自于燕园大学。这是陈乐送给老王的一件礼物，并说明是感谢听他讲那么多可能算是废话的话，然后请他使用自行车锻炼身体，减少脂肪与内脏隐患。还说自行车是系里奖励给他的奖学金之一，请他务必收下。

老王笑着对收发室大爷说："这是一个侄子送的，比我家那小子懂事多了。"老大爷连连羡慕，这年头送礼物能够送到人心坎上，就是本事。

回楼上老王听到了熟悉的嘀嘀嘀声，他心道：好家伙，人车分离来的啊。结果楼道里看来看去都没找到人。这时候旁边航空办老李拍了他一把。

"老王，看什么看，还不往下撤？"

"怎么了？"

"着火了，你办公室那一片不知怎么燃了，可能是隔壁防火没做好，别说了，咱老胳膊老腿快走。"

老王一边下撤，一边想着，幸好电子版已经上交，不然自己可真没法交差了。不过心里还是隐隐产生忧虑，那些纸质资料不知还能存下多少。

第二天火因查明，认定为烟头引起火患，从此禁止在办公室抽烟。老王望着新电脑、新桌椅和新资料架子，摇摇头。这半年多的各类资料算是没了备份了。

这时航空办老李又过来了，笑着朝老王打趣："老王，你可牛了，把领导气个半死。"

老王不屑道："和我有个屁关系，我早戒烟了。"

"嘿，你这人还揣着明白装糊涂。"

老王挥了挥手，道："别闹，看。飞船发射了。"

视频里，火箭拉着淡蓝色长尾翼缓缓升空，冲破大气层，不断抛弃多余部分……然后画面切换到街头采访，主持人开始询问各地市民对于本次普通人进入太空的感想，清一色的好评。唯一一个说不好的也是因为他自己最后给刷下来的缘故。

"老王啊老王，那小子也不知道给了你什么好处，让你帮他这么搞。"

老王不满了，叫他说清楚。

老李嘿嘿用肩膀撞了撞他，道："三个名额，除去一个燕园历史精英，剩下两个老弱病残，这不一目了然嘛。"

老王翻了翻白眼："上面给我的要求就是，给这部分坚持个人研究的民间人士一个体验的名额，他学历、经历不行也不能怪我。"

老李还要说，突然一个电话打来，他接起来后脸色一震，然后朝自己办公室飞快跑去。老王摇摇头，重新看向电脑，上头直播画面却停止了，回到演播室。主持人严肃地报道一则最新消息：此次火箭在预定轨道与地面失去了联络，而与此同时，一艘未知的飞行物正快速朝火箭逼近，怀疑是他国率先使用了某种拦截导弹。……

打仗了？老王吓了一跳。整个一天都目不转睛地注视着各路消息，各国都表示与此事件无关，观测方却迟迟不说最后结果。还是一个门户网站揭露了一则消息，在英格兰某处农场，一家人目睹一道白光冲天而起。接着披露出，发射位置在当地某科研所。英方倒也干脆，直接对外宣布，那正是"木乃伊之舟"，至于突然发射的原因他们也不知道。

老王心中骂骂咧咧，早点说不啥事没有吗，搞得他差点跑去订一车方便面和饮用水。喝了一杯热茶，老王看到视频又恢复了。不过眼前的画面让他完全搞不懂，模糊的卫星画面上，一艘船状物体正和在轨道上前进的火箭慢慢靠近，贴上，然后似乎……组成了一体。画面再次结束，直播新闻开始插播其他内容。

看了看时间，该下班了，老王慢慢收拾东西，关好门，下去跨上他的新自行车。骑到车上，他又有点担心那个去太空找灵感的小子，不知道他有没有事。手机突然响了，他点开看，是一则邮件通知，顺着链接，老王看到一条定时发送邮件。

4

王老师：

你好，为这次和上次造成的不便首先向你道个歉。然后，请原谅我擅自修改了你的表格，请不要为宇航员们担心，他们会好好地回到地面，而我借用剩余燃料将要返回家乡。

给你说了很多，那些并不是假话。以前我也曾被人称为谎言之人，也有人叫我救世主、指引者。但请放心，我并无恶意。

人类是一个混合的族类，很早很早以前，一艘太空船（暂且按照目前的称呼吧）迫降在如今撒哈拉沙漠处，那位外星来客孤身一人，能量耗尽。为了活下去，他努力加入当地人群体，成为最早的先知。他一个人根本做不了任何事，于是决定真正融入当地族群。他和当地人通婚，生下小孩，周游世界，开启各地民智。依靠他优秀的基因，生下的后代都很聪明，他们迅速成为各个部族的首领。当他返回后，子嗣们被他形容的世界吓坏了，为防止他夺走他们的权力，他们一起讨伐他。他不得不离开，因为他有开辟大海的能力，很多人跟随，他们叫他摩西。

他们一路跋涉，到了地中海。在那里，他建立了叫希腊的小城。他化了很多名，苏格拉底、柏拉图、亚里士多德，但他渐渐发现，这里的人太自由，不懂得约束与努力，于是他自称耶稣，建立宗教，传播信仰。再后来的事，大概你也知道了，他被追杀，假死，跑到了另一片大陆，然后另一片……

每个地方兴起后都将驱逐他，这也是他自己的一部分，他不止拥有克制的理智，本身也集合了贪欲、妒忌、自大等缺陷。他一个一个地方地跑，传授知识，诞下子嗣，然后又不得不逃离，筋疲力尽。

当他发现大陆已经变成一个整体，他就变成了普通人生活了下来。本来以为会这样一直一直持续下去，直到他的死亡之日来临。

可这时候他的太空船传递消息给他，告知他自动修复完成，充能接近20%，即将蓄够返航的能源——这得拜各文明的频繁实验与各种能源冲击所赐。他这才想到回家。回家，多么难得的字眼。

但返航并不是一帆风顺的，为了最大限度地节约能源，他决定在太空上登船。于是他找到了一个好心人，也就是王老师你。

看到这里，我已经在返航的途中了。你大概有疑惑吧，为什么不坦诚相告呢，这样一来不是能得到更多的帮助吗？没用的，我很清楚你，就像清楚自己。所谓优胜劣汰，本地种族的基因不断被洗去，你们和我现在没有什么区别，你看看那些生来畸形的孩子，他们就是本地人最后的一点基因。终有一天，他们会彻底消失。

没错，你们是我的一部分，我也是你们的一体。贪婪、妒忌、自大、自欺欺人、憎恨，这些都是我的一部分，你们怎么能逃过这些东西呢？我在和千千万万个我打交道，无论怎么示好，我知道，另一个我最终会将我关起来，榨取我身上的一切，生命、智慧、记忆。

所以，我选择这样一个和平的道别。

愿人类长存，愿王老师身体健康，笑口常开。

燕园大学　陈乐

老王脸色变了变，最终停下车在外头买了一包烟，慢慢抽着，吞云吐雾。良久，他笑着自言自语："和我又有什么关系呢，真是个不错的故事啊。早点回吧，明天还要早起买个公园老年免费月票呢。"

雾霾中的人

1

下了车，出了站，就什么也看不到了。

透过防毒面具，我发现自己被"云海"包围。它们是有层次的，上下起伏，活水一样在流，带着淡淡的焦黄色，有点像红糖粉，混杂了水汽，氤氲袅袅。

"怎么走？"我有点发蒙，来之前我在网上查了很多攻略，为表现自己的可靠和能干，下了决心绝对不问林姝这个本地人。

真正置身其中，方向感的迷失让人觉得不安。

林姝窃笑："怎么样？见识到了吧？"

我查看测量仪，污染指数达到 1500 峰值，指数破表，完全不是我们活在指数为 200 区域的外地佬可以理解的。

"现在有两个选择，公共单车或者地铁。"林姝比画道，"喏，往前就是公共单车站点。"

她带我不紧不慢往前走，不时看一看脚下。我这才注意到地上原来有红色引导线。

公共单车是一种四人脚踏车，前有雾灯。此时前座上已经有了两个人，和我们同样戴面具，冲我们摆手："走吗？我们去东门方向。"

林妹说："不了。"

"以前我读书的时候还没有四人车，都是单人车。上面必须装一个卤素灯或者雾灯，这样才能上路，身上还得穿反光马甲，丑是丑，不过有用。"

林妹饶有兴趣地说："你肯定不知道，我们单车都有限速的。只能在 10 以下，不然就要被警察叔叔开罚单。超速的好多都是学生，大家天天埋怨交罚单。"

到达地铁口我又回头看了看身后。雾霾沉沉，没有任何可能消散的迹象，它们在西城盘踞超过二十年，已然成了这里的一部分。

地铁上众人都掀起防毒面具，如同执行任务返家的士兵，我感觉似乎重返人间。

西城人和我常见的人们不太一样，面部白净很多，看起来斯斯文文，大概是由于长期遮蔽皮肤很少日晒的缘故。

地铁乘客都专心地看着手机，脸上透出一种奇异的宁静。

不像在南江，人人都很急，急着上班，急着回家，急车太慢，急自己永远跟不上物价，恨不得自己脚下有风火轮。

今年一月，我被老师安排去接一个新员工，据说是超级学霸，从很远的城市过来。

她从机场出来，左顾右盼，我估摸是她，便走上去说："林妹，我是李夏天。"

她转过脸来，一副松了口气的模样。

我想，或许是个大小姐。

她皮肤白、细腻而且保养得很滋润，眼睛明亮，浑身上下充斥着一种元气满满的美丽。

打车到三环路时堵车，我决定下车转 BRT，全程她都看着窗外，似乎对陌生城市充满好奇。

"您坐这里。"她突然站起来，犹如一个热情的小学生搀扶一个老人家强行让人坐下——明明我们已经坐在倒数第二排，不必这样的。

我也只有站起来。

我和她肩并肩站着，拉着扶手，在沙丁鱼罐头一样的车厢里左摇右晃。

后来我才知道，她所住的西城公交车早已被取消，地铁也一度停运过，导致当地人不得不以单车代步。

骤然看到狭小空间里这么多人，她有点兴奋。

西城削减了地铁，只剩两班，为减少交通压力，城内东南西北四个区按照周期上班，东区最早，七点上班，南区迟半个小时，西区再迟半个小时，北面就是八点半上班。如此一来地铁就不会很挤，可以将每天的人流分散开来。

下班也是如此。

我和她熟悉起来，是因为临近下班她在看一本打印的小手册——《南江市进城手册》。

看得我嘴里的咖啡都喷到了显示屏上。

2

现在轮到我偷偷翻看《雾霾之都西城旅游攻略》了。

西城，盆地城市，原本是远近驰名的宜居城市，三十年前情况骤变，雾霾大规模侵袭。又过十年，大力治理却没有任何好转，反而由于地势和少风少雨让雾霾堆叠越来越严重。一年年数值飙升，很快就成了大名鼎鼎的"雾霾之都"。

高达 1500 的污染指数，让人觉得这应该是一处恐怖的无人区。

事实上西城确实逃走了很多居民，从原本八百万人直降到现在的一百二十万人，原本规划成五环的城市就显得很是空旷。

为了安全起见，这里甚至变成了必须"签证"（包括签署个人安全条例、学习超高浓度雾霾中保护自己课程等）才能来的地方。

西城从宜居都市转变为雾霾之都，却没想到办理"签证"来旅行的人倒是逐年增多，毕竟这里有奇特的"风景"。

超大雾舞台。

要当小公主、小仙女的来这里最有仙境感，还不是按时收费，你愿意待多久就待多久，免费，随便自拍，你高兴就好。

想玩心跳的也可以在这里狂奔，反正眼前看不到人，撞到人赔钱赔礼就是了。

更多的是各大小影视剧组过来取景，拍片。

危险的另一面是美丽。

只要你戴上防毒面具，做好措施，这里确实别有一番风味。

外地人游西城，最重要就是戴好装备，设置好求救一键快拨。一旦在户外感到窒息，或者头昏无力就要立即拨通。西城人对于救援是身经百战了……

"走啊，你杵着干吗？"林妹催促道。

我不情愿地再次走入雾霾中。

牵着林妹的手，倒是有一种在旷野之中跋涉的感觉，周遭很难判断有人没有，雾霾隔绝了路人之间的视线，偶尔迎面走过，反而觉得是缘分。

戴防毒面具让人互相说话不方便，所以街上静悄悄的，令我这个外地人有些不自然，不过渐渐习惯之后，觉得这样也不错，少了在家乡时心中那股焦躁感。

"那里是我的高中。"林妹隔着手套用力拉了拉我手指，指向右边。

我抬起头，一片白，嘴上赞叹："很宏伟。"

她指给我看电子地图，我们所在的地方旁边就是西城第三中学。

"那边，有一个体育馆。"她指向左边，"我们体育课都在那里上的。"

我扭过头去，依旧白蒙蒙的："原来如此。"

"前面，还有十几步就是我读书时最喜欢的一个地方。"

她的话让我来了兴趣。公司里的林姝一针见血，干净利落，办事效率极高，不知道少女时代的她喜欢的是什么。

往前慢慢走了七八步，我终于看清楚。

那是挂着"Gatto"荧光牌子的一家漫画屋，门口有好几道防御装置，一道玻璃门、一层塑料布、一张防尘罩以及鼓风机制造的气流玄关。

内部是一个个小隔间，漫画就在旁边一排排的书架上。

林姝拉下防毒面具，熟练地来到吧台处："老板，十七号还在不在？"

老板年纪五十岁上下，笑呵呵道："林姝啊，回来啦？"

她给我介绍："这是赵伯伯，我爸以前的老同事。这是李夏天，我男朋友。"

她喊得又脆又清晰，让我不由自主挺起胸膛，油然生出一种要为她争光的心情。

"看来我家那小子没机会了。"赵伯伯啧啧两声。

我心里一沉——原来是情敌家。

他走到后面的屋子里，从里头抱出一只胖美短毛猫，脖子上挂着 17 的号码牌。

"十七号技师。"

林姝开开心心地抱在怀里，十七号技师伸了个懒腰，用爪子挠了挠她的面具呼吸器。

少女的娱乐就是抱着猫坐在小隔间里翻翻漫画、听听音乐而已。

"西城规定，不能带宠物上街，最早污染指数到 1500 的时候大家都很慌张，害怕引起连锁反应。"林妹用手指捏着十七号技师的肉垫，对方很温顺地和她手贴手："不过这里的宠物会所很受欢迎。"

我突然想起，总不可能男生闲暇时也都玩猫狗吧？难不成西城男生都是宅男？

"不不，他们……大多喜欢玩画。"林妹解释。

雾画在西城独树一帜。有一种喷雾剂，能够在雾霾之中画出色彩，其实就是对粉尘染色，看起来就像是在雾中制作的三维动态图画。

原本雾画是被严禁的，类似于其他城市之中的涂鸦。

可随着时间推移，雾画变成了这里雾霾衍生文化之一，也渐渐被认可。

林妹带我到了一个有风的地方。

从地下冒出的气流如同喷泉一样将雾霾往上冲涌，让这一带能够恢复少许可见度。

很多年轻人都手持一根魔法棒似的东西，一端接手臂上的小罐子，他们随意喷涂，一幅幅奇特图画四散飞舞。

有一条大金鱼朝我游来，我下意识低头避开，回头看去才发现它轻飘飘从我脑袋上方一米的位置扬起，化作一团磷光消失在雾中。

更多的是一团团不断膨胀变大的文字：汉字、英文、日文、葡萄牙文、希伯来文，我只认得其中最近一团写的是"TiAmo"，意大利语"我爱你"的意思。

有个男生画出的是两条蛇，一条赤红，一条漆黑。他双手在空中不断拉伸，就像人偶师控制着丝线，那两条蛇竟然朝着他的方向灵活游动起来。

我揉了揉眼睛，却只戳到护目镜。

林姝喊："林英。"

画蛇的男生扭头："姐姐？"

3

我还是第一次知道林姝有个弟弟。

"你又没问过。"她如此回答，让我无话可说。

林英和林姝太像，而且面容在男性之中也过于秀气了一点，简直是林姝的男装版，让我心里有些怪怪的。

好在俩人脾气上完全不同，林姝是非常容易亲近人的性格，林英就比较冷淡，对我这个"未来姐夫"爱理不理。

我听说很多弟弟都有恋姐癖，不是贬义，只是姐弟感情越是好，越是难以与人分享。

听到他姐介绍，林英只是敷衍了一个"哦"。

这里我就不乐意了，恨不得把自己从小学到现在所有的优秀班干部、三好学生、朗诵比赛奖、奖学金、优秀员工奖全部贴在外套上给他瞧一瞧。

虽然不如他学霸姐姐，我也不算太差。

"你要和我姐结婚吗？"他低声问。

结……结婚？这个问题让我有些懵。

"不然你来我家干什么？"林英奇怪地问道。

看着这张简直和林姝同一个模子里印出来的脸，我半个字也说不出来。

结婚……要怎么结啊？我脑子里一片空白。

他说："你最好不要骗我姐。"

好些天琢磨《西城注意手册》，竟然忘记了最关键的问题，林姝才是最重要的。

那天本是无意中提起，我想要带林姝去海南晒太阳，在冬天南方总是要舒服一些。

"不行。"她拒绝道，"我要回家。"

当她告诉我她来自西城，我还以为她在开玩笑。

西城，常年1500雾霾集中地，进出都需要签证的特殊地方，在很多人心目中，就等于我国的"切尔诺贝利"，关于西城的猜测阴谋论层出不穷。

不然为什么我们大多数地区污染指数200到500不等，那里却有1500之高，而且这个1500也只是现有条件下能够探测数值的极限，据说真实的雾霾指数可能在2000以上。

原本以为那种地方的人就像北极的因纽特人一样，应该和我一辈子没有关联。

没想到竟然活生生出现在我眼前，还变成了我的女朋友。

这里就不得不提一点，由于性格原因我不太喜欢追问，对方不讲我也不会深挖，如果对方愿意说，自然会讲，不愿意要么是时候未到要么是有某种苦衷。有朋友也说这只是我的懒惰和不够细心而已……总之我就是这样的一个人。

我理所当然地耍帅说："一起去啊。"

她很痛快地答应了，就像是当时很干脆地同意当我女朋友一样。

遇到一个果断的女人有时也很无奈，我嘴上说说而已，她当真了，她当真我就得当真。

于是在假期临近前我疯狂学习西城民俗文化。

买专业抗雾霾全套装备，办理旅游签证，琢磨过去可能遇到的各种危险。

做好最坏的打算，比如过去后水土不服、呕吐、缺氧、中毒、高原反应……不，盆地反应。

男人，为了爱情得拼一点。

我独独没想到，难题在于林姝的弟弟以及她妈妈的菜。

"多吃一点，夏天。"林妈妈笑着看着我吃。

林爸一副"看你表现"的神色。

林英冷漠。

林姝帮我说话："你们吓着别人了。"

我碗里已经是巨无霸汉堡的叠罗汉造型，旁边还有一大份牛排……吃完之后我感觉自己已经膨胀到可以飞起来，根本不能坐下，走路都在飘。

林姝帮忙洗碗，我带上装备说要出门走走，她叮嘱我路上小心，遇到任何事都要报警。

摸索着走出小区，我靠右往前走，现在习惯性低头看地面红色指引线，就不会迷路。加上有电子设备导航，怎么可能……

回过神来我已经倒在地上，小腹剧痛，耳边还有一阵轻微轰鸣，不知道是耳鸣还是撞到我的车子的引擎声。

防毒面具也给磕碰得松动开来，口鼻里吸入一股干燥粉尘，脑子里一阵缺氧，我开始剧烈咳嗽起来。

慌乱之中，有个路人赶到给我整好面具，很利索地报了警，确定我无恙后才离开。

两三分钟后，一名脚踩轮滑的警官抵达，我详细描述了这次交通事故。他也很快就将肇事者抓了回来。

一个骑自行车的十三岁本地少年。

他将自行车改装了电动加速装置，警察表示他的改造车已经接近一马力，而且私自改装自行车也是违规的，于是将他逮捕。

林姝过来把一瘸一拐的我扶回家里。

丢脸到家。

"这种事概率还挺小的……"她有些不好意思道,"十年前有一些,后来交通工具加强管制,一旦抓住罚款金额很高。"

我打了个哈哈:"看来我运气还不错。"

"运气不错,如果防毒面具被摘下超过三十秒钟你就死了。"林英冷不防道。

4

"真的?"我有些慌。嘴里始终感觉有一种刺刺咸咸的东西,漱口喝水都没有缓解,喉咙里也火辣辣地疼。

"当然是开玩笑的。"林英冷冷道,"胆子这么小。"

自从得不到"结婚"的答复,这个小弟对我保持敌意。

晚上我在林英房间住。不过他丢给我一个睡袋,禁止我上床……

一天疲倦的我倒头就睡,迷迷糊糊听到外面似乎有警报声,我起身推开门,发现林姝正在用一支激光笔照射玻璃,那面玻璃正闪烁着淡绿色荧光。

见我醒来,她指向那面被蒙了特殊涂层的玻璃:"今天是防火日,每家都需要点亮'安全灯',没有点亮的房子会成为重点防控对象。"

我来了兴趣:"那么小偷不是也发现目标了吗?"

她忍不住笑起来:"我们这里的小偷……也不能说没有,只是和外面城市的不一样。"

我立刻回过神来。

　　传统入室偷窃的爬墙是不成的，这能见度手都不知道抓的是什么。进入小区撬门？有防盗系统也是很难的。

　　我对于西城小偷的生存状况充满忧虑："那他们岂不是生活很艰难？"

　　"也不算吧。"林妹收起激光灯，和我一起靠墙坐在木地板上，低声说："我家以前被小偷光顾过一次，那个人就是用传统手法爬上来的，好不容易打开窗户，然后……"

　　西城小偷较少，生存空间太小且下手困难，倒不如去其他人口更密集有更多环境下手的地方。不过也有一些。

　　最早时雾霾屏蔽了视频监控，导致西城一个月内出现好几起当街抢劫案。不法分子抢劫了五个人，成功了两个。

　　剩余三人因为是年富力强的青壮年，当即大打出手，让抢劫者慌张逃窜。雾霾也给偷盗造成了一个麻烦——戴面具，穿防风衣，有时候真难以分辨男女。

　　巡逻警力大大增强，对各地无业游民进行登记核查，让大多数偷鸡摸狗之辈从西城逃离，剩余那部分则是"技术"过硬的高手。

　　据说他们行业里也有说法，真正的高手得在西城成功一次才能让人服气，类似于高级技术职称认证。

　　总的来说，在西城行窃难度太高，回报难料，天然一个巨大的"毒气室"，让人望而却步。

　　我被她"挠"得痒痒的："然后呢？"

　　林妹眨了眨眼："不告诉你。"

　　我将嘴靠过去，正要触碰她花瓣一样的嘴唇时眼睛不小心瞥到暗处一道犀利的眼神。

　　这小子怎么在这儿！

　　林英堂而皇之走过来，拉起我，不容分说推进他屋里，将门带上，嘴上说:"很晚了,你该睡觉了,明天要早起。"

给他这么一闹,我完全没有了和女友偷偷幽会的兴致,闷头就睡。

第二天早五点我就被林姝拉起床。

"带你去看好玩的。"她一脸兴奋,"走走,快点。"

原本我很开心,却发现林英居然又赖在我们俩旁边,让我一阵郁闷。

你够了。

大学生就好好上课去,不要打扰你姐姐的幸福。

我以一个过来人的身份语重心长地问:"林英啊,单身哪?"

林姝一笑:"你倒是猜错了,我弟弟可受女孩子欢迎了。"

林英依旧是那副高高在上的样子,眼神里明明白白写着"无知"两个字,让我一阵憋屈。

"林英不上课吗?"我隐晦提醒。

"林英特地请假过来陪我们玩,没有他带路,我们去那里比较麻烦。"林姝神神秘秘道。

目的地排队的人很多,我还是第一次看到那么多戴防毒面具的人排成长龙。大家就像一群敢死队员,等待轮到自己去自杀式爆破敌方阵地。

在林英带路下我们走入另一条通道,"碍事弟弟"刷了卡后眼神警告了我一秒,我装作没看到。

侍者引导我们进入了一个电梯内。

里头摆放了一张桌子和两张椅子,电梯三面封闭,我有些懵,我可没在攻略上看到电梯餐厅这种东西。

我有些不安地坐下,强装镇定地打听道:"你们都是在电梯喝早茶吗?"

林姝笑眯眯道:"这里可不容易排到位子,今年才开始营业,网上攻略可没有。"

她很熟练地点餐,都是一些平常的早餐,煎蛋、牛奶、水果沙拉、面包、油条。

我点了一颗卤蛋。

电梯门合上,缓缓上升。

大提琴悠扬的声音在电梯之中环绕。

巴赫的无伴奏 G 大调是第一首前奏曲。

我真不该点卤蛋。

5

我还记得,带林姝去游乐园玩木马时她眼睛里的闪光,和她坐碰碰车时她笑得灿烂,动物园的懒散动物她看得不想走。

当时的我还以为学霸人生太过枯燥,大概连出门的时间都没有。

现在才懂,西城的日常和外面城市截然不同。

雾蒙蒙的一片,遮住了很多美景,却也让大家的审美和格调有了一个奇特的提升,令人更容易在平凡之中寻找到一刹那的美好。

我们像乘坐在飞行器之中的宇航员,推进,升空,周围火箭推进器片片脱离。

原本全覆盖的三面墙壁一片片往下收缩,周围变得透明起来,墙壁、脚下地板都是玻璃制成,我们乘坐玻璃屋,冲入云海。

尽管这云并不是洁白无瑕,其中有焦糖黄色,也有乌云一样的浅灰,层次感在电梯上升之中不断提升着。

穿破一团极为厚重的云层,晨霭终于被阳光刺破。

云海之上,耀眼的阳光之下,世界变得无比清晰。每片鳞片一样互相依附的云层，射在玻璃墙上的晨光，林姝英气的眉毛，嘴唇上的牛奶，还有她让人迷醉的清爽笑容，都是那么清晰。

一群鸟儿在云层之中穿梭。

我怀疑自己眼花，那可是污染指数高达 1500 的雾霾！它们不可能活下来！

事实上它们在里头飞翔，毫无畏惧。

我有些明白了。

就像是西城人，总有人会忍受不了离去，可也有眷恋这里的，或者不得不留下的，他们改变自己，以适应这个危险的地方。

常年挂嘴边的"我们正在毁掉地球"，不过是人类一厢情愿的说法，真正毁灭的是我们最习惯的生活方式。

电梯叮的一声，顶楼，320 层到。

我朝周围看去，发现还有很多和我们一样坐在电梯里吃早餐、看云海日出的男男女女。脱下面具，他们的笑容清晰可见。

"这里有一千米。"林姝用叉子叉起一颗葡萄："九百八十五米，就是西城雾霾的高度，所以啊，只要比它高一点，就不会怕它了。"

真是了不起。

在这样的地方吃早餐，壮烈又浪漫，勇敢也柔情。

我吃着卤蛋，只觉得自己变成了航天员。

到"电梯餐厅"当"航天员"可不容易，这里采取会员制度，由于过于火爆，已经暂停会员申请。因为会员可以有 VIP 通道。林英搞来了一张 VIP 卡，所以才给了我这个外地土包子开眼界的机会。

"对了，你不是要问我小偷的事情吗？"林姝用纸巾擦了擦嘴，"那次来我家，有个小偷，你知道他来我家的结果吗？"

我当然说不知道。

她挥舞右拳说道："被我爸一拳打晕了，我爸以前可是特种部队的。"

我不由地胯下一紧，感觉老丈人的正义铁拳随时可能落在我身上的脆弱部位……

6

晚饭后我特意找到了林英。

我是一定要搞清楚的，为什么一开始就看我不顺眼。

他的回答是："你看起来并没有什么特长的样子，很普通。"

对啊，我就是个普通人。

"可我姐很厉害，编程厉害，学习强，懂日语、意大利语、西班牙语，你不觉得你自己高攀了吗？"林英说话十分直接，让我头皮有些刺痛，"再说了，在同一个公司谈恋爱是不允许的吧？你要怎么解决？"

这个我倒是早想过。

"我辞职。"我回答说，"我会去另一个公司上班，这个不用担心。"

他皱眉："该不会是混不下去了吧？"

混蛋小子别瞧不起人。

我压抑怒火："普通人找一份普通工作很难吗？"

"那倒也是，普通一点也不错。"他很固执地重复"普通"这个词。

最后我们达成协议。

他勉强接受我并且监督我的行为。

"我姐，花了很大的决心才到外面去生活的。"林英认真道，"你不懂，在西城这种地方生活习惯之后，外面正常的生活对我们而言反而比较奇怪。在西城，任何人有麻烦，周围人都会帮助，因为我们必须互相帮助，不然很难生存。外面似乎更多人是恨不得切断彼此的联系吧？"

看着他的脸，我就像是面对工作状态的林妹。

我很难反驳。

的确，我在公共单车那里有人招呼，被撞也有人立刻过来搀扶和查看情况，以我二十几年的人生经验看，陌生人之间的联系从未像西城人之间这么紧密过。

我们隔着防毒面具和雾霾，看不清彼此是男是女，是心怀善意还是面露恶相，但西城人依旧愿意伸手。

林妹突然在窗口边喊："信号灯，前方有人家着火了。你们戴上面具，快。"

林英急匆匆过去，从包里摸出一个什么东西。

我戴上面具赶过去时发现窗户竟然被打开了，屋内的高功率空气净化机警报响个不停。

林妹姐弟都戴着面具，手持激光灯。

外面黑漆漆的夜色之中，雾霾上被一支支激光灯接力点出一条笔直的虹桥，从远处一直指向火灾事发地。

虽然看不清周围居民的样子，我也能够明白，大家都在做着同样的一件事，在厚厚雾霾之中涂亮驰援过去的路。

林英摸出他的"魔法棒"，喷出一个巨大的三维荧光箭头，指向事发地点。用喷气装置轻轻一喷，记号慢悠悠悬浮在空中，犹如摆动尾巴的鱼儿，身体慢慢涣散开来。

地面警笛长鸣，伴随火警警报声，我终于第一次在这座城市听到了汽车急促的呼啸声。

从下面升腾起同样一道打在雾气之中的荧光文字。

"谢谢，请大家不要趁机玩激光灯，我们能看到和定位。——110"

我突然很想在这样的地方生活下去。

幸福的密码

1

李先生从被窝爬出来，撕下额头的便签条一看：懒死了，你。

时钟显示为九点十五分，往常他不是在拜访客户就是在埋头做文案，到周末，李先生总想大睡一上午，不过他从来没试过。

理由很简单——太浪费。

"吃煎鸡蛋还是培根？"围着白围裙的顾画问道。要她一个钢琴家去做饭还是太勉强了些。不过顾画坚持，她觉得买来的早餐没营养。

"辛苦啦。"李先生挥了挥手中的便签。

"我今天可没有煎煳哦。"顾画自豪地说。

李先生想到女友几次试做黑胡椒牛排、糖醋鱼，恍若史诗战役般的过程，努力忍笑岔开话题："今天不去上辅导课吗？"

"本来要的。不过我有点不舒服，手指抬不起来，没有什么力气。"

"啊，怎么了，有没有发烧？"

看到顾画恶作剧的笑脸他就知道想错了。

"这些是写假条上的。"

李先生又好气又好笑。顾画和他都不是十几岁的人了，顾画二十八，他二十九。然而女友还常常流露出少女的一面，并不是特地设计好的文案，而是自然而然真情流露。这一点让在外漂泊颇多的李先生非常珍惜，能够保持一点纯真的人总是可爱的。

想到顾画为自己撒谎不上班，李先生心中暖暖感动。

"哦，对了，有你一封信。"顾画用木铲将煎得一面焦黄的鸡蛋翻在李先生餐盘上，扣上一个胡萝卜帽子，还用番茄酱在这张黄脸上画出了圆圆的眼睛和嘴。

"信待会儿去电脑看。对了，这个帽子能不能吃？"

"能吃……"顾画心虚道。

李先生说的是上次，顾画没有找到合适材料，用假西兰花拼在牛排上，结果李先生完全没察觉这是充数的假货，差点卡在喉咙里。而后顾画又委屈又气恼的样子让李先生哭笑不得。

"不是电子邮件，是信啊，纸质的那种。我放在客厅茶几上了。"顾画喝完果汁，开始戴上手套收拾餐盘。

李先生愣了下。通知消息都是电邮，纸质信不再是怀旧古典，更象征契约意味。不过他记得合同与设计计划都是以公司为中转站的，有要事也会直接找他，而并非这么一种形式。难道是多年未见的某个亲戚或者同学？

心怀疑问，李先生将煎蛋一口吞下，然后坐在沙发上拿起那封厚厚的信。粗糙的面纸，褐色，翻毛，上面却是打印字体——"李先生敬启"。

看到寄信人那一栏，李先生脸有点难看。

"鼎天律师事务所郭启明"。

他和这位律师一点也不熟，不只不熟，还曾经差点发生冲突。郭启明是一个大鼻子中年人，大背头，永远一身考究的三件套，说话带鼻音。他很有钱，多国国籍，认识的权势人物可以组成一个独立团。对郭启明律师来说，敌人只有一个，钱。以金钱为砝码，以金钱为源动力，也以金钱为敌，特别是在遭遇到雇主侮辱性报价时。

和郭律师唯一的交集是五年前的事，那件事李先生努力想要忘记。为了自己，为了这个即将组建的家庭。

这封信的出现，又让他不可抑制地想起一位落魄的青年。做过的事情都有迹可循，无论怎么想忘记，痕印始终在那里。

2

2025 年，李阿池二十四岁，正值 HE 公司全盛时期。

李阿池和所有无所事事的年轻人一样，吃廉价的盒饭，喝即将过期的啤酒，住在小小的单人屋子里。他同大名鼎鼎的 HE 公司唯一的联系在于门口墙壁上的喷涂："人生不止是忍耐，更是一份等待——HE 交友陪你等到意中人，直到末日"。下面还有一行黑头小字："看一看，瞧一瞧，只需三百，事后付尾款。"

单身时总有寂寞的时候，希望能有一个人和自己共享快乐无聊。李阿池摸出最后的三百块，网上找到 HE 的业务电话，打过去。对面服务员很专业，问候之后是询问他的需求。李阿池说他想要和一个姑娘约会，长头发，瓜子脸，最好腿长一点。服务员认真地登记在册，然后让他明天下午去公司大楼具体洽谈。

不过三百块的事情而已，李阿池觉得对方还真是较劲。

听了他的疑问后，业务员彬彬有礼地回答，他们公司叫 HE，全名 Happy Ending。已经有很多其他公司利用 HE 的声望在"借力"，初级费用不是三百块，而根据情形，最低一千五百块。

李阿池郁闷地挂掉电话，拉开门又看了看墙壁。没错，这是另一家叫"HE 交友"的野鸡公司，或许只是一个会点 PPT 的大胆学生出来骗白痴的。

这是李阿池无数人生失败之一，所以骂两句后他没放在心上。

本以为与 HE 不再会有任何交集，没想到过了几天，他又得找上这家号称"99% 成功率助推器"的交友公司。

起因是一则临时招聘。

对方要求简单，年纪二十五周岁以下，学历不限，细心，身体健康，即可面谈。李阿池幸运地抢到了申请，被通知到一家律师事务所面试——鼎天律师事务所。

与他见面的是个大鼻子男人，微秃，无边框眼镜，西装革履，说话时总让人以为他鼻子里被塞了棉花。

"你好，嗯，这个叫，李阿池先生，我是郭启明，鼎天律师事务所律师。现在受委托执行一项调查，你应聘的工作就和这有关。"他整个人靠在老板椅里，事业有成中年人的气场压得李阿池有点紧张。

"是，只要不是违法的事情……"年轻人有些紧张地说。

郭启明笑了，他觉得眼前的年轻人很有趣，在特别的地方说特别的话。他似乎并不像他表现出的那么胆小。谨慎，这活儿就需要谨慎。

"雇佣时间定在一个月到三个月不等。薪酬为十万元，税前。"

李阿池拳头紧了紧，心跳加剧。对于还吃了上顿没下顿的他来说这是一笔巨款。但常年混迹打工市场的年轻人也明白，一切都是对等交易，没有白来的幸运，所以他忍住大喊"好吧，快打钱到我卡上"的冲动耐心听着。

"你需要和我签下保密合同，履行绝对保密的义务，你所做绝对不会违反国家法律法规。关于这份工作的一切细节只可以告诉我，也必须原原本本告诉我。报酬就是税前的十万元现金，两次付清。如果觉得可以接受，下面就请先签下保密合同。"

李阿池还是挺纳闷的，如此简单的条款，居然给出那么大的金额。但想了一阵，实在没觉得自己还能怎么被坑，于是他同意了。

签署的保密条款用词很多他都不懂，但他注意到了违约事项，一旦他违背契约就会赔偿五十万元作为对方损失费。

郭启明叫来公证人，走完流程，将合同锁进保险柜收好。然后面容似乎和蔼了一些，让外头助理给李阿池泡咖啡。

"现在大家就是自己人了，我讲一讲工作的具体情况。知道 HE 公司吗？"

李阿池摄入咖啡因后，镇定了许多，说："就是那家交友相亲公司吧，据说成功率高达 99%。好像现在所有一、二线城市都有它们的分部。"

"年轻人之中很有名吧？ HE 公司总部在首都，下属八个一线城市是一级活动策划中心，然后是二级中心，基础咨询服务。HE 铺得很大，去年已经闯入前五十强企业。我需要你打入它们。"

李阿池一愣，道："但我什么都不会，他们不可能招聘我的。"

"不是工作，是去消费，体验他们的服务。一切相关费用报销，你要做的就是将细节记在心里，然后写出来，交给我。"郭启明指了指太阳穴。

李阿池问："他们有问题？虚报了数据？"

郭启明摇摇头，站起来。

"恰恰相反，调查反馈，他们的数据没有什么问题。成功率几乎100%。"

年轻人一愣，继而暗暗吃惊。"99%"作为广告宣传，显然让人觉得是特意的自我鼓吹，不甚在意。又有谁会想到，这种公认的自吹自擂居然是真话？ 99% 的配对交友成功率，够吓人的。

李阿池下意识道："也就是，你想要知道他们成功的原因……"

他立马闭嘴。

作为律师的郭启明根本没有必要掺和交友公司，他的委托人极有可能是这一行业的，比如受到 HE 冲击的其他交友公司，共同实施了打入内部计划，又或者 HE 的仇人的报复。不管对方目的如何，李阿池都得扮演间谍的角色。他已经上了船，再没有前瞻后顾的余地。

"我明天就和他们预约。"他果断说。

"很好。我会将我手中掌握的资料分两份寄到你那里，一份到你现在的单身公寓，另一份到你父母家，你可以打电话说是朋友的寄存。"

律师笑眯眯地拍了拍他肩膀。

李阿池心头发毛。

这是无声的警告：无论你在哪里，我们都能找到。

3

李阿池终于走进大名鼎鼎的 HE 公司，替上次窘迫的自己挣回了一点颜面。HE 里头挺大的，除去前台和各办公室，业务部门都是由老式电话亭一般的无数小隔间组成。业务红娘是个很精神的年轻人，叫阿杰，阿杰请他到了其中一间。

"这也需要先签署保密合同？"李阿池一阵头大，怎么都要玩这一手。如果两头都签了那不代表自己必须背叛其中一个？也就是说必定有违约，果然十万元不是那么好拿的。最后依旧是一个惊心动魄的违约金数目。

签署保密合同后，阿杰问："请问李阿池先生，您所填写信息都是真实有效的吗？"

"没错。"

李阿池想着他写的表格，的确是真的。李阿池，男，二十四岁，待业，曾经当过快递员、见习糕点师、见习理发师、见习家政师，存款无，平均年收入未知。他心里好奇，面对这样的三无人员，业务员会怎样拒绝？或明或暗，我这样的家伙来相亲，对于 HE 都是个麻烦吧。

阿杰脸上一抽，很快调整回状态："请稍等，我为您查询。"

过了差不多一根烟的时间，李阿池得到了九位女性的名单。里头有长发的，有长腿的，漂亮脸蛋的……他最后选了个短发、娇小的女孩。他想要试试，这家 99% 成功率的红娘公司怎样让自己喜欢上不感冒的类型。

阿杰离去了一会儿，回来就告诉他女方定下时间地点，问他需不需要商议更改？李阿池知道那个约定的饭店，说不用更改。

业务员阿杰说："那就这样，李先生，您的第一阶段服务暂时结束。"

李阿池觉得奇怪，所谓几乎 100% 红娘的流程看起来和普通交友公司没什么两样。于是他刻意磨蹭。

"这就完了？"

"是的。"阿杰点头。

"如果，我说是如果，我们见面发现彼此不合适，比如女方性格我不喜欢，女方觉得我不好，你们这次服务不是失败了吗？"李阿池问得很认真，他不认为律师给他一笔钱是让他来玩的，而 HE 公司更不像在玩过家家。

阿杰合上笔记本电脑，十指交叉放在桌上。

"李先生，不知道您对于异性交友是怎样理解的？"

"哦，我觉得男女间要么就关系平平，不然几乎会向情侣方向发展。贵公司名气很响，绝对不是敷衍了事。但是这个过程我有些不理解，未免太简单随便，像我这种条件的……"

阿杰点点头："事实上，哪怕两位互相都中意的男女也未必能成为情侣。尤其是陌生男女见面，第一个必然是希望能看到对方突出的优点，仪容、谈吐、事业、兴趣、幽默感等。同时会自然而然掩藏自己的缺点，这样前几次见面，大家都会互相觉得很好。李先生您，条件不算优越，但也有自己的优点。作为 HE 公司，要做的是迅速洞察，在短时间内抓住客户的优势与一部分劣势，提供需求，呈现一个真实的形象。事实证明，有缺点的人，反而会更容易得到青睐。

"现在年轻人，他们并不是不够好，而是都被磨得没有耐心，不太愿意去等待，去慢慢发现。加上高节奏生活、工作、个人兴趣，恋爱对很多人来说，精神成本就变得很高，假如遇到不合适的几乎相当于浪费时间。HE 的宗旨是希望帮助单身者找到他们需要的伴侣，将保持距离的两人推近，互相了解。我们并不能制造爱情，但我们制造机会，减少客户的选择时间。当然，也有相当一部分连续几次都没有深入交往下去，我们会继续提供服务，直到客户满意。您这次是初步的选择，还有第二、第三阶段。"

李阿池"哦"了声，心说原来这就是所谓 99% 的方法——不停找下去。

"那个，我的优点是什么？"

"洒脱，李先生您可是个随性洒脱的人。这一点相信很多女士会喜欢。"业务员朝他微微一笑。光棍一个当然洒脱啦，李阿池腹诽。

和 HE 公司里约好的时间不差分毫，李阿池在约定的印度餐厅遇到了那位穿长衬衫的短发女孩。对方背了一人来高的包袱，走过来问他。

"就是你吗？"

完全和自己预料的不同，短发女孩有一股说不出的爽朗，面容清秀，眼睛亮亮的，充满干劲的样子让他想撤退。

"不，我是路过的。"

鬼使神差，他回了这么一句就想跑路。

"骗谁呢？我很差吗？"女孩从怀里摸出一叠资料，里头有李阿池的一寸照片。让他在意的是对方的手指，纤细又充满灵气，很美。

女孩很能吃，风卷残云般扫荡食物。李阿池目瞪口呆。

完毕，女孩擦擦嘴说："我其实是找人来拼桌吃饭的，给你弹一曲吧，就当付账了。"

结果她从大包里摸出了一块熨板，自己"哈哈"两声说看来今天不行……

李阿池继续目瞪口呆。

"该去参加婚礼了，快去换衣服。"顾画细长的手指在李先生面前晃了晃。

"哦对。"李先生放下信封，胡乱塞进茶几抽屉里。

换装完毕，出了门，顾画却拉着他胳膊往街角走。

"婚礼总吃不饱，我们吃点再去，老地方。"顾画指着那间木质林中小屋般的餐厅。

"不太好吧……"

李先生和顾画十指相扣，慢悠悠走向五年前两人初遇的地方。

4

顾画很少说谎。五年前，吃货女孩一来就直接对相亲的男孩说：我被迫来相亲，其实是来拼桌的。五年后，她为这位老男孩请了病假，却没想到参加朋友婚礼后就真病了。不是什么大病，但双眼红肿，鼻涕横流，止都止不住。

李先生说要送她去医院，顾画怕输液打针死活不肯，赖在床上用被子把自己裹起来。这一周来，李先生推掉了很多应酬，捡起当年糕点师学徒的本事，做了些好看的糕点，买了煲汤，天天给顾画换花样。

到了周六晚上，李先生回到家，坐在沙发上按摩自己疲劳的双眼。迷迷糊糊居然在沙发上沉沉睡去，醒来时是半夜了，他戴上耳机却怎么也再睡不着。无意识的，他拉开了抽屉，将那封厚厚的信再次抓在手里。

五年前的事早就应该结束，而五年后是什么理由让郭启明再次通知自己，还附带如此之多的资料，什么目的？

只有打开信才知道。

李先生首先看到的是一沓照片。照片稍显模糊，有抖动，角度也稍显奇怪，类似于从下往上的仰角。看得出是非正常情况下的拍摄。每一张照片的环境都一样，在一个巨大的实验室一样的白房子里，坐在中间半覆盖式躺椅里的人头上戴满贴片，几十个统一服装的技术人员在后面忙碌。照片左上角清一色写着日期，最早的是四年前的 2026 年，最迟的是 2029 年，也就是去年。关于照片场景李先生并不是第一次看见。

翻开信件，里头是打印体的文字。

李先生：

很久没有联系，关于五年前委托的事早告一段落，本不准备再打扰。可往往事与愿违，从那时算起到现在整整五年，我终于能够将 HE 公司的内幕给调查清楚。这个行动离不开你的一份支持与帮助，以及那些珍贵的数据和场景。于公于私，我都觉得有必要告诉你，这次的结果与推论。

HE 公司确实有关骗局。但是并不能算作严格法律意义的欺骗，这情况有点复杂，我只能够尽量说得浅显易懂，因为很多东西连我自己都不甚了解。请结合数据，里头分别解释关于他们所谓的第二阶段与第三阶段……

李先生一张张翻过，拧着眉，嘴越抿越紧。

五年前，李阿池和短发女孩顾画见过面后，他将过程细细写下交给律师，律师也没有什么特别反应。业务员阿杰联系他的第二阶段时间到了，请他再次前往 HE 公司。不过这次不是在业务部，而是到了楼下负二楼，穿过层层屏障铁栏，他们走入其中一个白色房间。

里头空间差不多五十平方米，中央有一架类似 CT 床的装置，床边有很多触须一样的固定锁带，人可以仰躺在上面，斜上方还下垂着类似眼罩一样的东西，有些像加强版 VR。李阿池在业务员的帮助下就位，然后将花花绿绿的贴片贴在脑门。戴上眼罩前，李阿池用余光扫了下靠墙处，两位工作人员正对着大型计算机不停敲动按钮，忙个不停。

然后业务员让他睁开眼，看眼罩里的成像。

李阿池眼前显出许多女性形象，有火辣明星，也有很平凡的女孩，还出现了他非常喜欢的长发长腿，她们一个个朝他笑着，用手指触碰他，或者挥挥手让他来。突然冷不防冒出短发顾画的影子，她睁大眼，做了个嘘的手势。

他愕然，想到顾画摸出熨板，一下笑出声来，结果吓了业务员阿杰一跳。另两位工作人员也都围过来，问他要不要紧、有没有觉体身体不对劲、有没有头痛。

他有些尴尬，说没有。

大家紧张稍去。

"我要看多久？"李阿池感到眼皮很沉。

"平均二十分钟。其实是从海量'梦中情人'中筛选会让男性血液加速、激素分泌最为激烈的一位，相对最合适的一位。嘴和大脑会说谎，身体不会。"虽然看不到外面的场景，业务员阿杰依旧很尽责地给他解释。

李阿池从床上下来时觉得脑子昏昏沉沉的，好似脑子里有什么东西被用力搅拌了一番，整个人如同病了一场，又像被人从后头给敲了一记。

"我刚才好像睡着了？"

阿杰观察着他，点点头："休息了半个小时。这个数据收集过程比较耗费精神，大脑会加速运行，但并不会有损害，会有一点暂时疲劳，回去休息一下就可以恢复。结果已经出来了。"

李阿池颇有兴趣地打开分析报告。

"怎么会……"

虽然他对很多数据看不明白，但是数字还是看得懂。上面各项指数综合最高的人是才认识的短发顾画。即是说，这个短头发、活泼、娇小的女孩很契合他梦中情人的类型。

"数据就是数据，这都是根据身体与大脑最真实的反应情况得出的结果。顾画小姐，的确是令李先生您反应最激烈的女性。这就是HE 公司对于客户的第二阶段服务，精准定位。"

阿杰让他再次坐下来，缓一缓有些发僵的大脑。

李阿池突然心头一动，问："那她呢，她选的是什么样的人？"

阿杰回答："男女方分别由不同的服务人员对待，顾画小姐的意中人是什么样的，以及李先生您的欣赏女性特质这都是个人隐私。测试数据一份交给客户当事人当场观看后毁去，另一份去掉个人信息，存入案例库。请放心，我们签下的保密合同是双向的，我们对于客户的隐私保密，而客户对于我们的工作方式与流程保密。"

李阿池松了一口气。认真想想，第一次遇到顾画时她的确挺可爱的。如果能够第二次相约那也不错，最差也不过被拒绝罢了。

当即他就自己短信约顾画下次出来继续"拼桌"。那头很久没有回话，李阿池犹豫了下又打了个电话过去，然后也毫无音讯。

不由有点沮丧。

回家的途中，李阿池在平板电脑上写着给律师的报告电邮，关于那个地下实验室、CT 床一样的设备、业务员和他说过的话……他想到和 HE 公司间的那份保密协议，里头讲的重点是对于各流程保密以及禁止询问有关技术细节。其实根本没必要，他完全看不懂那些设备上的编号，一行行数据也是天书一般，既然如此，为什么还要签署这毫无意义的保密协议？点下发送。

李阿池胡思乱想着，律师那头电话打来。

"你说你之后睡了半个小时？"

"对。"

郭启明没有说话，思考了一会儿。

"就只是觉得头脑发昏吗？有没有一些身体上的不适应，比如没有力气，或者喉咙发干、腿部抽筋之类？"

他这一说才让李阿池头皮发麻。

"律师，我不会有事吧？"

"不要担心，他们又不是做生化实验的，不过是一家交友红娘公司罢了。还记得你那些数据上面的指数什么的吗，比如英文和数字顺序、表格排列方式……"

李阿池又一阵头大，连忙说他不记得，那些完全是一晃而过。

"那你现在来我这儿吧。"

这时候手机提示一条新短信。

顾画："今晚拼桌？你吃鱼吗？吃辣吃甜？"

李阿池一下仿佛找到了莫名勇气，对律师模糊说："我家里有点事，晚一点来找你。没电了……"

他将律师的号码暂时屏蔽。

5

再见顾画，李阿池一点也不紧张。他觉得奇怪，照理说遇到喜欢的女孩不应该是手心出汗，说话也不利索的吗？他以前都是这样。

明明只见过一面，再次相见，却仿佛老朋友一样，两人都落落大方。

"今天在上课，没看到短信，不好意思啊。"顾画系上餐巾。

"你还准备给我演奏呢？"李阿池不由自主地指了指顾画背后的吉他盒。

"上次失误而已，不要这么小气嘛。"顾画皱了皱鼻子，开始快乐地翻菜单。今天她点的东西并不算多，黑胡椒牛柳，配菜是炒意面、土豆泥、水果混搭。然后……摸出一盒自带的鸭脖子。

"西餐厅带鸭脖子，不太好吧……"李阿池看了看四周，小声问。

"没事没事，我经常带。只要点够一百块他们就不会说什么。"顾画摆摆手，用小铁牙签串了一个递给他，说很好吃的。

李阿池不能无视美人恩，只好接过。

"先生，这里不能自带餐点。"服务员恰好逮住，郑重地指着门口"谢绝外带"的牌子。

顾画一脸无辜。

李阿池明白自己被整了，不过他也笑起来，对服务员小哥说："很好吃的，我请你，就不要告诉你们老板了。"

服务员小哥哭笑不得。

顾画眼睛亮了。

李阿池与顾画的相识过往和许多青年男女一样，有着一点点惊奇与玩笑。他很珍惜这个机会，并没有急急忙忙想着拉近关系，而是一点点一点点，多让对方了解自己一点，多记住对方一点。这个过程说来不短，其实也不过前后一个月，他对于顾画的认识多了很多。

顾画常常会表现出孩子气的一面，比如说看到葱花会一颗颗从食物里头挑出来，动作虔诚认真，甚至带着一种熟练的美感。完毕之后她会长出一口气，看向李阿池："看到了没，技术。"

她并不是不能吃葱，只是想玩。

看着她阳光灿烂的笑容，李阿池只觉得自己身上的雾霾都消散了不少，他开始习惯从晚上洗澡改成每天早晨，将自己头发打理得妥妥帖帖，因为顾画随时可能突然闯入要求和他视频通话，他不能让对方看到自己丑陋颓丧的那一面。连带着，李阿池两天会清理一次屋子，用垃圾袋把生活垃圾全部打包。拖地，清理手脚指甲，注意皮鞋有没有灰垢，他甚至在拖地时唱起歌来。在此之前，做家务和打扫简直是要了他的命，三个月能够草草做一次就很不错了。

顾画喜欢逛街，她似乎是享受那种不断遇到新鲜事物的过程，每一个擦肩而过的男女都会让她燃起各种幻想。她很擅长观察。

"你看到那个男人了没？他没有牵着旁边女人的手，可是他们绝对是情侣。你知道为什么吗？"

她的问题让李阿池站定了朝目标人物看去。看来看去也没有任何发现，他只能猜测说："估计是吵架了吧？"

男人的脸色很冷淡，女人也是一言不发，两人之间的亲昵仿佛被某种力量阻断了。

"不，是步伐，你看啊。"顾画偷偷指向走向远处的两位，"他们的步伐几乎是同步的，明显是那个男的减小了步幅，这样后面的情人才能够跟得上。这是一种长时间形成的默契，也许这个男人不善于在公开场合这么亲昵，或许是女方……总之，身体不会说谎。"

看着她一脸的乐在其中，李阿池忍不住留意自己和顾画的步子。

遗憾的是，似乎两人从来没有在一个频道，李阿池步子稍慢，顾画轻快，更像在不断地追逐、等待，继续追逐。

周围都是有名有分的男男女女，李阿池不禁想：我们这样的朋友到底算什么？只是朋友而已吗？

分别时是在地铁站，顾画的班车姗姗来迟。

她看了看李阿池："我走了啊。"

李阿池说："一路小心。"

她又说："我走了啊。"

李阿池不知道该说什么了。

这时候顾画突然凑过来，轻轻侧脸贴着他左颊。李阿池只感觉到一个温热的吻，当他从晕晕乎乎中恢复过来时，开往春天的地铁已经远去。

他这才理解到那句话的含义——"你不留我吗？"

我真他妈白痴！

他气得飞起一脚踢在墙壁上，剧痛又让他抱着脚跳来跳去，路过的保洁阿姨一脸看神经病的样子，远远绕开他所在的区域。

虽然遗憾地没有理解到顾画的暗示，李阿池还是兴奋异常，那个吻绝不是随随便便的，代表了某种许可与暗语。他下定决心不能放过这么好的姻缘！

美中不足的是，隔两天他就得到 HE 公司去接受"复诊"，坐上那台机器戴上眼罩继续进行测试和数据分析。感情就像是发酵的美酒，渐渐地，李阿池渐渐已经看不到其他女性，无论她们身材多么婀娜，气质多么出众，容貌多么惊艳，他每次都在一张张面孔中寻找着顾画的影子。看到她时李阿池可以清晰感觉到自己的心脏在有力地跳动，简直是给给他的生命带来了第二次的活力！

这是前所未有的感触，让他越来越坚定——千万不能放过这么好的女孩，她是最适合自己的人。

每次阿杰都保持谨慎，不断询问李阿池那些固定的问题，头有多晕，有没有觉得失重和失去平衡，心慌吗，睡眠会影响吗……他会坚持原则，让李阿池在沙发上休息至少四十分钟，确定他行动自如才会让他离去。

另一个让李阿池头痛的人是郭启明。

郭启明除了上次给他打电话之后到现在为止一直保持沉默，这种沉默让李阿池心中不安，他几次想要联系郭启明"解释"一番，可是最后都懦弱地放下了手机。

如果需要，对方肯定会找到自己的，他知道自己在哪儿。

这么想着，李阿池将注意力全部集中在那个可能会给自己带来幸福的女人身上。他愿意放弃一切，尊严也好健康也好，他只想要得到她，和她一起生活，一起逛街，一起乘坐地铁……

6

"我要结婚了。"

这样的话从顾画的嘴里说出来让李阿池一瞬间如遭雷击，完全无法接受。

他强忍住自己就要爆发的情绪，勉强说："恭喜你……"

"对不起，我，我也不想，我不知道该怎么办……"

顾画欲言又止，好像比起李阿池更是不知所措。

"对不起，我是这样的坏女人，你听我讲……"

顾画原本是和一个男人订了婚，那个男人她既不讨厌也不喜欢，是家里给她找的门当户对的人，说是年轻有为，真人看起来也不算差。对于婚姻的期许顾画并不高，她虽然喜欢玩儿，可是心里很清楚，恋爱和结婚是完全不一样的。前者是纯粹的感情，后者理性要比起感性更加重要，和一个男人签下契约组建一个家庭，代表了一种承诺和责任。所以需要的可能更多的是对方是一个人品不错、有能力的人。可是随着日子一天天临近，顾画没由地心里越来越慌乱，之前的淡然和欢乐心情荡然无存，每天都能够收到一些朋友的祝贺，这些祝贺不能让她有任何放松，反而令她恐惧。

一天，她终于忍不住这种暴风雨前的宁静，她逃离了原本的城市。

可是下了火车之后她脑子里理性的一面又在训斥自己，怎么能够这么不负责任？于是她给家里报了平安，说自己需要去旅行一阵，放松一下。

在新的城市，她不需要成为以前那个乖乖女顾画，她重新弹起吉他，不再为了保持体重而刻意压抑对美食的喜欢，反正自己已经要变成一个男人的妻子了，在此之前稍微快乐一点吧。这时候她无意中发现了 HE 公司的信息，是一个小姐妹和她聊天时说起的，说她通过那里找到了一个超级棒的男人，既有责任心又有魅力，而且他们两个人非常来电。

听着少女幻想一样的话，顾画只是笑笑，打趣说："别被骗了啊。"

对方正色道："顾姐你别不信啊，真的，我认识的好几个人都去那里找到了合适的男朋友，我也是被她们鼓动才去的，现在这个时代啊，找好男人可难了，找喜欢的好男人就更困难。"

是啊是啊。

想着那位等待着自己自投罗网的未婚夫，顾画不免心烦意乱，她忍不住也去 HE 公司逛了逛，这一逛就出事了。

原本戏谑地说自己想要一个和约翰尼·德普一样看起来忧郁其实很洒脱的男人，没想到业务员给出了一连串的男人名单，游戏玩到一半自然没有放弃的道理。顾画看来看去，这些候选人要么太轻佻，要么太风骚，最后她选择了看起来最人畜无害的一个——李阿池。看着还挺顺眼的，于是就和对方约了一次饭局，她特地卖了个蠢露出破绽，结果对方只是愣了愣，这让顾画确定这男人应该不是老手。

如此一来她反而放松了下来。现在就当作自己最后的一次任性吧。

没想到一天天过去，她渐渐习惯了这一个男人。他不算太优秀，头发总是弄也弄不好，顾画忍不住总要给他理一理，他买单都是默默的，不会和你玩嘴皮子，他就像……一辆自行车，没有那么多花哨的东西，但是你和他在一起时不用害怕他抛弃你先离开，也不用害怕他会对你耍手段。遇到这样真诚的一个人，顾画觉得很幸运，这样的朋友总是不会嫌多的。

就这般安慰着自己，找着各种借口，顾画和李阿池不断一次次见面，她发现这个男人是一颗石中玉，他在慢慢发光。他学会了打理自己，怎么穿衣打扮，怎样契合顾画跳脱的节奏，而这些都是由于顾画本人造成的影响，这让她心里产生了一种难以描述的成就感。一次意乱情迷，她忍不住吻了这个有些笨拙的男人，回去之后她非常后悔。她已经意识到自己有些失控，原本的暧昧游戏变成了真情实感……巨大的愧疚感和羞耻感让顾画几乎无法入睡。

该怎么选择？是接受眼前这个突然冒出来的温和男人，还是回到自己既有的轨道，回到自己真实的生活，回到那个城市、那些朋友之中去……

李阿池在她看来太过于虚幻而美好，就像一次甜美的梦境，梦总有醒来的时候，不是吗？

"对不起！"

她咬了咬唇，松开拉住李阿池的手，扭头跑入人群之中。

李阿池几乎是强忍住自己，眼泪没有流下来。自己这算什么，只不过是一个即将进入婚姻的女人最后的玩具吗，体验最后一次被其他男人疼爱、捧在手中的感觉？他只觉得天昏地暗，世界变成了黑白色的线条，每一个路过的人都神色木然，如同行尸走肉，他不知道自己该做什么，该去哪里。回到自己那个小小的房子里，他将最后的两瓶啤酒一口喝掉——本来是准备来给她做啤酒鸭的。

他是被电话叫醒的。

"李先生，您昨天没有来我们公司做数据收集，可以的话请尽快过来，时间越早越好，因为……"

是业务员阿杰的声音。

李阿池一把抓住电话，愤怒道："骗子，你们都是骗子！"

那头阿杰有些蒙："到底是怎么回事，李先生你能够讲得清楚一点吗？我实在不知道出了什么情况。"

"你们给我介绍的女孩，她本来就是要结婚的！你们这样都还给我介绍！你们是骗子、骗子！"

阿杰说了声稍等，过了大概五分钟后他的声音再次传来："顾画小姐的情况有些复杂……这样，您下午有空吗？可以过来我们面谈。"

"我这就去。"

李阿池胡乱抹了把脸，抓起外套就冲向 HE 公司所在地。

他憋着一股子火气，一双眼睛看得阿杰都有些怯意。阿杰好不容易将他暂时安抚下来，带入了下面的办公室。

"李先生，是这样的……这次实在抱歉，因为我们的数据库中的确没法知道顾小姐是否有订婚的经历，这些口头约定其实也是不作数的。"阿杰小心解释着，"我已经把这个情况向上反映了，主管说可以退款，或者是帮助您继续找到类似顾小姐一样您喜欢的女性……"

李阿池恨不得说，我不要其他人，我只要顾画。

可这时候他已经平静下来，感情的事说到底还是两个人之间的问题，HE 公司不过是给他们一个更近的距离、更高的互相契合度。他叹了口气，已经没有了继续感情的心思。

最后李阿池依旧完成了最后一次的测试。

一切良好，唯一让他难过的是，他的眼里依旧只能够看得到顾画，其他女人，性感也好可爱也罢，他的视线就是无法从那个女孩儿身上离开。

阿杰看着数据表也是很遗憾。

"李先生，您一定可以找到合适的爱人，不要担心……"

"谢谢你。"

李阿池心中清楚，一个人一辈子能够遇到几次真爱？

7

离开 HE 公司时外面下着大雨，路上行人寥寥，李阿池精疲力竭地回到了小屋，门口顾画坐在地上，头发湿漉漉的，眼睛也是湿漉漉的。

"我不结婚了，好不好？"

李阿池只觉得心都要化了。

可是他还是咬着牙说："别闹了，这不是小孩子脾气的时候。"

李阿池去屋子里拿出一条干毛巾，他不让顾画进去，他怕自己忍不住求她留下。

走吧顾画，你应该回到自己的生活中。

就让这一切变成一段美好的回忆吧。

"我不走。"

顾画很固执地说："我只是订婚而已，那个男人还不是我丈夫，我喜欢你，你敢喜欢我吗？"

李阿池没法回答。

"你是不是男人啊！"

顾画声音里带着哭腔了。

"你说你不喜欢我，我这就走，再也不会来。"

"我喜欢你，可是……"

柔软的嘴唇就像是花朵，又像是某种新生的嫩芽，触到自己嘴唇的一瞬间李阿池只觉得身体都在哆嗦。这是一个漫长又甜蜜的吻，没有任何男人可以抵抗心爱女人的嘴唇。两人四目相对，李阿池看到顾画的眼神变得慢慢柔软下来。

如果就这样让她走，自己就真不是一个男人了。

"留下来，我养你。"

李阿池说着从未说出口的话。

顾画抱住他。

"我知道。"

湿润的身体互相温暖着彼此。

承诺和责任总是能够让男人进化。

李阿池突然觉得以前的自己很傻，总是告诉自己，要先有一份事业，有足够的地位再考虑一位伴侣。事业这个词对他来说好遥远，所以他觉得自己大概会单身一辈子。爱情并不是事业与未来构成的上层建筑，它本身是简单的、单纯的、发自本性的。它又是不讲理的、无可抵挡的，能轻易点燃一个人潜在的激情，让整个人与往日不同。

为了能够给顾画安全感与未来，李阿池火力全开，迅速找到了一份工作，薪水普通，但是重在稳定持久。他退掉了脏乱差的单身屋，在靠郊区位置租了一间能照到太阳的房子。他将除工作与顾画外的业余时间用来锻炼……顾画的微笑，一点点将李阿池颓丧的生活牵回正轨。

在李阿池过得红红火火时，久违的郭启明直接上门找到他。

"李阿池，你的第三阶段报告还没交。"

"没有了，没有第三阶段。HE 公司的事已经结束了，给我服务的业务员说我根本不需要第三阶段。"

李阿池小心措辞。

郭启明脸上平静，倒看不出是何心情。

"你的合同里写得很清楚，必须完成整个过程，记录你能了解到的关于 HE 的事。第三阶段你必须参与，否则即是违约！"

李阿池脑子转动飞快。所谓第三阶段，就是对于目前交往并不满意，想要继续寻找别的异性。如果这样做，就要对顾画撒谎，与另一个不知是谁的女人约会……一头是顾画，另一头是巨额的赔偿金。咬咬牙，李阿池街头痞子的狠劲儿上来了。

"该我履行的义务我已经履行，所有我知道的一切都已经告诉你，我希望你不要再来打扰我的生活……假如你打扰我的亲朋好友，我发誓我会找到你，不管你在马桶上，还是在你的律师事务所。"

郭启明没有被吓到，只是小声嘀咕了一句："奇怪，也是这样吗……"隔了一阵,郭启明回过神来,接着说:"鉴于你未能完成我的所有委托,余款我是不会打给你的。你想清楚了吗?"

只是余款而已,就是全部还掉这些钱又怎么比得上顾画呢。

李阿池毫不犹豫地确定,一拍两散。

郭启明离去那一天,李阿池喝了很多酒。顾画后来经常嘲笑他,说他醉着一个人在跳孔雀舞,还要顾画给他弹吉他。

他真的很高兴,那把悬在脑门上的剑终于消失了。

对于 HE 公司,李阿池是发自内心感激的。

一切曲折仿佛还历历在目。除了顾画,如今没人会直愣愣称呼他为李阿池,而是换成李总监、李先生。

眼下的李先生正一瓶一瓶地喝啤酒。他多么希望自己没有拆开信,看到那些照片,读到郭启明的话。少一点好奇与秘密,人会更快乐,也许 HE 公司的保密协议就是看透了人的这一点。

李先生摸出藏在身上已久的小盒子,里头是一枚戒指,一份承诺。今天,他不知道该怎么办,是将它丢掉,还是继续等到那一天为女孩戴上。

这是一封潘多拉之信。

……暂且把人脑比作电脑芯片,对外界感官不断重复,产生反馈的数据通过不同类似数列存储,即成感知。比如父亲是 0214 关联'威严',母亲是 0036 关联'温柔',看见父亲时就会和 0214 所关联的情绪联系起来,哪怕父亲并不抗拒,一般也很难见面就拉家常——即使这样做父亲并不讨厌。这不是人的问题,而是感知,感知影响判断。一些报道里爱吃头发的小男孩、喜欢收集铁器的人把自己关在笼子里的人以及嗜血病人，也可以算作感知关联紊乱。

HE 公司的技术，核心就是改变一个人的感知数列。所谓第二阶段，是查看、增减用户对于特定人物的数列密码，先以不断重复出现判断，然后就可以确定其排列方式对于人体刺激的强弱。应用起来，很容易可以制作出"初见却恍若认识多年"的效果。

第三阶段，是利用该数列关联更改删除，消除的是对于特定人物的内部感知，更改一个人的感情强弱。如果男女间不合适，就让一个人对于另一个人的感知冷淡下来，再寻找下一个目标，就仿佛没有过恋爱一般。当然，也有可能更严重……

更严重的李先生已经想到。会不会消除该数据后，这个人对于数列对应的物体也完全失去感知？明明认识的人，和陌生人没有两样，失去感情刺激，判断也就不存在喜恶，即相当于游戏里"读档"一般。如此两个人不断地认识、不认识、认识、不认识，总能有一次成功用某种好的特质唤醒对方的好感，因为没人记得自己失败过。

再黑暗一点，有没有可能，HE 公司将整个过程变得更简洁。譬如自己，第二阶段在被监测脑中感知序列时，直接将脑中的强刺激感知数列和顾画关联起来，这样的话岂不是一次成功更节省成本吗？

反复刺激，将荷尔蒙分泌与神经兴奋和指定人物联系起来，不断加深这一点，就像巴甫洛夫的狗。

强行配对，造成设定好的感情倾向，这样连第三阶段都不用了。

那半个小时的失去意识会不会就是这个原因？

那么……

我和顾画之间的感觉到底是真实的，还是从外附加的一串刺激信号？她真的爱我吗，我又是发自真心地爱着她的吗？

李先生陷入了无尽焦虑。

他继续看信，希望能从里面找到答案。

    ……HE 高层或许发现有所泄露，正准备逃逸。而现在还没有被正式指控，希望你能够站出来，和其他受害者一起结束 HE 的骗局……

李先生揉了揉眉心，努力让自己冷静下来。

其他人。

真有"其他人"吗？他不笨。假如有其他人又为何找到自己，又为什么煞费苦心写那么长的信与数据，还加上这些珍贵相片。

他知道当初郭启明不可能只聘用自己一人，肯定有其他人与自己一起在做内应。自己当初拒绝郭启明时，他所说的"奇怪，也是这样"——看来也有人和自己做出同样的选择。找到自己，只能说明其他人并没有同意，或者给出确切答复。现在最大的问题是自己和顾画之间的爱情，不，感情，是真实的吗？

李先生一根一根抽烟，在客厅里踱步。

这时候他听到拖鞋与地板碰撞的啪嗒声。

顾画穿着宽大的睡衣，走到他身边，端给他一杯热牛奶。

"怎么了？还不睡啊。"

"只是有点失眠。"

顾画眉毛一挑，说："其实我也是，在医院睡太久了，你在想什么呢？"

"想一些烦心事，想遇见你的事。我还是想问，当初你说去 HE

是闹着玩，你到底有没有经过他们的第二阶段测试？"李先生认真地看着女友，以前这个问题并不重要，现在却不得不正视。

"我真是被逼的，别看我爸妈现在这么喜欢你，当时可都觉得我那个未婚夫好，天天在耳边念，念得我都不想活了。"

李先生认真看着她。

"我参加了第二阶段。"

李先生心里一紧。

顾画继续说着，自顾自将本来给男友的热牛奶喝了。

"我当时选的'梦中情人'是约翰尼·德普，对应的业务员姐姐说我可以直接拒绝你了，或者她给换一个类似类型的。我当时一想，再选一个也不见得就多好，况且我又不是真要男朋友，就说再试试。和她撒谎可费劲了。

"后来晚上吃饭，觉得你也挺好玩的，居然真的在西餐厅将鸭脖子吃光了。我不知道其他人对爱情怎么看，反正和你在一起我很开心，一点也不讨厌，总是会想到有意思的事情。虽然并没有电影里那种怦怦跳的感觉，但我看着你，就想和你一起吃饭、一起散步、一起看电影、一起淋雨。这种恋爱是不是有点问题？"

李先生从没想过顾画的表白可以这么深情。

他用力搂住她说："没问题，谁敢说我家顾画有问题，我揍他。"

顾画呡着沾了牛奶的嘴唇"嘿嘿"两声，小声说："说这些话还怪不好意思的。"

爱情到底是什么，是荷尔蒙，是感知刺激，是责任，还是心跳血液加速？真有人能够真正完全定义这种不稳定的东西吗？

对于李先生来说，他的爱情就是顾画。并不是一点点的刺激与感知，而是与她见面的每一个画面，她的一颦一笑，她恶作剧的眼神，她大大咧咧的失误，她鼓励的挥手。他们感情的最佳证明就是现在的李先生，顾画让街头混混李阿池变成了李先生，顾画也彻底恢复了自我。

这并不是虚假。

李先生抱着顾画，一点点将落在地上的信踹进沙发底下。

他摸出戒指，正准备单膝跪地。结果顾画捂住脸，大喊我什么都没看到什么都没看到，飞快跑回卧室。

李先生笑着敲门喊："你跑得掉吗？"

他不懂的依旧有很多，但他知道，自己的幸福正在门的另一侧，那是看得到的，并不是虚假数列与感知而已。他相信自己，他也相信顾画。

单身的人嘴上说着无所谓，其实都希望能够找到一个与之相伴的伴侣，获得自己的 Happy Ending。无论如何，HE 做到了这一点。

郭启明分析得都对，他却没考虑到一点，没人想背叛 HE 与爱人，重坠孤独。

月球往事

序幕

老黄躺在椅子上,眺望远方的环形山。坐他身旁的我在读旧日的诗。

"哦,丹尼男孩,风笛正在召唤,从山谷间到山的另一边,夏日已远,繁花将尽,你要离去,而我等待……"

这首年代久远的民谣,我已记不清何时将它当作诗来念的了。可能几年前老黄开始变得孤僻时开始,可能是十年前玛多消失时,或者更早。我们一行人初临这颗荒凉又充满神话气息的星球,坐在山头,看着脚下风暴洋,是否也念过?

我不确定,我尽量让自己的语气舒缓沉着,不至于打扰老黄的发呆。他歪戴厚呢绒帽子,身体裹在羊毛毯子里,双眼似睡非睡。寂寞让时光之沙加速坠落,它一点一点剥夺掉老黄的生气,就像对无数人曾做过的一样。

"你走。你放心,你的事我一个字也不提。"老黄睁开眼,重复每次都说的话。

我并不是来求保证。但每次听到他开口,总是感觉久违的安心。多年过去,我的安全感依旧很差。

他从毯子下掰下两根金属杆,不紧不慢地敲打椅子两侧的扶手,那是他的脚。不止如此，毯子下面的手臂、腰腹、胸膛都是金属制物，他脑袋里也是那样的东西。

"现在普通人与新人类都在用仿生器官，只要你愿意，我可以马上联系手术。你这样实在不方便……"我忍不住又劝他。

他没答话，只是梆梆敲打双腿。

耳边传来部长的声音："凯斯特，中午喝杯茶怎么样？"

虽然是商量的话，但语气不是那么回事。我对老黄说再见，他只顾摆弄铁杆。

车子启动时我又回头看了眼。

老黄背对我面朝环形山，手持钢铁，身影孑子。

时间落向月历十五年，我踏上这块土地整整十五年。同行的开拓者只剩下我与老黄，老黄如日落暮霭，我蜗居在穆恩实业随波浮沉。

二选一

部长被总部提升为月球区市场总监，而新人事部长还在地球收拾扫尾工作。他要我从两位新职员中筛出一个，纳入正职。

"你画钩，人留下，大原则跟着398劳务条约。再有，评估公司反馈，他们两人之中有一人有新人类嫌疑。现在的新人类，就像小偷，永远盯住你的口袋，防不胜防。找出'他'，送他进监狱。"

部长腆肚走到门口，自有侍者殷勤地递上外套，推开拉门。

新人类指的是产生自我意识的机器人，数量稀少，成因纷说。有研究院指出它们的意识来自于电流变化，也有说是湿度与金属电子的影响，但都还没能充分证明。

当新人类的独立意识得到证明后，伦理学会就极为大声地请愿要求让他们也作为"人"的个体享受人的权利。初期，大部分人对它们心有怀疑。毕竟拥有人类学识数据库，而又体能惊人的家伙，一旦作恶，危险程度难以估量。首批新人类包括老黄在内，被派往月球开发居住区。付出惨重伤亡的代价，既证明新人类确实是可靠的伙伴，也打造出了如今保护壳笼罩下的月球区。

我翻了到手的资料，两人分别叫吴忘、王越，都是年轻男性，均有参与研发经历，看起来不差。我按惯例办部长欢送会，顺便叫上了这两个待考新丁。王越说有事来不了，吴忘说没问题。在我强硬要求下，王越没有再拒绝。

但愿今天就能结束，给合适的那个发聘书，给另一个戴手铐。

吴忘脸部轮廓坚毅，黑西装裁剪得体，头发一丝不苟地拢在脑后，看起来严谨刻板。他脱下外套一开口，你就发现并非如此。

"凯斯特副部长，这是荷兰熏鱼，撒一点点柠檬汁，吃起来有薄荷糖的味道。对于吃我倒是有研究。"

吴忘座位靠我左手，人不怕生，却也不冒失与前辈们套近乎，懂深浅。

部长用食指拨弄酒杯外壁。我知道是时候了。

"诸位，让我们一起敬部长一杯，感谢一直以来的关照，祝福部长早日再次高升。"

同僚们站起来，高举酒杯，灯光在酒水与器皿反射下变得细碎而晶莹。部长以一个几不可见的姿势朝我微微点头。

"感谢大家，都是大家一同努力的成果。"说这种话，他的方脸上也毫无波澜。不止他，其余人也差不多，严格说起来，这不过是工作的另一地方而已。一个个和部长饮了一杯，说着各自准备好的贺词。

吴忘低声问我，部长脸怎么那么严肃，不知道还以为是机器人。在座的老员工们的面部表情都显僵硬，多年都是这么过来的，所以我看着也觉得没有什么意外。而在新人吴忘眼里，就变得不可思议了。

穆恩实业有两百六十八层楼，一半作为办公场所，另一半作为员工居住，这份魄力曾经震慑企业界。但长期"homework"的后遗症也相当严重。

"大家都容易相处的。"我含糊道。

"几个前辈都说，部门里凯斯特副部长您最照顾新人，以后还请多多指教。"吴忘笑着说。

对于年轻人我并未特殊对待，不过是性格使然。对于高位无所求，也就不必过得那么复杂。是其他人对于新来者的行为多有不耐烦，才更显得我好说话。

部长稍稍停驻，便告诉我们还有宴会将赴，让大家随意用餐。

主角离席，气氛冷却，热闹也如被带走了一般。我本准备让酒馆来点表演节目，吴忘问我他可不可以试试看，我说好。

吴忘拿餐刀站起来，仰头入口，双手一按、捂嘴，刀子不见了，伴随咳嗽，他手指间出现一些血迹。我们有点惊慌。

有人笑了声。

吴忘咳了下，示意我们没问题。而我也看出来了，这是一个视觉戏法，他手上的应该是番茄汁，利用盲点完成了这个魔术。吴忘要整理，就朝卫生间走去。

他一走场面又沉寂下来。大家埋头看各自的浏览器，哪怕我们坐在触手可及的距离里，现在也不大愿意开口。这是参宴后期惯例，与其说这是失礼，倒不如说这才是真实自我。眼前人无非抱怨几句，讲讲日常，毫无新意。而每一秒，世界上总有一个地方在发生奇事。网络总能够及时抵达。

我注意到长餐桌最末端的年轻人，他除在戏法时发出一声嗤笑，其余时间都独自呆坐，对食物也没有兴趣，双眼牢牢定在腕部的电子浏览器投影上。他正是另一位新人，王越。

王越与吴忘着装截然相反，一套宽大的运动衫，眉目冷漠，连对部长敬酒也有些敷衍。我看到他嘴唇沾了沾，就用纸巾抹去了。眼下他倒是轻易地融入了我们的惯例——低头餐。我走过去在他身边坐下。

"不趁机认识下大家吗？"

他抬头看向我，"嗯"了声："不用，反正一辈子都会住在这栋剑楼里。凯斯特副部长，听说你人在人事部，对于技术却很有见地。我对于芯片设计，也很有心得。"

他咧开嘴，又道："我身体不舒服，可以走了吗？待在这里也是浪费时间。"

我呆滞了下，觉得这家伙实在坦诚得可怕，却也没有理由拒绝。开了先例，后面同僚们都陆陆续续以各种缘由起立退场。

很快一桌就剩我一人。

吴忘擦着手从卫生间出来时非常惊讶，我说不必介意。他住在九原路，那里离老黄居所很近，我说送他回去。吴忘脸带酡红，要不是他口齿还清晰，我会认定是酒精中毒。反正是要对他考察，就从这段路程开始。醉汉容易真情流露，也容易演技穿帮。

我出门前再瞧了瞧座位四周，总觉得忘了点什么。

跨出大门，不用抬头就能看到那颗蓝莹莹的星球。我想到十几年来月球的第一餐。三个人坐在高高的山岗上眺望故乡，隔着防护服笨拙地用勺子去舀罐头里的豆子。我不小心将勺子和罐头一齐掉落峡谷。没有回应，甚至风声也听不到。

"不好吃。"老黄递过他吃了一口的豆子给我。

"还好，我有自带餐具的习惯。"隔着两扇透明头盔、笑得大大咧咧、名叫玛多的女孩将她包里的银色筷子递给我。

类似的事情在环形山一百六十个据点同时上演着，人与新人类确实结成过对抗未知的同盟。似乎，深渊与高岗也不那么可怕了。

广寒宫小分队

初抵月球时，我被分在环状山群的第四高地。这里有块突出平台用以固定设备，下面就是月海风暴洋。照任务指示，我们将在这里从事三个月的数据测量。过程说来复杂，其实不过是勘探与预警，查看地质是否稳定，能否作为人类聚居点。

"今天工作结束，现在交给自控系统，下班下班。"名为玛多的女孩拍掌道。

她是我们队长，年仅二十岁，褐色长发，有狮子猫一样的小巧鼻子和狡猾的双眼，得上头各位首肯，率领我们野外独立作业。在我眼里，她最大的特点就是话特别多，尤其是下班后。她常说什么"哪个地方乐子都得自己找啊"。

"来来，give me five，老黄你轻一点啊！"

"你们打牌吗，德州扑克斗地主桥牌我都会哦。"

"你们要下棋吗？"玛多凑过来。

我说还是算了。在精于计算的老黄面前我基本毫无招架之力，哪怕用公家装备计算作弊也赢不了。

于是我和老黄双目相对，玛多无聊地数星星。

猜字游戏、抓乌龟？都不行，在老黄面前，这些游戏就是敞开的金库，予取予求，我和玛多加起来也不够玩的。

"不如玩大冒险。"玛多建议用豆子来做赌。

假如不愿意说被人提出的问题，就得交出一罐豆子，鹰嘴豆可是手里最好的食物。赌博自然就有它的乐趣。

我们弄了个0-9的转盘器，转谁谁说，三人中我是0到2，老黄3到6，玛多是7到9。为什么要这么选，因为老黄豆子攒得最多，能者多劳。

老黄反对，被驳回。

第一个被抽到的是我，问话是老黄，他想了半天。

"说说牛顿与麦克斯韦的电磁理论及其优劣点。"

我这个记得清楚，倒背如流。

玛多却不满意："不是这么玩……要问就问比如你有几个女朋友啊，为什么没结婚啊，整容过没有，组里最讨厌谁，有没有暗恋过老师，或者和其他新人类超友谊关系……"

结果下一个她就被抽到，又是老黄问。

"你组里最讨厌谁？"

不愧是计算专精新人类，抓重点真不是盖的。

玛多忍痛交出一罐鹰嘴豆。老黄的金属手指握了握，放入身后的个人旅行袋里。

这只是开始，玛多成了答题机。不知是运气问题还是老黄做了手脚——想来以老黄的作风，欺负比自己低级别的计算者是毫无兴趣的。

"你暗恋过女老师吗？"

"我喜欢男人。"

"整容过没有。"

"没有！"

"初吻是什么时候？"

"你以前有没有偷拿我们的鹰嘴豆，我都看见了你还拿？"

……

玛多筋疲力尽，一脸失败者的愁容。隔着透明头罩，我可以看得很清楚。也是这种时刻，才觉得她符合二十岁的年龄。由于我正在学着读诗的缘故，看着她有点微微出神，脑里想到了那些故事里流连河畔的忧郁少女。

"广寒宫计划具体是怎么回事？"老黄问。

"不过是检验新人类的可信程度而已。这事所有队长都知道。"玛多脸色不变，坦然说着。

"测试好了吗？"老黄的电子眼转动不停。

玛多拍拍身上，站起来。

"谁知道？不过有的已经猜到了，再说这事也没有强行要求保密。在我看来，我们这些队长首要因素并不是自身有多强的知识技能，这些新人类都会更强……大概是交流和凝聚的才能吧。"

原来我成不了队长，是因为交流能力不合格。我默默倾听，心想广寒宫不过是一个选在安全模式下的测试。若有问题哪怕在这里爆发冲突也无所谓，没有问题则是皆大欢喜。

"但是现在变得不同。探测出月球似乎还真的能容纳人类生存，因为这里的土质、能源、深层矿石……就是说变得弄假成真了。"玛多摊手。

"那我们会在这里多久？"我问起亟待知晓的关键。

玛多手指隔空于下面月海上画了一个圈。

"至少，要第一个居住点建立。而不是现在的几十艘飞船组合成的营地。咦？红色预警。时间到了，前方发来月潮报告。找掩体，注意防护，设备固定，套上保护层。"

我们一肃，各自把保险绳拴在腰间，与固定在地上重达两吨（月球质量）的设备套在一起。而这时脚下的大地已经开始高频率震动。

月潮时间有些飘忽,有时隔一周,有时连续两三天。和月球本身、太阳、地球之间的引力有关联,具体成因与计算公式还不能完全确认。之所以叫月潮,因为和潮汐颇为相似。

但对我们这些亲历者,这就是一次——"蹦极时间!"

玛多惊叫一声,带着兴奋的惊喜。

电流杂乱声刺激着听觉,我感觉如被气锤击中背部,脚下像产生了上冲气流,仰天腾飞而起。冥冥中似有一只手,就像抓扭蛋一样,将我们提起来仔细端详,身体不由自主地向着太空飞去。回头望去,无数根绷得笔直的保险绳让我们看起来就像节日气球。

不远处,在碎石块中游泳般划动双手的自然是玛多。她正享受着月宫游乐场免费的刺激。

另一个蜷缩成一团、像豆子罐头形态、双手抱膝护住头部的是老黄。他依旧保持冷汉本色,一切以精准安全为主。

我想到才读的诗:

去吧　摩西
在遥远的地方埃及
告诉年迈的法老
让我的人民离去

两个人

"凯斯特副部长,我到了。"

我回过神来,朝吴忘点头,让他直接叫我名字即可。

"哪怕隔这么远,也看得到公司的剑楼,都说它叫作'石中剑',

看起来是贴切的。"吴忘朝我摆摆手告别，醉步有些踉跄，但还未到走 Z 字形的地步。

石中剑是穆恩实业的建筑师的一个灵感。将穆恩大厦建造成剑柄形状，最高处剑墩处呈球形独占十层，自然是穆恩掌门人所有，往下笔直柱形大楼两百五十层是剑茎，最下护手剑镡双翼呈向上弯曲弓形，正是穆恩实业引以为傲的研发部。

由于使用的是混合稀有金属与新型材料，外层极为吸附光，犹如光晕缠身，哪怕再远，也能看到这一柄没入月球的巨剑。外界盛评为：象征人类征服月球的武器。

这样说来也没错，没有科技能力的话，就没有抵抗月潮的人造电磁圈，人类是无法在这个星球上生存的。作为企业界排行第二的庞然大物，却也有这份资格。

说起资格，就不能不提 398 劳务条约。398 指的是包括穆恩实业在内的 398 个各行巨头，它们参与了针对新人类劳务条约的起草。过程算不上一帆风顺。

从月历初（即月球区建立）直到月历五年，几方角力下新人类被承认，获得普通公民身份。月历十年，当人类社会对于新团体不再新鲜后，自然而然考虑到其价值。强悍的身体、提供能源就能持续运转的大脑、良好的素养、超强的学习能力……新人类受到用工单位的青睐。但追捧并不是免费的，同岗新人类薪酬要少得多。并且，军政方、研发部门、财务部门、枢要设计等都不允许新人类涉入……说到底，需要他们做的是高风险高强度的难度作业。这是人类社会的规矩，像几百年前落后的封建国家要进入现代序列一样，不平等是必经之路。

也有不甘的新人类，想通过非正常途径破局。比如躲过注册、利用技术漏洞逃过检测系统、伪装成人类身份生活。可人类天生对户口身份拥有难言的敏感与重视，在鉴别技术方面天赋异禀，进步神速。月历五年之后就鲜有避过的审核者。"偷渡者"一旦被发现，轻则拘捕监禁，重则流放拓荒星。

将以上的"不允许"捏在一起，即398劳务条约。

作为企业集团影响力排行第二的穆恩实业，自然遵守自己定下的规矩。然而穆恩研制的核心是仿生芯片，力图突破人与机器的界限，在内部质检，瞒过最新检测仪差不多是基本要求。单这一点看两者又有点矛盾。不过就像男人与女人、战争与和平，人类社会向来习惯正反缠绕前行。

无人车操作屏幕闪烁，路线图指回穆恩大厦。我没有摁下，既然已经外出，那就沿路去看看那位"身体有恙"的王越。

看有没有可能，听到对方承认是机器人的坦白。

"门锁线老化，没关。"

王越头都没从屏幕前转过来。

由于身在人事部，我常到各员工处拜访，但是这种将卧室做成实验室的风格还第一次见。二十平方米的单身宿舍被划成两块，从入口到左手洗手间为界墙壁为白色，是摆放各种柜台、展示架的区域。里面的东西看得我有点移不开眼，几成违禁品的初代新人类脑部芯片、无人探测车、各种模型稀有主板……再往前第二个区域墙壁呈海蓝，安置有两张塑胶包裹的桌子，上面有示波器、电流电压一体测绘机、模拟系统演示架等。

"你睡哪里？"我好奇地问。

顺指引，我双眼上抬。

天花板上悬有一架网状吊床，被子从两端垂下来，看来像一种兰草。旁边还焊接了一个依墙固定的螺旋扶梯，上面灰尘沉积。

"睡觉，什么地方都可以。"王越这样解释。

墙壁上的一张照片吸引了我的注意力，它挂在杂乱的各色金属导线后面，年代久远，正是被传诵无数年的阿姆斯特朗登月，挥舞美国旗帜的一幕。转过头来，我对上一张熬夜过多导致白肿的脸。

"凯斯特，告诉我你们当时到底发生了什么。作为第一批参与人员，你一定能够解答我这个问题。对广寒宫计划的意外、失踪死亡人数巨大的原因，外界资讯太少。"

我并未过于惊讶，很多人问过同样问题。

"你今年二十岁，东大工科硕士毕业，专业是工程电路设计与模拟……"

他有些疑惑地看我，不知道我念履历的用意。我也说不准，也许忘记的东西总需要一点时间、一把钥匙，才能开始尘封的盒子。

嫦娥

二十岁的队长玛多带我们三人小队驻扎环状山。

每月小队有一次回营地补给的机会，一般来说由我与老黄轮流坚守，玛多对于洗浴的需求近乎偏执。这次是老黄留下，我跟随玛多返回。我们问老黄要不要什么小玩意儿，比如螺丝钉、乐高之类，他说他要一把木吉他。

营地里大家都利用着短短的半天时间寻找一切物资、汇报与统合。玛多找了些女士用品，最后拖了一个差不多两平方米的立体箱出来，让我用无人车带上。我问是什么，她说到时候就知道了。

回到据点时，看到老黄正在敲敲打打修理他微跛的左脚。上次月潮虽然他将自己变成了最稳固的球形，但是依旧被飞石击中。运气的事情完全说不准。

玛多用手敲了敲她的金属箱，摁了一个键。地表微微震动，箱子四分五裂，机械咬合之后，弹出一个合金框架的小平台。上面有固定的架子鼓、电吉他、麦克风、调音台……

"'披头士的微型演唱会'虽然少了鼓棒，这也是难得的好东西，我在库房找了很久。"玛多脸带得意地介绍说。

老黄正丢下腿要哐哐哐地去摸吉他，被玛多挡住。

"你现在还用不上，乐器珍贵，没有下一件了。你用这个练手。"

老黄怀里被塞入一把木头吉他模型。

他一愣，我笑出声来。

他俩一齐朝我看过来。

"还以为你从来不会笑。"玛多惊讶。

我恢复原状。

"哦对了，这是给你的，虽然肯定有电子版，但是纸质书才是承载艺术的灵魂。"她把一本诗集递给我。

于是接下来的一个月，我手捧诗集感受所谓"承载艺术的灵魂"，老黄傻瓜一样弹奏听不到的音乐，玛多则摸出她的银筷子开始练鼓。

鼓音通过麦克风传来：咚咚咚——锵锵——咚咚——咚——

我跟着节奏变化，鼓声密集时翻开战争诗篇，鼓点悠长时阅读"林中小憩"，倒也不错。终于，老黄说他完全可以驾驭电吉他，必须上手。

"好，第一次演奏。老黄拿好吉他，我来架子鼓，凯斯特你当然是主唱，你念诗的声音很好听的。我调音量，快快快，站好位置。这是命令。"

我被玛多赶鸭子上架，站在微型演唱台上，看着面前的扇贝状麦克风有点蒙，手都不知道放哪里。

"唱这首《明月几时有》。"

耳机里传出前奏与节奏拍子：One 咚——two 咚——three 咚——

Go——

老黄手持吉他摇头摆脑：嗞嗞嗞——当当锵——当当——嗞嗞——

我对环形山们唱："明月几时有，把酒问青天，不知天上宫阙，今夕是何年？"

玛多手中鼓点不停，接："我欲乘风归去，又恐琼楼玉宇，高处不胜寒，起舞弄清影。"

"不对不对。这个太轻，敲小鼓声音太小。"

玛多看着手中的筷子颇为苦恼。结果老黄跳上高台椅，拧下合金双腿丢给她……

声音一下子就够劲起来。

"我们就叫'嫦娥乐队'！再来一点灯光和观众！"玛多咚咚咚锵地用力敲鼓，用备用电源打开了舞台全息系统。灯光上射，直达天穹，下面多了不少观众的影子，都在用力鼓掌叫好。

音乐让我整个人都失去了往日冷静，我变得很奇怪。我在台上跑来跑去，一会儿一个跟斗，一会翻滚、急刹车、双膝跪下。

台下的观众们也越来越卖力，无比真实。

不，不对。

他们都是身着防护服真实的人。还有不少与老黄一样大小不一的新人类，有的像灯塔，有的像战车，他们眼里闪烁着奇特的光。备用电源用得早已七七八八，这些都是从其他高地看到我们灯光赶过来的战友，他们拧到了和我们同频道，大声地应和。

那些高举的荧光棒让我大脑几乎停滞，浑身发烫。我用力跳起，将音量推到最大。

"大家一起来，one two three go，我欲乘风归去，又恐琼楼玉宇……"

麦克风里大家闹哄哄地唱着："高处不胜寒，起舞弄清影，何似在人间！"

在孤寂的环形山上，我们尽情地用音乐对抗大自然的寂寞，黑洞洞的月海也无法阻止我们的热情。不管是人还是新人类，相拥共吟。

本是悲伤的歌曲，却唱出了说不出的豪情。

不同的目的地

"真想和你们一起参与到广寒宫里，创造历史。"王越叹气，眼里带着浓浓的不甘。

"不是你想的那么好，会死人的。"

"做事哪有不死人的，瞻头顾尾，做不了事。"王越嗤笑。

那种死法，生平仅见，他不会想见到的。

我问了他为什么要到穆恩。

"我不信灵魂，对于无法证明的东西我没有兴趣，但我承认人与新人类存在差异，而我，希望能够构建出这个差异的模型。穆恩的核心产品，超大计算能力仿生芯片，听说连最新探测器也无法甄别，我很有兴趣。可是一等品都不会外流，内部都只有几个人有触碰的权限，连黑市都很难订到。"王越握紧拳头，期待地望向我。

"你不会以为我能吧。"我哑然失笑，朝他道别。

从穆恩大厦到吴忘所在的九原路有个三岔口，拐角朝左是王越所在的小单间集中区，朝右是老房子聚集的旧街，老黄就住在那儿。

拐角处的路灯下，一个黑色长发青年在用萨克斯演奏《回家》，他没有腿，下肢是可转动式履带，背上垂下细长的缆线，接在旁边计费公用电源上。在履带边是放乐器的盒子，里面有几枚硬币。

这也是新人类的一个现状，对于用工剥削很少妥协，宁可过艰难的生活。大多热衷绘画、音律、文学，不知是为证明自己的创造力，抑或是某种共识。

我给他一枚硬币，他说谢谢你先生，祝您平安。

由于此次来并未通知老黄，所以我看到了以前未曾见到的一幕。

他坐在椅子上拨弄吉他，金属手指套了硅胶套，可以有效保护琴弦。这是玛多曾帮他弄来的，保留至今。

安保系统干涩的电子音叫个不停——客人来访，客人来访。

老黄放好吉他，闭上眼。本来心头的烦闷一到了这个地方就变成了无尽愧疚，我在这里连声音都变得很小。我慢慢倾诉给他听。

"……遇见了很像我们的年轻人，不知道能不能留下。现在的人啊，变得越来越像机器，厌倦交谈，反而是机械之身的新人类对一切保持旺盛好奇，尤其对创造类非常在乎，也许要不了多久就能够完全容纳了吧，只是现在的劳务条约……"

他吐出一个词。

"叛徒。"

我攥紧了拳头。努力让自己松懈下来，我将这个词甩出脑袋，摸出那本早被翻得有些起毛的诗集，慢慢念。

"叛徒。"

老黄又说了声，红色的电子眼对准我的瞳孔，让我的灵魂也刺痛起来——假如世界上真有那种东西。如果避免凶祸也是错误，那为什么我会被选入广寒宫？他们不就是看重我能够果断从危险逃脱、迅速判断的能力吗？虽然如此，老友的话还是让我如衣衫被剥，尴尬难受得发抖。

"你放心，我就要死了，将不再存在秘密。人无法计算自己的寿命，机器可以。都说知道自己命不久，不见得是一件好事。但对于我来说，倒是解脱。"老黄说。

"我没有计算到，我失职，我该和玛多一起。凯斯特，你觉得自己的选择真的没错吗？"

我没有错。

我有汇报，有寻找失事人员，也有积极救援，要说真的有错，无非是个人掺杂了私欲。没有欲望的人类，还是人类吗？

"三十天后，我死了，你再来。"

老黄送客，我却没有动腿。一生中可称得上朋友的太少，已经失去了一个，老黄是最后一个。三十天后，再没有老黄存在；而三十天后，过往也将一起埋葬。哪怕我强行给老黄换上最新芯片，那个机械体也不再是老黄，它也许能保留记忆，但那毫无意义。老黄的灵魂已经走入了倒计时。

本来预计的如释重负并没有出现，反而心里沉得难受，悲哀得让我不敢看。

"那时候，你再来唱一首明月几时有吧……"

缓缓关上的大门里传来老黄终年不变的音调。

第二天我在人事部大厅遇到了吴忘。他恢复很好，酒气已经完全消失。

"听说我和王越只能留下一个。"他小心翼翼地问。

我没有否定，真相总得面对。

"你为什么一定要进入穆恩？还有很多不错的集团也需要你这样的年轻人。"我问。

"我想要改变新人类与旧人类的关系，证明金属里也能拥有灵魂。而穆恩的产品，正在做着这样的事。企业够大，才装得下我的野心啊。"青年笑着说。

到人事部部长办公室处，我还沉浸在吴忘几乎狂妄的言语里，被新部长迎面的话给吓了一跳。吴忘与王越的人事甄选三十日后确定？那不是老黄的去世日期嘛。

两个新人也收到消息，频繁与我接触。说起来，这也是考核项目之一，公开来看谁能够获得进一步的机会。

我的办公室里种满花草，对外说是因为以前广寒宫开拓时眼里完全看不到绿色的原因。其实只是希望有什么能够陪在身旁。

王越来过两次，送了我一盆兰花、一簇雏菊，直愣愣说凯斯特你会留我的对吧，论才华我比他好几条街，没有理由拒绝。我含糊其词，对这个完全不懂人情的天才相当无奈。

而吴忘也好不到哪儿去。他没事就来找我聊天，什么都问，广寒宫、公司的情况、对新人类的看法。如此稚嫩的讨好手法，也只有雏鸟会用，但这份青涩的坦白并不让人心生讨厌。我说都还好，公司从来唯才是举，对于新人类也并无恶意，只是因劳务约定对新人类暂不招聘。

吴忘会变魔术我是知道的，他还有一手硬币绝活，放入口中，从脑后取出。我问他是不是把时间都花在魔术上了，他摸着口袋里叮叮当当的硬币，笑说其实他更喜欢烹饪和美食。

真是有朝气的年轻人。

中途我几次去看望老黄，他都紧闭房门。

到出决定那一天所有人出席，部长旁坐等待结果。我端坐上首，已经签字的红皮聘书放置在双手中央。

王越和吴忘都看向我，眼里透出赤裸裸的期盼与紧张。而部门其他人也都望过来，目光在他们身上来回扫动。这份沉重的信任已经多年未感受过了，我可以再次握住吗？

结尾的开头

时间倒回到十五年前的那一天。本来，一切触手可及。

"到底受处分了。"队长玛多发出一声不满的嘟囔。由于我们无组织无纪律开演唱会，被从高地上撤下，下放到月海风暴洋里最低点做地下测绘。

老黄用军工铲挖了一勺碎石砾，在里面拨弄着，拿了一块放入嘴里咔咔咀嚼。

"稀有金属含量还真是高……下面的磁场简直不像天然形成，这种具有加强力场的能量如果能利用起来，建立一个居住点绰绰有余。"

我脑子里是赞美诗与嫦娥乐队的事。

"凯斯特，准备调试地下最后一次引爆。虽然月潮才过，我们也得注意警惕。"

玛多向指挥部与上方各小组通告了起爆通知，在数据板上插入身份牌——这东西要我们三人同时确认才能启动。我用身份牌拧开接通按钮，看到一切数据正常，于是朝老黄点点头。老黄从手腕里掏出他的牌子，哼唱了一句。

灯亮，起爆。

巨大的轰鸣搞得我脑里有什么东西在晃动，身体也不大听指挥，但是眼前有点不对劲，时间持续太长。玛多正在大声说着什么，耳机里却是杂音，老黄在操作台上飞速运算，电子眼闪烁不停。可就是什么都听不到，只有电流的嗞嗞嗞。

我看到玛多的口型不断重复，抿嘴，张开，O 型，再抿嘴……

她说的是，月潮。

脑子里第一个想法是不可能，因为上次月潮是六个小时前发生的，最早也要第二天或者第三天才会发生。但是脚下的震动明白告诉我，这不是玩笑。由于在低水平位置，这里的震感比高岗处严重得多，我几乎要站不住。

老黄还在试图和周围联络，我则默契地固定设备，布置场地。

玛多则弹开了我们的"演唱会"。

她到底在想什么？

我已经无暇考虑这些了，脑子里飞快运转着应急备案，想着可能发生的各种后果。如今才引爆，碎石还未清理震碎，若是撞击在人体上后果不堪设想……该死！

毫无防备的灾难总是最难应对，尤其是当对它了解还很少时，未知是一切难题的起源。

所有事其实都发生在仅仅半分钟内。当再一次高频率的震动传导过来时，我知道要来了。而同时，我看到高耸崖壁上的灯光，照出了"抱紧设备"的警戒语。原来这才是玛多摆弄"演唱会"的原因。逃难专家的我也得对她的机智赞叹。

玛多眼里依旧带着愁容。我们都明白，这种做法作用有限。

也许是在地下电磁力加载的情况下，此次月潮威能惊人，足有以前的几倍。哪怕是我与老黄，也差点没拉住。最糟糕的是通信断绝，我们各自为战，无法聚合群体力量。

玛多也在坚持。

我被月潮倒吊，双臂抓紧设备杠杆。我看到脚下的无尽星空里，如蚂蚁一般的身穿防护服的同伴们被飞石风暴击中、割裂、击断保险绳、正中头部，新人类朝血肉伙伴们靠拢，努力撑开自己的身体，化作盾牌……

肩膀突然被人用力一撞。

是老黄，他指向旁边。

玛多从我眼前飘过，她也朝天空坠落着。她根本未来得及系好保险绳，又被"演唱会"的架子鼓卡住了脚踝，随之一起正在飞离月表。她双臂朝我们张开，仿佛下一秒就要跳入我们的怀里。

我紧紧拽住老黄的腿，不让他去做无谓的牺牲。老黄疯狂挣扎，可在这种环境里，力量根本无用。

逆境求生的首要原则：绝不做无胜算冒险。感情告诉我我应该飞去，利用身上的保险绳说不定能够帮她争取到一线生机，理智却一步不让，让这个想法窒息在身体里。哪怕对象是……朋友。

"演唱会"的灯依旧闪烁着，在这死亡之夜里带着一股说不出来的凄艳绮丽，而我们的队长、嫦娥的鼓手、少女玛多，一点点飞向天际。她最后似乎笑了，做出了那个习惯的笨拙划水动作。

一点都不好笑。

就像神话里，那个误食不老药的女人嫦娥一样，也许我早就不应该答应她，取这么个不祥之名。

眼泪几乎要涌出眼眶，但我知道，那是不可能的。

因为我凯斯特浑身钢铁，也是一个新人类啊。

尘埃落定时，老黄不停地说："我该跟上的，如果我跟过去，她应该能活下来。不应该是这样的，不应该……"

"你害死了她。"老黄怒吼。

"我没有办法。"我侧过脸去。

"你有办法,你没有做。"老黄的声音没有变化,我却觉得浑身发冷。这是错觉,身体里的一切数据正常。望着如雨滴落的尸骸,我脑子里突然冒出一个大胆主意来。于是我对老黄坦诚。

他拒绝了。

"之所以你能成为主唱,玛多说过,因为你具有比旧人类更丰满细腻的灵魂,你的灵魂呢,依旧还在那些指令里打转。你害怕危险,你害怕产生难以抑制的感情,你压抑自己,那么你和我们使用的无人机有什么不同?你的身体比我高级,芯片比我更先进,你拥有规避祸端的能力与应变。但是,你不是人。你现在还妄想穿上人的外皮,逃避新人类的身份,你只是一个懦夫,你一直在逃。而我,不会。"

我跪下来求他不要对外说出去,他没有答应,也没有拒绝。老黄一瘸一拐地向营地迈去。

我咬牙将那些残余的人类尸体集合起来,缝缝补补,组成了我的第一具人类之身。多年以来的目标,终于能够达成。

老黄是错的,我可以成为人。

我现在就是人类,我是混乱里的幸存者,我可以混入营地。月球大乱,没有人会剥开我的防护服,看看我赤裸的身体到底有没有少一根脚趾。这么多身份牌可以供我选择,我只需要找到和自己类似的年龄与身高,没有家室的,慢慢修补,再换上新的生物躯体……大局已定,我就已经是人类,我甚至还可以改回凯斯特的名字。既然都已经死了,用一下尸体又有什么关系?

老黄的嘴比什么都严。

虽然凡事没有百分百,但这么高的概率值得一试。

从那天起,凯斯特成了一名人类,血肉之躯,不必再接受异样眼光、不平等的对待。在进入以新人类芯片研发为主的穆恩实业之后,凯斯特更是如鱼得水,马不停蹄地更换最新最好的仿生大脑芯片、外植皮肤,走在一切探测头的前头,完美遁形。

落定

剑楼里,我将聘书平举。

"恭喜你,王越。"

在啪啪啪的掌声中,他露出了然的神色。

而面对失落的吴忘,我想告诉他,这里并不适合。他应该到外面去,而不是在这暮气沉沉的地方,外面才有灵魂的生长之地。

尤其对于新人类。

我识破了他第一次表演的吞刀技,那是毫无花哨的吞入腹中,之后他去洗手间正是处理在腹中的餐刀。而我注意到,长餐桌上始终少了一把。

想来吞硬币也是同样的道理。而他醉酒离去的姿态,与其说是醉步,我更觉得是能源导致的失衡——这是一个有心做给我看的戏法。再到后来,吴忘做出年轻人的蓬勃姿态,最后的张狂,这些都是一种姿态,让他更像真实人类。他和以前的我一样,有着避过探测的充分信心与能力。

他却忘了一点,新人类越来越"人",旧人类却变得越来越机械。这种反常反倒被我注意到,继而挖掘出更多的破绽。

将所有人的注意力集中于王越,吴忘的失败自然再不会有人深究。我喜欢他。他拥有着玛多所说的细腻丰满的灵魂,不应该在这里枯萎。一旦踏入这里,他就会变得和我一样。不停地到处找最新的芯片、有机体来填补自己身体的缺失,担惊受怕,和每一个人打招呼，又对每一个人敬而远之。

非人亦非机器。

不停隐藏自己的秘密，两边都无法靠拢，独自吞咽惊恐与担忧，变成彻头彻尾的叛徒。如冥河上的摆渡人，永远无法靠岸。

"凯斯特先生……"吴忘走过来和我握手。

我装作没看见，从他面前走过。

余光看到吴忘低头失落的影子，所有人都向王越道贺，对于他这个即将扫地出门的人自然再无关注，自然也不会想到新人类这码子事。他一步步走向楼外，形单影只。

我在心中低语：真实地活着吧。

哪怕弹着别人听不懂的吉他，也会快乐得不愿放手。

"凯斯特，今晚的晚会记得来参加。"新部长拍了拍我肩膀。

我摇摇头："今晚我要为一个朋友饯行。"

"很重要吗？"

我没有回答。我径直出门。

耳机里是老黄的留言，是他的遗言，录音里并无一言。他弹奏着嫦娥乐队的《明月几时有》，音色里没有一点生涩。

而我想到那些夜晚，我们仨坐在星空下，用力演奏，让内心的声音直达天际，无数人和我们和音共鸣。

玛多和老黄，一定在寻找真正广寒宫的路上了。

在那里也会有人愿意和他们一起弹唱一曲的。

魔术师

1

"先生，你不能将武器带到列车上去，这是明文禁止的。"

我耐心地对眼前戴防弹头盔的男人解释。

"我有外来人口证明，我是外星球人，你们要尊重我们的风俗习惯。"他口音蹩脚，还亮了亮包里的硬封皮证明。在我眼里，这个背上斜插一把古苗刀样大刀、腰间挂单手火炮与两把短刀的人显然是个雇佣兵暴力分子。

"在我们家乡玛氏星，战争，到处。"他比画着说，"我们的风俗就是，安全第一。"

我深吸了一口气，挤出笑脸，指了指巨大的警示牌：禁止携带一切武器。

"我要投诉！你看不起玛氏人。如果是在我们星球，我现在一定要和你决斗。安检员。"

他看了警示牌后抗议说，拔出背上的大刀比画两下。

不过他也说了，我只是个安检员而已。但这并不意味着，我会赢不了一个脑尖才到我膝盖的小人。

我只好继续蹲下来给他看我的工作证："对不起，规定所限。我的编号是 01743，名字叫安吉拉，你可以到我上级处投诉。"

在给他指示怎么去管理部门后，总算将这位小战士打发走了。

莉亚走过来问："又遇到一个麻烦？"

"是啊，怪人天天有。"

"还没有习惯吗？"

"老实说，还差一点点。"

她哈哈一笑，递给我一罐饮料。

莉亚是我师傅，也就是我这个实习生的指导者。自 2100 年从铁道学院毕业，我就考上了地处东极的哈基姆二星的列车安检员，虽然这里并不是繁华的大星球，也引得很多同学羡慕。事实上，做过才会知道一名安检员的难处。

一般来说，首先是利用覆盖通向列车门通道的传感器探知有没有违禁品，一旦发现立刻拦截，机器毕竟不够万全，需要人来加一道保险——以前就是机器失效出过震惊世界的凶杀案，导致铁道改革。

探知违禁品是最常见的。然后就是前头那位佣兵先生的情况，外星人也好，外系人也好，总有各种各样奇怪习俗，列车不让带，文书又说要尊重风俗。这一点解释起来很费力。除此之外是突发情况，比如车子呜呜呜叫个不停，或者遭遇陨石流晚点，你就得疏散人群，做好解释与被骂的准备。本职工作至上，你还得不断学习各种语言，充当各路来客的半路导游。

这些事情最初让我很苦恼，好在有莉亚。她是个温柔的大姐姐，身段姣好，漂亮聪明，看起来也就三十岁过一点点，听到我对年龄的判断她总是笑个不停，就是不告诉我真相。做起事来，莉亚雷厉风行，和她对我一点也不像。

"因为经历过大风浪，所以现在觉得都是小事。"她这样解释，让我慢慢来，一切都会顺手起来。

说得没错。如果是两个月前遭遇小雇佣兵，大概我就只能求救于莉亚或者向总台打电话求援，现在却可以理直气壮地顶回去。不过话又说回来，作为一个在安检站被发现、最后又回来工作的人，上手安检站是顺理成章的事。

我是安检站的机器生下的女儿，应该流着金属的血。

"安吉拉，今晚要拜托你帮我值班。"

"莉亚又要去约会吗？"

"对。"

"对方是个怎么样的人呢？"

"帅。"

"然后呢？"

"够帅不就行了。"莉亚笑着说，"恋爱说到底还是要满足眼睛才行，这是我这么多年来的经验之谈。无论多少次都一样。"

这倒是没错。

我想到一个奇怪又帅气的客人。

他每次出现都是一身黑大衣，黑发卷曲，眼睫毛很长，整个人有一种满不在乎的气质。在他身后总是有一个跟班，再说一句，金短发跟班先生也足够阳光。

之所以对他印象深刻是因为他在第一次过安检时，机器发出"呜呜"的叫声。当值的我迅速出现在他面前，请他打开包裹。除了查到一些小孩玩具、男性用品外，我一无所获。他笑笑继续前行，机器保持了沉默。之后我问过莉亚，她说有两种可能，要么机器被欺骗，要么就是违禁品被他带到检测范围外。

我开玩笑称他为"魔术师"。

有小小的一点我没有告诉莉亚，那件违禁品是有形态的。它仿佛由很多小珠子组成，拼出"Hi"的字形——他在跟我打招呼。

那个临走的微笑也变得神秘起来。

2

莉亚前脚走，魔术师后脚就出现了。

"你好啊，安吉拉小姐。"

他是个奇怪的人，描述年龄对于他的外貌来说是比较困难的，从头发到皮鞋都打理得一丝不苟，这不像大多二十岁人的作风，脸上又没看到皱纹与经历风波后的沧桑，因此年纪也不会太大。要我来说，差不多三十五岁或者五十岁。

"不知道今天下班后，晚上有没有空呢？"魔术师温和地问道。

我说："对不起。"

魔术师"哦"了一声，并不气馁，凑过来。

"是这样的，这颗星球我不太熟，准备到处去玩一下。可他……"

他从身后变戏法一样拉出一个小男孩。那是一个有绿色眼睛的孩子，最多六七岁，背了个兔子背包，头戴配有护目镜和护目眼罩的防风帽，好奇地看向我。

"他很喜欢你。我不太会照顾小孩，那么能不能雇佣你作为我们的向导，反正多一个人也一样。"

他指了指后头的短发小哥。

那人不满地说："伯德，你最好适可而止。安吉拉小姐可还在工作，你这是扰乱正常工作。"

"阿米尔，你的冷静与睿智呢，记得你刚来时被人称为'冰块'，现在怎么这么浮躁呢？生活需要乐趣、耐心，阿米尔男孩。"

阿米尔回击道："没错，伯……德……老……爹。我可不会无聊到去戏弄一位善良可爱的安检员小姐。"

善良可爱，我喜欢这个形容。我看向阿米尔，这个人看起来很可靠又有男子汉气概。

伯德挑了挑眉毛，吹了声口哨："春心萌动，我懂。"

"不过这种事情一个人是完成不了的，阿米尔，你得问问对方的意思。"他又补充道，然后看向我。

有个帅哥对我有好感倒是不错，不过我不想成为两个人互相攻击的沙包。

我提醒他："魔术师先生，你的车马上要发动了。"

"魔术师，我喜欢这个名字。以后就把代号'大鸟'改成'魔术师'怎么样？阿米尔，阿米尔！"

阿米尔看向别处。

我再次提醒："还有三分钟就要发车了……"

"阿米尔，我想和安吉拉小姐再聊一会儿。不如我把这辆车停下来怎么样？让乘客们小小睡一觉，醒来和以前一样。"

阿米尔怒目而视："伯德，你这个混蛋。"

伯德看向我，眨眨眼说："不必惊慌，我开玩笑的。"

"怎么样，安吉拉小姐？好吗？"

旁边的防风帽小男孩也请求："好吗？"

鬼使神差地，我说了句："我当向导要价很高的。"

"听听，听听。阿米尔很有钱，给安吉拉小姐足够高的薪酬，从我的项目基金里扣。"

阿米尔说："想也别想。"

"男孩总是口是心非。"伯德冲我一笑说，"我记得这里还有一位女士对吗？她也很美。"

"是的。"

"假如她也能够一起来就好了，两位漂亮女士，一位照顾小孩，一位照顾我。"他眼睛发亮，脸带沉醉。我非常后悔，人就不该乱说话。

"等你下班。那么，再见。"

终于将这位魔术师送上了车。

跨星球列车启动时间较长，续足挣脱星球引力的能量后就会飞出去，绕星球运行，一旦得到了足以突破束缚的速度就能够进入星球间搭建的电磁轨道，这种旅游方式可一路欣赏广袤星空，被很多旅客喜爱。

利用等待蓄能的时间我去休息室喝水，路过衣帽间时发现有点不对。我脖子上多了一条项链。我将它取下来，放在指上摸索。没错，不是幻觉。这是一条普通项链，吊坠是个十字架，上头刻有铭文：赠可爱的安吉拉小姐。

他是什么时候干的？

我想起来了，他和我打招呼和拉出小孩时都在不断靠近，虽然步幅很小。然后他一只手拉出了身后的小孩，另一只手……难怪阿米尔说他扰乱正常工作。

莫名其妙，我对于这次导游之行有一点点期待。

3

莉亚照例给我打来电话："安吉拉，今天怎么样？没大碍吧。"

听起来她声音有些懒懒的，心情很好，不知道是因为喝了酒还是和对方发展良好。

没事，我能有什么事。几个外星人问我厕所在哪里，一列车晚点我手忙脚乱道歉，违禁品又堆满了保险柜，上次的佣兵矮人告诉我，他会去找更高一级的领导，直到将我这种不法作为揭穿为止，以及魔术师先生请我去当向导兼保姆。

就是这些。

"你们不是要过一周年同学会吗？怎么样，过去了吗？"

完全忘记了。

铁道学院2096级的同学会就是今天，结果一点都没有想起来。总是这样，越早的事越不容易忘却，越近的事越是记不住。

我手忙脚乱换了一套还算看得过去的衣服，借用了莉亚的高跟鞋与香水，然后就风风火火赶往聚会点。同学会和以前一样没有新意，男女间互诉衷情，眉来眼去，吵吵闹闹，来得快走得也快。前男友给我隐晦地炫耀了一下他的新情人，腿很长，符合他的审美。

一个人走在夜晚的街道，风吹动肚子里的酒精，让人想吐。我想要快点回家，但是回到家呕吐感也不会减弱，那里也只有我一个人。

有个金发男人直直朝我走来。我躲无可躲，只得愣在那里，握紧怀中的防狼喷雾剂。

"安吉拉小姐，你见过伯德吗？"

他看起来很疲惫，额头上不断渗出汗水。

"没有。"

他似乎长出了一口气："那个人有反社会倾向，你最好离他远一点。"

"噢。"

我这才分辨出，原来是白天的魔术师跟班阿米尔。

"我是因为工作原因，不得不跟着他。"

阿米尔解释说："他是个具有极大危害的人物。如果他找到你，请一定和我联系。"

然后他义正词严地拿走了我的电话号码。

第二天我精神一直不大好，一方面是因为酒精作祟，另一方面，我不得不承认前男友的做法让我在意。唯有这种时候会刺痛我孤独的记忆，让我想起幼年在孤儿院时，看到有孩子被父母接走的景象。在那里有些幸运的孩子是和父母走散了，他们的双亲费尽工夫终于带他们回到幸福的家庭。我忘不了那些孩子们走时回头的一瞥，带着毫不掩饰的高傲与自豪，仿佛他们是即将回到王位的年轻国王。我们其他人则双手拉着栏杆，沉默地看着他们离去，祈祷着哪一天老天会带给自己同样的命运。

莉亚给我倒了咖啡，还把自己烤的小蛋糕也给了我。给我安排妥当，又安慰我说不用担心，她就去了总台。

魔术师再一次出现了——他和莉亚配合得如此默契，我几乎怀疑他是莉亚的变装。依旧是将鞋子以上裹住的黑大衣、一丝不苟的卷发，还有那股自信与满不在乎混合的奇特气质。这次他没有将小孩藏在斗篷里，而是牵了小孩的手。

"安吉拉女士，昨天你爽约了。"他的语气依旧温柔得体。

"对不起，昨天因为临时有急事。"

"他很伤心。"魔术师指了指身边的小孩。

我蹲下来对他说对不起。

明明和上一次的小孩不是同一个人。

"明明是一个人。"

我说得不对。

"厉害……你能够认出他们的不同，观察力敏锐，我们是一类人，一定很谈得来。"

他这话倒也不是完全奉承。小男孩和上次的小孩一样头戴防风帽，只是衣服变成了草绿色衬衫，年纪也差不多，同样可爱天真。不过我就是感觉不一样，仔细看下来，才能发觉出鼻子和眼角的那些不同之处。

"那么今天，有没有时间给我们做向导呢？"

我顾左右而言他："阿米尔先生呢？"

"来了。"

好像算准了一般，阿米尔一路风尘仆仆跑来。他瞪着伯德，仿佛要把这个人用死亡之眸钉在地上，让他没法再乱跑。

"伯德，我再说一次。我不是你的保姆，也不是你的魔术助手，你最好别再玩你的金蝉脱壳把戏。"

说这话的样子真是一个十足硬汉。

"对不起，是我错了，不会有下次了。"伯德朝他鞠躬。

"做错了事就要承担，不论早晚。"伯德认真说。

"对。"一旁小孩答道。

4

阿米尔通过电话让我去安检站附近的咖啡厅等他。

这里是个安静的地方，我和男朋友就是在这里分手的，说分手大概有些给自己添彩——我被他甩了。我还记得那一天，他脾气好得不像话，对我言听计从，还带我去游乐园——人生第一次。当然，是作为我这个被抛弃者的补偿。

"安吉拉，千万不要答应伯德。"这是阿米尔的第一句话。

"我不懂。虽然伯德先生有点孩子气，依旧是个善良的人。"

"哈？他善良？哈？"

"记得那个护目眼罩吗，小孩子坐星际列车会被急速驶过的窗外景色吸引，以至于瞳孔不断换焦，非常疲惫。疲劳时，戴上护目眼罩可以让眼睛得到休息。"

我从脑子里找出那些细节："还有，他抓住小孩子的方式。很多人都是整个手掌捏住小孩的手，而他是让小孩握住他的食指，我看得出，小孩子对他很依恋，两个都是。"

阿米尔点了一杯咖啡，问我要什么，我说不用。

"那是他儿子。"

这个答案并不让人吃惊。

"两个都是，而且，他们母亲不是同一个人。这样的私生子还有几十个。"

阿米尔又想起什么一般说："我并不是说他这个人的私生活问题，见鬼，我才对这家伙的私生活毫无兴趣。安吉拉，你知道铁道改革吗？"

所谓铁道改革，就是一改过去完全自动机械化的作风，增重了人的要素，这都要拜那位胆大包天的刺客所赐。脑子里迅速闪现出这一所有安检站都反复学习的案例来。

2079年，编号CL1009列车将要抵达目的地时，一位男性乘客用手中的针刺隔着座椅刺杀了当时藏在普通乘客中的财务行政官，在场面混乱之下刺客逃之夭夭，行政官因公殉职……

"难道你是说刺客就是他？"

阿米尔摇摇头："我恨不得马上将他击毙，但不是。你想过吗，怎样将武器不惊动各路检测仪器带入列车中？"

我觉得不行。虽然机器本身有缺陷，但是检测功能精度非常高而且对错分明，想要从安全通道携带危险品进入是不可能的。

他自问自答："下面是关于这部分的推测，因为没有得到确凿数据。让武器成为身体的一部分，暂且叫这为'雾化'。用量子工具将武器的原子打散，以身体为坐标进行附着，这种痛苦非常人能忍受。时限到后原子会因为力场散失而逐渐还原，相当于从一个地方消失出现在另一个地方，这几乎和长久研究中'量子传输'一样。搞出能够达到'量子传输'的工具，他被很多人称为武器大师，这就是伯德。"

"能造就几十几百个隐形刺客，你还觉得他是好人吗？"

我脑子里第一个想到的是，原来他是用这个手法瞒过了机器对我打招呼。回过神来，我告诫自己，这是一个危险人物，得离他远远的。

"你们不是一伙的吗？"

"不，合作关系罢了。我是好人，请你相信我。"

"那你告诉我这么多是为什么呢，我只是个安检员而已。"

"他喜欢你，我看得出来，还不是一般的喜欢。知道为什么每次他都能准确找到你，而不是别的人吗？"

他让我把银十字架项链给他。然后他摸出一把电磁刀开始切割，十秒钟十字架就变得支离破碎。里头除了银粉就是碎屑，没有意料中的追踪芯片或微型信号发射器。

阿米尔有些尴尬地说："对不起，我帮你焊好。"

我说不用了，我自己会。从小到大，我会的东西可多了，一个从小在孤儿院长大的女孩要独自学会很多。很多人说我之所以找不到男朋友，就是因为什么都想着自己来，失去了女性示弱的一面，而娇弱的女性总能够引发男性体内的保护欲望。

阿米尔十指交错，正色道："安吉拉，我需要你帮助我。"

就这样，坏人伯德送给我的十字架被切成几段，好人阿米尔送给我一枚附带追踪器的耳环——为了我的安全。

看到他的样子我觉得之前的评价错误了。阿米尔表现出阳光温柔，无非有求于我，从这一点来说和我那位前男友没有两样。倒是魔术师伯德，非常坦诚。当然，这并不影响他是一个坏人。如果阿米尔说的属实的话。

戴上耳环后我又怀疑之前的想法有错。阿米尔的脸那么真诚，他根本没必要和我浪费那么多时间。如此看来还是伯德更可疑。

伯德依旧时不时出现，有时候是离开有时候是回来，他继续让警报响来响去，以独门方式给我打招呼。他带着小孩，小女孩小男孩都带着防风帽、护目眼罩，背上动物书包。以此统一着装来表明，都是他的孩子。

照理说这种到处留种的男人会让人觉得非常恶心，可是那些小孩子天真可爱，对他也很眷恋信任。就我所知，几岁的小孩子总是很诚实，还没有意识到世界对他们的阻力。

当然，我依旧拖着没有答应他。拒绝的理由总是有的。

直到有一天伯德告诉我，他要走了。

5

"我要走了，安吉拉小姐。不知道能不能在离开前，借用你几个小时呢？"他依旧不厌其烦地扮演着温文尔雅的角色，眼里有一份淡淡的感伤。

看着阿米尔拒绝的眼神我想说不，可最后却说好——反正就这么一次，再不相见，我的生活将回到正轨。

他像个小孩一样原地转了个圈，手里多了一束花，送给我。阿米尔则对我充满了失望。

这一天伯德在我下班前最后一班车回来。

"安吉拉小姐，你称呼我为魔术师，那么我就先以一个魔术开头。"

他给儿子小心戴上护目镜，然后撒了一把类似镁粉的东西，在空中突然燃烧起来。那么一瞬间光强得刺眼，安检通道的检测仪却温顺顺地没有发出任何声音，仿佛是一只乖巧的猫咪。

他指了指列车大门。

我看到阿米尔呆呆地站在那里，正隔着门窗朝我们这边喊什么。之前，他正站在伯德身后，然而下一刻他就被送进了车里，关键是大门关闭，第二趟即将起航。至少有两个小时，阿米尔将不在这里。

"大变活人。"

他朝周围鞠了个躬，获得了不少掌声。

一路上我都问他是怎么办到的。他只是笑笑，不肯说。

"没有秘密的魔术，就太乏味了。对吧。"

"伯德先生你并不是魔术师吧……"

"但是我和魔术师做同样的事情，让不行变成行、不可能变成有可能。不对吗？"

他摸了摸小孩子的头，又问了一句让任何女人听到都会生气的话："另一位莉亚小姐，真的不一起去吗？"

"不去，她在约会。"

"真是可惜。"

"我们去动物园怎么样？"他朝我和小孩问。

"好。"我们一起回答。

趁他买票时那个小男孩问我："阿姨，你喜欢我爸爸吗？"

"他真是你爸爸吗？"

"是的，他们都说他是我爸爸，爸爸也说了。"

"你妈妈呢？"

说起妈妈，小孩显得很迷茫："没有妈妈。"

看到他这个样子我仿佛看到了曾经的自己。给他买了冰激凌，安慰了几句他就又精神满满。小孩就是好骗。

"爸爸，阿姨好漂亮，做妈妈好不好？"他以为自己说得很小声，被我听得清清楚楚。

伯德在他耳边说了句什么，又朝我笑笑："不要介意。"

小孩不说话了，只是有点失望。

这是我第二次来到动物园，上一次我和男友一起，以为我们的爱情之火会再度炙热。这一次我和一个危险分子同行，作为他的导游女伴兼保姆。嗯，舒心多了。

小孩很好奇，其实我也是，图片视频与亲眼看到的是不同的。我们一起议论像狗的草原狼、胖得跑不动的老虎、掉毛的老鹰，还有一只被伪装成熊猫的小白熊。看累了，走累了，伯德就带儿子到了快餐店，给他点了一大堆油炸食品，然后我们终于能够对话。

"耳环很漂亮，怎么取下来了？"

"不知怎么的，找不到了。"

"阿米尔都告诉你了吧？我的事情。"

"他说……"我看了看小孩，不想提。

"没事的，阿甘很坚强。爸爸是坏人，怕不怕？"

埋头于食物中的阿甘抬起头："不怕！"

"他说，你是制造了'雾化'武器的人。"

"还有呢？"

"你们是合作关系。没了。"

"军队的人就是这样，告诉你你能知道的，却恨不得将你脑子里的东西都给拷出来。"他摸了一根薯条，蘸了蘸番茄酱喂阿甘。

"别紧张，我们之间的关系很单纯。他们保释我出来活动旅游，我帮他们研究一点项目，阿米尔作为我的监视者兼助手，目的当然是'雾化'技术。告诉你一个秘密，不要说出去。"

他小声说："雾化是我无意中搞出来的，就那一次而已，我其实不会的。"

我对他这种轻浮的话很不舒服："那引起安检通道报警、大变活人是怎么完成的？"

"谎言，欺骗是最大的武器，魔术师不就是玩这个的吗？安检通道，我太熟悉了。因为以前我和你是同行。"他笑了笑，继续说，"大变活人其实简单，那是视觉错觉。在回来之前，我就帮助阿米尔服用了一点致幻剂，当然他是不会发现的。然后只需要我在身后短时间投影一个'阿米尔'的影像就行了。你们的注意力都在镁粉和强光上了不是吗？"

他正色说："下面的，才是真正的'魔术'，安吉拉。"

6

很多年以前，伯德从安检系统辞职，追寻梦想，成为浩荡"量子研究"追随者之一。他并没惊人的天赋，除了一身乐观与坚持，别无他长。

他有一个愤怒的朋友，因为产业改革破产，家庭破碎，还欠了一屁股债。那天他们俩都喝得醉醺醺，朋友说："你不是量子学家吗，让量子能量变成一把刀藏在我身上，这样我就可以找那该死的财政执行官报仇。"朋友接着说，"我知道他的路线，你知道怎么传出来的吗，因为他要坐你们的列车，官员们怕服务质量让他不满意，早早就做安排了……"

伯德糊里糊涂地将朋友推入了他的实验室。

出来后，朋友说他感觉到身体里有一把刀，一股力量。然后很兴奋地走了。

醒来时伯德看到了那条爆炸性新闻。他根本记不起当时自己是做了什么，怎么操作，用了哪些步骤与机器，各种数值的记录如何。就那么莫名其妙完成了一次类似"量子传送"。

宿醉让他痛恨。

官方称刺客趁乱逃脱。伯德开始还担心了一阵，后来他突然想到，如果真的抓住了朋友，那么自己早该被捕了。死掉的刺客宣布逃脱没有必要，那么逃脱就是一个借口。

原子凝聚与分散无法提前设定，击散后凝聚，凝聚后也会再次变成原子态。

朋友刺死了财政官，然后在众目睽睽之下，连同凶器一起化作烟尘。

来去如烟的刺客，这才是让官方不得不掩盖真相的理由。

"这才叫魔术。"

我从震惊中回过神来，问他："那你为什么要说谎？"

"这样我才是'雾化'的武器大师，一个量子研究天才，博学之士，拥有足够的筹码，活下去的筹码。"

他说："他们也不傻。如果我一直不能拿出'雾化'成果，大概他们宁可我死在监狱里头。所以，这次出来也许就是最后一次。"

我想要说点什么。

他却说："别急，安吉拉，我们还有时间，故事还没有结束。"

伯德很快开始逃亡。由于事发突然，他甚至不敢去告诉妻子，只顾坐上最近的列车奔往远方。

说到这里，伯德突然显得很萧索："我犯了一个错误，一个天大的错误。"

被"雾化"成就冲昏头脑的伯德，开始设想了一个疯狂的计划。他决定制造分身，造出数个分身，吸引火力，然后从容逃脱。没想到，他没能够造出分身来，却造出了一群婴儿。

他说："安吉拉，我有六十二个小孩，每一个都是我的血脉。我造就了他们，却不能尽到义务，当我落入监狱后想要弥补只剩的三十个孩子。其他的要么抢救无效，要么在孤儿院因为各种原因夭折。实验室里出来的孩子大多有缺陷，上次你见过的，很多只能重复我说的话，比如阿甘，智商停留在三岁。"

"所以，"他含着儿子递来的鸡块，含糊地说，"我想要和他们每一个人都能够好好相处，带他们去各个地方看一看玩一玩，做我能做的补救。成为一个合格的，不，赎罪的父亲。"

"安吉拉，吃糖。"

我想拒绝，乳制品容易发胖，手上却还是接了过来，是一盒润嗓子的含片。

"这个是隔壁星球的特产。"

作为安检员每天最费嗓子，下班后几乎都不想说话。眼前这位武器大师、说谎专家——我甚至不知道他和阿米尔谁真谁假，却很细心。

"他们让我学会了照顾和宽容。"

他看着儿子的目光充满不舍。

这时候莉亚给我打电话："安检站都要吵翻天了，那个阿米尔来头不小。"

"回去吧。我终于可以见到另一位女士了。"伯德系上衬衣领口，给儿子擦了嘴，然后露出微笑。

7

在安检站里，伯德首先说话的对象既不是那一群荷枪实弹的士兵，也不是脸若冷冰的跟班阿米尔，不是儿子，不是我。他满怀深情，又眼含愧疚地说："莉亚，我回来了。"

莉亚的眼神说不出的复杂，她没有说话。

"你每次都躲着我，我找你找得好辛苦。听说你有很多约会，但我做了一点小小调查，好像每次你都一个人在家。"

原来他来找的不是我，顿时心里有点小小失落。

"女儿乐观又开朗，像我；漂亮又坚强，像你。"他说，"看这些大兵的意思，大概我也很难再回来了。我在想，从前如果我不是喝了酒，没有逃走而是守在你身边，什么结局都好。如果那样，我就不会丧家之犬一样，在安检站狼狈地遗失了真正的亲生女儿，因此自欺欺人造什么'分身'，又害了那么多孩子……"

他的话被阿米尔打断。

"够了伯德，我已经得到授权。你会被马上送回星际监狱，不再会有保释机会。带着你该死的武器躺回坟墓里去！"

他说："没问题，你说了算。不过下面的话请你记住。"

"我警告你，阿米尔，我以'雾化'武器大师的名义警告你，如果你再敢利用耳环——'Y1微波发射器'影响我女儿的思维和判断。我发誓，你会孤单地死于利刃之下，没有人能够找到凶手。我发誓。"

伯德摸出我未找到的耳环丢在地上，踩得粉碎，露出里头的金属光泽。他站在我面前，面对无数枪口，冷冷指着阿米尔的鼻尖。他像一只骄傲的大鸟，张开翅膀，遮天蔽日。

阿米尔想说什么，却避开对方咄咄逼人的眼神，最终没有说出口。

然后伯德朝我一笑，对阿甘说："这是姐姐，妈妈在那边。"

我握着那块破碎的十字架，心里什么都明白了。为什么莉亚这么照顾我，为什么他会找到我，为什么被遗失，又为什么被找回。曾以为见到他们会被痛恨充满脑袋，真正看见，却全是奇妙的庆幸。仿佛终于摆脱了孤儿院的铁牢，和这个世界找到了联系。

我从牙缝里说出再见。他说，我会回来的，在我赎罪之后，没有什么能够拦住自由的大鸟。

"我是魔术师，你知道的，大变活人。"

他戴上手铐踏着正步，仿佛即将接受授勋的凯旋将军。

莉亚转过脸来，第一次轻轻念着他的名字。

我紧紧握住阿甘的手，感受着那小小的力量与温度。拥挤的安检站里，唯有阿甘被他逗乐，天真的笑声在空间里回荡。

魔术，是一次次眼皮下的暗语。无数人被它光滑奇诡的外貌所吸引，有人孜孜不倦地寻找其中的秘密，费尽工夫，失去的却往往比得到的更多……

对面的人

1

我注意到了正对面那户怪人。

他几乎不开窗，每次仅看到人影。白天窗帘严严实实，晚上轻手轻脚回家。虽是老式建筑，但照明设施良好，他却从不用楼灯。我见过很多次，楼道一片漆黑，电筒灯光一闪一闪从下往上。他上楼悄无声息，快到门前时迅速灭灯，仿佛怕惊动谁。

老式建筑采用阳台向外的设计，我这头看过去也就是他那扇大铁窗户。白天对面窗帘拉得死死的，晚上时又从来没掩上过。里头偶尔闪过反光，像某种金属。

居民大都是厂退休职工，我借下楼买东西的机会打听到，无人认识他。谈起那位置都说是属于孤僻老人老梁的，他为人正派，膝下无子，一直住那儿。奇怪了。老人没有子女也没多余的房子，那他现在住哪儿？将自己房子租出去自己另找？

再问，其他人就露出警示的眼神。仅仅是关心一下陌生老人就被人看作异类，令我很不舒服。对面房子的原屋主从来不出现，而陌生人大摇大摆出没大家却视若无睹！

一气之下我去找社区主任，他不解，毕竟我和老屋主一点关系也没有。人家怎么处理自己的房子是别人的自由。他告诉我他们工作没任何问题，这里不存在可疑人员。反倒是我，不用过于紧张而神经过敏。

大概害怕我又到处问东问西，主任表示他们会去拜访，叫我不必担心。末了他问我是不是需要一份工作，社区还缺一个收费人员。

按理说我住在这里，做这份工作没什么不好。可我就是说不出口。

回到家我想起主任的眼神，那是种疑惑又怜悯的目光，仿佛在看一条鱼躲在淤泥里憋气，怕外头的空气会伤到自己脆弱的腮。

2

我叫树子，今年毕业，从七月拿到毕业证至今没有迈入职场，蜗居在家等待机会。

我家在厂区宿舍，一共七层，我住五楼。老铁门上的铁锈让人觉得亲切，轻轻一碰就发出特有的吱嘎声。

求职无果，我开始搞奇怪的放松方式，比如看各台新闻，将果汁、咖啡、茶混合尝鲜。被自己搞得精疲力竭后，只剩发呆的力气。

我发现对面五楼有人在关注我，这是种奇特感应。很多人有过经验，走着走着不自主回头，恰巧有人有意无意地看你。

我很确定，对方不是无意地看过来。他或者他们装备望远镜，被我发现。我可是逃过多次危机，具有野兽般的直觉的。

一个人盯着你无非两种情况，对你感兴趣，对你有恶意。两个对我都意味着同一个词，危险。

谁发现了我？追寻而来的敌人？当地公安部门？其实这还不是我最关心的问题，眼前让人头痛的是我怎么被发现的？我少在公众面前出现，也没交朋友，甚至很少用网络。毕竟，现实或虚拟的接触都会产生痕迹。

我昼伏夜出，尽力避开更多的人。我借黑暗掩护在小区里散步，舒展肌肉，练习和周围人打招呼。他们看不清我的脸，这会让我安心。

你需要去高看你身边的人。将周围人定义为傻瓜，那么傻瓜做出超出傻瓜界限的事，将对你造成无可挽回的冲击。我宁可前后左右都是精英，他们思维敏锐，精明强干，就像一群巡逻的猎手。你得将自己的气息好好藏起来，不然就会被他们抓住。

这种态度好处在于，你会觉得世界有趣得多。

我看了看对面五楼，那里灯已经点亮，他倚在窗边看书。

前两天我明显发现他在查我。回访其实就是一次突击检查，来人是社区主任，他在门口瞄来瞄去，仿佛想找到什么把柄，最后说没事，不要紧张。

他强装福尔摩斯的样子让我几乎笑出声来。

一个强悍间谍会这么容易被识破？我会将管制刀具、机械弩机、通信设备、大口径机枪放在桌子和墙壁上，等待他们来缴获吗？

如果我动粗，茶杯指甲刀都行，甚至我现在嘴角的香蕉亦可。我只需要友好地拍拍他肩膀，将香蕉递过去堵住他的嘴，朝他喉头或者后脊椎五分之一处锤击，他就发不出声来。接下来只需要用力塞一塞香蕉，黏稠的果实让他短暂室息。我捏住他鼻子，摁他在地上。大概一两分钟，他就不会再烦我了。

不过我没那么干。

我不想再去找一个栖身之所。我现在最想做的是，先搞清楚对面那位到底知道了些什么。假如他真的了解了太多，我也没有办法，就用一篮香蕉送他归西……

我将香蕉皮丢入垃圾桶，低头慢慢回屋。

3

我被发现了！

为保证谨慎，我现在会蹲在窗户下偷偷看。望远镜目标实在不小，用过一次后我就放弃了。

好几次我似乎都被察觉，当他看过来我迅速下潜，紧张得不得了。老实说我这样做意义不大，我不是警察，也和那位原主人非亲非故，更不是正义感爆棚的热血青年。

不过世上总是有那种事，仿佛有人轻轻挠你、耳语、逗你手心、蛊惑、引诱，而我一抬头就能触到。窗户后藏着秘密，可能是远亲利益争夺，也可能是位作恶多端的危险人物。恰好，解密是我不多的兴趣之一。

新闻里我看到本市的悬赏通缉，说是有位在逃疑犯进入我市，请大家注意可疑人物。顿时我就想到了对面。

对方夜间活动频繁，总在屋子里踱步。他在黑夜里抽烟，一站就是半个小时以上，烟头红光明灭，让人想到电影里的红外瞄准仪。完了总是会看向我这里。

我心里很多疑点，为什么他昼伏夜出，上楼用电筒，夜行不发出响声？为什么他始终看我？……回忆起来，我甚至从未见过他睡觉。每次都是我率先支持不住，沉沉闭眼。

如果仅仅是以上的问题，我大不了就此放弃。

可他行动了。反观察的同时他跑到我这边楼里，好些天我都听到门口沓沓脚步声。然后停顿一会儿，接着继续作响。有次我壮胆去猫眼处，看到外头是个陌生的胡子男人，他叼香烟的姿势非常熟悉，正是对面那位。他在楼道里慢悠悠走了一趟，上上下下，对我这层特别上心。他停在我门前，几次都看向猫眼处，让人心惊胆战。

他抽完烟离开。

对面邻居和我同属待业，几次过来和我通气。我看出他眼里也有一些担忧，虽然他做出一副不在意的样子。回去前他皱眉将自己门前灰尘与烟头给打扫了，而我根本不想关注这些小事。

我知道这是给我的警告，叫我别管闲事。他的脸，在我脑子里无限接近那张通缉令。

该怎么办，我陷入了天人交战。

4

我不得不佩服对手。首先他没有轻举妄动，而是让无关者主动上门。用这种投石问路的手法来看看我的反应，继而决定下一步。

我保持克制，没有冲动地跑过去扭断他的脖子。说不定那个屋子里正是准备好的死亡陷阱，等待我的飞蛾扑火呢。但如果说我一点事儿也不干，任凭他牵着鼻子走，这样就会落入对方的节奏。

双方交战最忌踏入对方节拍，我决定直接去拜访他，以一个小区邻居的身份。

时间我特地选在了晚上，哪怕有什么意外夜色也能够掩护我。看了看表，十点钟我准时起来，带了一包烟——陌生人间的惯例一根烟，这是我的反投石问路。从第一次抽烟我就体会到了这种东西的用途。与人交谈时，看他抽烟可以获得很多信息。

我避开小区的散步绿化带，从另一头进入单元楼。好在这里足够老，没有设置电子锁。楼梯空间和我所住的地方基本上一致，狭窄陡峭，墙壁上有各种涂鸦和号码。一路上我摸出手机照亮往上走。

到目的地时我摸了摸烟盒，拿了一根塞在嘴里。然后我举起手，准备敲门。

就在这时我眼睛里注意到了一些东西，这让我的手停在了空中。

是脚印，不止一个的脚印。这些脚印在门口消失。我蹲下来用灯光照着地面，至少两种鞋子，一种是 W 型抓地纹，另一种像户外鞋。想要再找到点线索，痕迹又不足够清晰。

由此判断屋里有两人的可能性。虽然我身手不错，但想到注意力被一个人吸引，还得时刻防备另一个人，不太妙。我在他门口又有了新发现。这个屋子外头有个小小的图画，类似于三角形，看起来不起眼，我却知道这是一个标记。

为了能够确认，我在楼上楼下看了个遍，发现只有这里有。

我可以确定，这是某个团体聚集之处。小偷就常用这种方式做记号踩点。

我听到了里头有人的脚步声，慢慢朝着门口走来。他发现了。我笑了笑，转身离开。

5

我决定报警。

走路不喜欢开灯，监视他人，在门前刻意停留骚扰。这些都很怪，但还不足让警方出动。

查过那条通缉新闻，我大吃一惊，没想到本市竟然有那么多通缉令，还有更多的走失者的联系方式。遗憾的是没有找到房主老梁的名字。

　　白天较安全，我决意上门一探。那栋楼下我遇到一个提箱子的中年人，他朝我打招呼问，你也住在这里吗？

　　我说我有亲戚要搬来，我过来看看哪层好一点。他说他可以帮我介绍一个房主，问我对楼层有要求没有。我赶紧说不用。转过下一个楼道时我假装鞋带掉了，蹲下来翻弄鞋舌，眼睛瞄着上面。

　　那个人走到五楼进入了左边，他是抽烟男的同伙！不过在他转身时我看到了更惊讶的东西。

　　听到关门后我拼命往回跑，一口气回家拉开所有加强锁。这时我腿还在哆嗦，心里第一次痛恨起这扇门的老旧。

　　我颤抖着打通报警电话，说这里有个非常危险的人物，可能是两个或更多……我怀疑他挟持了房主老人，有枪。

　　那是一把枪。黑黢黢的枪身只在我眼前晃了不到一秒，但是我绝对没看错。

　　我在家里焦躁不安地等待电话，尽量让自己平复心跳，以确保到时能准确说出情况。透过阳台我看到了一辆警车，它停在了对面。

　　但等我下去时，车子已经不见了。

　　我一直在楼下等到入夜，还是没有警车在旁边停留。

　　到底是怎么回事？为什么没有出警？他们不相信我说的话吗？对面察觉了没有？这天晚上我陷入了无尽的恐慌。

6

　　我必须出手了，秘密被他们知晓就麻烦大了。

　　今天我看到了警车，这不是个好消息，虽然它只在下面停留了一小会儿。他们假装没有交集，我知道他们必然着有某种暗号交流。无论什么身份，他现在都掌握了我不少信息，哪怕有限也已威胁到了我。

我打定主意干掉他就换个城市。汽车票不用身份证，若不行就只得借用伙伴的帮助。不过那样一来身份也就暴露了。不到万不得已，我不愿意选择这个方式。

提一篮香蕉，我朝对面走去。现在是十点二十，我决定进屋等他，销毁一切信息，然后迅速跑路。

我有差不多一个半小时。

走到门口我先用听诊器听了听，轻轻敲门，没动静。我用钩子挑开防盗门的锁，这对于我来说实在简单。

我轻轻带上门，用手电照射里头。客厅里堆放着各种散乱资料，卧室里没有人，我在窗户边找到了望远镜、笔记本以及一叠文件。所有资料被我撕碎塞进了抽水马桶。这时我看到对面，我所住的屋子那里似乎有些吵闹。难道他们突袭了我那里？

最后我躲在入口玄关旁，人一进来我就能制服他。现在需要的仅仅是等待，等待那将发生的事。

终于，听到了钥匙转动齿轮的声音。

我全身紧绷，握紧香蕉。

来人进来的一瞬间我一拳击中他下颚，然后用香蕉准确塞进他嘴里让他无法说话，一手把他摁在地上。我死死压住让他不能动弹。不过我迅速发现了个问题，他反抗太弱，根本不像个身经百战的人。仔细辨别了下，他头发花白，皱纹满脸，我见过他的照片——他是那个孤僻老人老梁！

一个硬邦邦的东西顶在我脑门上。

来人悄无声息出现，他用低沉的声音说："举起手来，靠墙站好。"

我如他所愿，嘴上说："我要求得到正常俘虏待遇，我算是外国人，你不怕引起外事问题吗？……"

我突然肘击过去，结果脑袋遭到重击。迷迷糊糊中，我想到他们至少有两个人，现在是三个。用老头儿吸引我注意力，枪抵头，再重复这个手段。我被带入了他们的节奏。

7

醒来时我发现自己待在铁牢里。对面那个笼子里邻居也在。他一脸平静，似乎已接受眼前的事实。

我压住自己想要叫喊的冲动，握拳观察周围情况。到处都是铁栏，装满各种各样的人，令人莫名恐惧。

有个穿制服的人过来让我出去。我被他带到一间屋里，里头还有两人。一个是抽烟男，另一个是露枪的人。

我们相对而坐，沉默很久。

终于烟男先提问了："你是谁，你为什么要监视我们？"

我吞了吞口水说，我只是好奇……

烟男说："好奇？好奇你会用望远镜，每天都看？"

我低下头，不敢看他。

对方接着说："我更想知道的是，你到底是谁？"

我说："我今年 × 大毕业，没有找到工作……"

"你放屁！"他丢给我一面镜子不耐烦道，"看看你的鬼样子。"

我看了看镜中的自己，皮肤病态地白，消瘦，胡须很久没有刮，双眼里带着迷茫，一副海难获救者的模样。

"我查了你的信息，"他说，"你身份证是假的，学历证也是假的……所有证件都是假的，你是谁？"

我说："我家在这个小区……"

枪男终于开腔道:"七月份搬到这里来,房租一月一付用现金,自称待业大学生。小区里没有一个人认识你。这栋房子主人有一子一女,和你没有一点儿关系。"

我……

烟男双臂一撑,站起来,朝我走近,整个人充满了压迫感。

"你到底是谁的人?伽马到底代表了什么?"

我摇头说不知道,大脑一片混乱。

他摸出一支录音笔,里头正是我的声音:……我来自伽马,你们不知道也正常,那是我的家乡,被敌人占据后我们只能选择下一个栖息地。我的任务是作为前哨来调查这里适不适合生存。伽马在宇宙的另一端……

声音戛然而止。

烟男说:"你到底是个宗教疯子,还是一名恐怖分子?"

我也不得其解,这的确是自己的声音。但为什么会说出这种奇怪的话?

枪男拍了拍烟男鼓起的胳膊让他坐下,换他问我:"我们一个个问题解决。你是怎么注意到我们的?你和毒贩赵东有什么关系?你家里为什么会有大量精神药物、成套开锁工具?在你家床下、衣柜里还发现了大量的地理、宗教、化学、生物等资料,你到底在做什么?"

我无话可说,我根本不认识赵东这个人,似乎就是电视上那个通缉犯。

他们似乎也料到了我的这一反应,丢给我一张照片,上头是邻居的脸。

烟男说:"要不是我们缉毒队在对面租了两间房,两个人,我说不定就栽了。妈的,我还准备把房子转租给你。"

我……不过是一个待业大学生,一条挣扎在泥里的鱼而已。

8

入夜后我在心里默默计算时间。现在到了最坏的情况，我需要伙伴们的帮助。最大的失误在于，我没想到对方目标竟然不是我，而是隔壁那小毒贩。

好在我没有完全暴露。

这多亏当初的保险计划：将真正的自我藏在这个虚假人格之后，设置时钟，每天晚上十点醒来接替这具身体，十二点再交换。

三个月查阅大量资料后，我对这颗星球有了基本了解。本来准备练习好就走出门，去接触当地人，以便更好地融入社会。没想到遭遇了意外。

这是个多么幸运的世界啊。没有战争炮火，不用逃命，不必寻找下一个家园，他们只需要静静地活着就好。而无家可归者却不得不努力变成一个"正常人"，这样才能够不被注意地活着，让生命延续。

回忆起来，我所在的地方到处是扭曲的土地和天空，一切都灼热又模糊，迷醉而虚幻，被罪恶涂满。

同胞们告诉我，今晚我就回到飞船。我会告诉他们，这里有趣又危险，你不能把每个人想得太聪明，但也不太笨。普通最好，普通地活着，普通地呼吸。

今晚是圆月，飞船藏在月球上，我通过月光就能回到飞船。三个月，我很想他们。出去的方法不难，脱离这一具躯壳即可。我们伽马星球的人不需要躯壳，我们是灵魂，能够附着他人。

可惜好不容易找到一个愿意忘记自己的、可以寄居的人。请他忘记这一切，恢复原来的生活吧。

我对狱友们说："一群傻蛋。他们将我围住，我没有反抗，被拳脚肘膝击倒在地。"

鼻子感觉到腥味，身体在断裂，内脏碎裂成一瓣一瓣，像在体内盛开的花。我是一条躲在泥里的鱼，我浮出水面，空气灼烧我的鳞片，风切开我的身体。灵魂自血液渗出附着在金属牢笼上，往上，穿过水泥天花板，踏着月光起航。

我闭上眼，对地球人说再见。

9

有人打开门让我走。

我捂着肿胀的眼睛，从医务室病床上起来。我浑身都是伤，大脑昏昏沉沉。

是香姨，她和烟男说着什么，不停鞠躬，满脸愧色。看我过来香姨就流眼泪，她说你怎么搞成这个样子了？同志，我儿子真不是坏孩子，他只是太任性，他有重度抑郁症病史和失眠病史，这孩子有时候会陷入短时段幻觉。对不起，真的对不起。给你们添麻烦了。

我闭口不言，想着这段时间自己做了什么，我到这座城市想要找工作，却又害怕出去被看到……大脑似乎在一点点复苏。

我……仅仅想避开一切，过简单的生活而已。

香姨还在给警察解释，拿出身份证和户口本表示她所说非虚。我的名字在她户口下，虽然她不是我亲生母亲。

烟男扶起我说，年纪轻轻不要想不开，刮了胡子回去好好生活吧。

这次就当买个教训。

离去前他又道，我们找到你房子里有几十盒安眠药，你每天都吃对吧，虽然我不懂医，也知道这会引起精神紊乱，产生幻觉。多同家人交流、沟通，懂了吧？

我木然点头，那些幻想我几乎都记不起来了。

香姨紧拉着我的手臂，生怕我再跑了。

"树子，你别逃跑了。你跑到天涯海角老大都能叫人把你抓回来，埋进地下室里。你是不是这几个月过得太开心，演大学生过于投入，连自己身份都忘记了？我们这一行，进来了就出不去了。好好当老大的'钥匙'和'刀'，你身手还在，回去好好道歉，北边银行金库还需要你来开门……"

她脸上还挂着泪，露出慈祥的笑容。

我叹了口气。

我终究没能逃过，被从淤泥里抓到。我是一条可笑的鱼，想要努力忘记自己的身份上岸。

可惜，鱼终究是逃不过水。

特雷西亚

回过神来，特雷西亚已经不见了。

半个月前她还好好的，每夜歌声伴自己入眠。怎么就不告而别了呢？

钟渔想去寻求海警的帮助。他把手摁在话机上后又颓然放下手，捂住脑袋。

若官方知道塔里竟然有这种事，而且持续几年之久未上报，哪怕特雷西亚被找到也定会被他们带走。自己再没机会见到她，听她的歌声，被她治愈，在不眠之夜里获得平静。

这是 2083 年，钟渔在海上灯塔编号 7745 工作的第八年，特雷西亚的失踪让他陷入了焦虑中。

1

钟渔念的是环境保护工程，考虑到不断恶化并且毫无自愈迹象的自然环境，也算热门行业。他选择它最大的理由是包分配，可以避免就业厮杀，能得到一份稳定的工作。他厌倦人群和无休止地为争夺生活资源产生的斗争。

大学四年他过得挺轻松。

拿过奖学金，参加过社团，逃过课，也有过一个女朋友。

两人是在社交网络上认识的，她网名叫特雷西亚，是个热衷发照片的女孩。她拍东西很有趣，人家拍风景人物，她则是将所有镜头都集中在实验室。通过特雷西亚的角度，钟渔发现那些脆弱的试管和烧杯也有如此之美，里头各种颜色的液体仿佛彩虹挤出来的酒，冒起的气泡和烟雾让人想到迷人的蒸汽时代。

钟渔在她的每一张照片下点赞，两人慢慢认识。

特雷西亚真名周潮，黑色直长发、光泽的肌肤以及一双认真的眼睛。她出生在一个教授家庭，恪守礼仪，言语得体，没有女孩常有的娇气。

然而事实往往超出人的预料。

一次在自习室里两人都在为最后的毕业答辩做功课。钟渔的课题是海上观察站的环境检测，周潮则是关于现代社会人体功能缺失的一个大课题。

周潮轻轻问他："你们看到电视上激情的镜头……会有反应吧？"

钟渔大吃一惊，好在看周围都是埋头看书的同学，没人听到。自己被她清纯大胆的话给弄得有些不自然。他忐忑地点头。

周潮叹了口气："别骗我了，我知道你们男生现在都没有什么感觉。我的答辩就涉及这个课题。"

自从上大学钟渔就发现了这一尴尬事实。由于此事实在太伤男人自尊心，大家都装作不在乎的样子，并给出了一个"都不再是纯情少年"的理由。再往前回溯，中学时代似乎也并不强烈。

就钟渔认识的男生来说都是如此，大家刻意避开这个话题。

放下笔，周潮用清亮的眼眸看向他："现在男性性障碍越来越多，知道为什么吗？"

钟渔想了想："是因为器官敏感度下降了吧？我记得应该是有种说法。"

"那是一方面，过于频繁会影响大脑里对应的刺激区域，和食物区域类似。使用太多就会造成神经疲劳，快感降低。这是通过功能磁共振成像（fMRI）对于脑部活动监测的结果，腹侧纹状体、背侧前扣带回等都反应微弱，导致处理情绪的杏仁体也受到影响。这是一个互相影响、恶性循环的过程，越是无法反应，越是没有性欲。"

周潮看着男友聚精会神的样子，突然扑哧一笑。

"是不是觉得我像个看病的老中医……小伙子别害羞嘛。"

她突然巧妙变声老阿姨，让钟渔有些猝不及防。

用手掐了掐他腰部软肉后，周潮哼了声："这是目前一个难题。我翻了大量的资料和案例调查，发现原因是多样的。最大的问题可能来自婴儿出生后的多重药物注射，目前医院标准是十三种吧，影响了人大脑的性功能区域，或者还有什么别的没发现的。第二来自社会发展，狭窄的空间和网络沉迷。"

钟渔迅速将手机揣进兜里以示清白。

"天天上社交网络的人，比起其他人分手更快。"

周潮翻出一叠图纸给他看，上头是密密麻麻的数据和图表。

"第三是身材问题，看这条线，现在越是肥胖越是没有性冲动。这里就引出一个性障碍概率问题，如果比较宅，以目前样本而言最高是在 18 岁和 60 岁的 79%。也就是说这两个年龄段有 79% 的人都遭遇性障碍。

"如果是热爱运动的人则不一样，依旧以这两个年龄段为例，18 岁是 65% 障碍率，60 岁是 78%。我们现在 20 岁，宅的话是 77%

的性障碍，运动的话则是 63%。所以要记得运动哦。别看了，走，去运动！"

她笑眯眯说着，拉起钟渔朝外跑。

"今晚就住外边吧。"周潮坦然说。

钟渔被巨大幸福感击中。

2

毕业时周潮被保研，现实终于将两人分开。钟渔被分配到了茫茫大海的观察站灯塔里，编号 7745。

从前辈的手里接过钥匙，钟渔一个人呆呆地站在塔上目送前辈飞速地跳上船，他知道，也许生活不是自己想得那么容易。

最大的问题是食物，每一顿都严格控制，两个月运输汽船来一次，仅仅停留不到一个小时，卸下物资就走。吃的是方便米饭和混合浓汤，米饭早就一盒一盒装好的，浓汤则是说包含各种维生素纤维素，可吃起来就是面糊。加上每个月的五百克水果定额，这就是全部。

钟渔第一次用开水泡米饭就着浓汤只觉得新鲜，大学宿舍不都吃这些玩意儿吗？泡面盒饭什么的，和过去比起来也没有太大区别。

丢下饭盒他遭遇了第二个问题，没有网络。来之前合同上并没有说这一项，钟渔惴惴不安地拿起老式座机打到管理部门询问。对方回答很直接，有的地方有网络，有的地方则因为各种情况暂时有些困难，让他要有克服困难的决心。

回头一看，一捆捆书籍放在工作台旁边，专业书、小说……不过基本都是几年前的旧东西。想来前辈不愿意带走，留给自己了。

在灯光下翻开一本大部头，钟渔听着海水的拍击声，度过了第一个漫漫长夜。

观察站的每日工作并不繁忙，早中晚三个时段各有一到两个小时对海里样本采样、分析，这些都是由机器完成的，钟渔需要做的就是将这份电子档整理，上传到内网。除此之外，观察站还承担部分的指引功能，可惜钟渔几年来都没有看到一艘船停留、一个遇难者从自己眼前经过。

最难熬的自然是孤独。

一个人看守一个灯塔，就像古老的守夜人站在自己小小的城堡里，看似威风凛凛，其实不过是另一个意义上的囚笼。

没有网络，他无法得知世界上发生了什么好玩的事情，自己也无法参与，甚至看不了肥皂剧更新，食物的稀缺让钟渔无法充分享受生活的味觉。他唯一能做的就是看书，学那些以前不想学的，看那些从未感兴趣的，这里最不缺的是时间。

精疲力竭后，自然就会闭上眼。

可让人无奈的是，人常常会半夜自动醒来。根本没有什么事需要做，自己也无法变身超级英雄，为什么会醒来？

钟渔想起一句以前觉得很逗的话：寂寞来敲门。

就在如此寂寥而又乏味的时候出现了一头小白鲸。它长度差不多三米，皮肤光滑如蜡，身姿灵敏，似乎为自己找到一座奇形岛屿而兴奋，绕着灯塔游来游去。

钟渔很羡慕它，广袤海洋里虽然有危险，不过自由是多么好的东西啊。

小白鲸几乎隔几天就来，仿佛把这里看成了自己的领地。钟渔也渐渐尝试和对方沟通，他送给对方水果，小白鲸则丢给他咬掉脑袋的鱼。夜里小白鲸会唱歌，那是一种没有歌词的呓语，声调里带着几分原始和野性，却又热烈奔放。

在对方的歌声里，钟渔奇迹般地恢复了正常睡眠。

小白鲸让自己完整，给自己慰藉，他将自己最珍贵的名字"特雷西亚"送给了它。

3

恋爱是让男人成长的最好经历。虽然和周潮的恋情并没有得到完美的结局，钟渔还是明白了一点：靠近彼此，需要更多更深入的了解。

当通过图鉴手册得出小鲸鱼是一级保护物种——维纳白鲸时，他惊呆了。以前上生物课他就知道，这种鲸鱼极为罕见，稀少昂贵，却又被很多人物所喜爱，甚至偷偷捉来作为珍宠。

对于那些站在社会尖端的人物的想法钟渔不得而知，可是他也感受到了特雷西亚的魅力，它聪明又充满野性，顽皮却不顽劣，无声无息消除人的压抑感，甚至它散发出的味道都让人由衷舒畅。

钟渔极担心有偷猎者将它捉走。

虽然自己所处海域并不是那么受重视的地方，可偷猎者总是一视同仁。

最好的应对自然是报告上级，让相关保护机构将它带到一个更安全稳定的环境里。可他私心又在作祟——如果特雷西亚离开，自己又是孤身一人，太糟糕。

钟渔将好的坏的都丢出脑子，静静享受和特雷西亚在一起的每个夜晚。

在一个晚上，他和特雷西亚道别后正心满意足地躺回床上，工作台的老式座机发出嘶哑的铃声。

他迅速跳起来，拿起话筒。

"你好，这里是 7745。"

"请问是……钟渔吗？"

和脑子里想的不同，既不是什么紧急任务也不是领导厚实的嗓音。对方是一个女性，声音有一种奇特的磁性。当然，也有可能是长期孤身海外，好不容易听到一个外来声音产生的幻觉。

"我是钟渔，你是？"

"周潮。"

沉默了半晌。

钟渔吸了口气问："有事吗？"

周潮轻轻说："没事，就是想来看看你。你还好吗？"

钟渔看了看外头："还好，就是海上风有点大。"

他突然愣了愣，看看我？意思是周潮想要过来，到灯塔这里来？

"最近在这边海上有事，会停留几天。明天我想去你那里，方便吗？老同学。"

老同学，对啊，我们不过是大学校友罢了。

钟渔自然说没问题。

才挂下电话他就迅速整理起小小的房间来。杂七杂八的书全部倚墙放好，衣服裤子都给塞进柜子里，各色垃圾迅速打包丢到塔上隐蔽处。接下来是拖地，被子倒是没法换了……

忙忙碌碌，他迎来了周潮。

对方比八年前稍微丰腴了，多了些学生时代没有的女人味，不过那双眼睛依旧清亮，认真。她一身简练的白色短风衣、七分裤，海风将她的头发轻轻拨散。

周潮理了理刘海儿，露出笑容："好久不见，你可是比以前有男人味了啊。"

钟渔呵呵一笑，摸了摸下巴才想到，原来自己忘记最重要的环节——刮胡子。

走入房间内，周潮看了看倚靠墙角的钓竿说："你现在在这里钓鱼吗？能钓到多大的鱼？"

钟渔苦笑一声，只有切身海钓才能体会其中的难。海风吹个不停，鱼儿要么小得让人不忍下手，偶尔来个大运却是个大块头，只能松手避免自己被拉入海里。再加上现在海水质量的确越来越差，好多鱼儿都不在浅海混了。

既然来到了灯塔，他自然要给对方讲讲工作上的问题。钟渔带她到操作台上，给她讲自己是如何取样海水，如何操纵机器分析，然后又怎样传输回去。

周潮静静地听着，不时问一两个直切关键的问题，让钟渔感觉她还是那个她，专注得可爱。两人谈起学校当初的各种事，都露出会心的笑容。此时钟渔注意到周潮手指上的钻戒，她已经有了丈夫。

到晚上周潮依旧没有离去的想法，钟渔也不好催促。意外的是，这天小白鲸来得特别早，新老特雷西亚首次见面。

钟渔解释："它偶尔来我这儿玩。"

特雷西亚晃动着尾巴，周潮则眼里全是惊喜。

"多美的歌声。"

钟渔很想很想将她们俩都给留下来。

4

这一夜极为漫长。周潮的船就停在灯塔旁边，随着海浪摇摆。

钟渔不知道为什么周潮会做出如此举动，是因为对家庭生活不满的任性，还是一时冲动？不过一直以来总是这样，自己以为足够了解周潮，结果对方总是超乎自己预计。

周潮慢条斯理地穿上衣服，和她脱掉时一样优雅自然。

"你比上次表现好多了。"

钟渔有些尴尬。也许每个青涩男孩都有这么不堪回首的时候。

仿佛料到钟渔的想法，周潮转过头来。

"是不是觉得我是个坏女人，有了老公还找别的男人？"

她说话一向直接，让人难以招架。

"只是有些不懂。"

周潮看着外头，白鲸还未走，正游来游去朝里头张望。也许它好奇的是，怎么多了一个小人儿。

"算补偿吧……"

她留下一句莫名其妙的话。

钟渔目送她上船，和她的回眸远远相望，周潮转过脸去。

有人说最让人难过的不是得到，而是自以为会得到的东西却失去。

钟渔明白得很，周潮不过是路过，猛地想到自己就在附近，于是顺路过来看看，然后发生了一点点意外。可人总会产生太多莫名的期望。

近乎半个月里，钟渔都郁郁寡欢。

直到他有一天突然发现，特雷西亚也不见了。

周潮是意外之喜，是彩票，而特雷西亚不同，那是孤海上最后的慰藉。他租了一艘汽船，每天除去上班时间就偷偷到处寻找。可是海域如此之大，找一头白鲸如大海捞针。

就在钟渔沮丧不已之时，周潮竟然又给他打了电话。

此次说得言简意赅，她透露自己知道特雷西亚的去向。

钟渔大为振奋。正要细问，周潮补充说她和丈夫要举办答谢宴，请他务必来。

简直讽刺，邀请才和自己发生过关系的男人参加自己的宴会。钟渔差点就误以为那是周潮给自己的一根刺、一个嘲笑，不过他迅速想到那不是她的风格。钟渔脑袋有些疼，本来是一个特雷西亚，然后变成了两个，最后又变回了一个，而两个却都离开自己。为什么？

想找些借口不去却怎么也找不到，只会让对方觉得自己可怜。唯一想到的朋友竟然是一头鲸鱼，太可悲了。

咬咬牙，钟渔打通了管理部门的电话。

他是有假期的，一年五天，八年的量他准备攒起来结婚或旅游什么的。现在一口气用掉一周，相当于一次新婚旅行。只是新婚的主角不是自己。

在磨蹭了半个月后，一个不情不愿的年轻姑娘乘船暂时接替了他的岗位，在他离去前还一再说："师兄，一定要回来啊。上次有个人请假后就消失了，你可别害我呀，我是无辜的。"

5

八年后第一次回到内陆，看着突然增多的人和犹如钢铁荆棘般密集的建筑，说不激动是假的。唯有真尝到那些苦行僧的世外生活，才会觉得充满污染和噪声的人类社会是多么好。

他叫了辆出租车，司机是一个抽烟的短发姑娘，看了她一眼。

"帅哥，到哪儿？"

钟渔照着周潮给的地址："十七号酒店。"

"哟，好地方啊。见女朋友去？你多大了呀？"

姑娘熟练地单手操盘，一路上打趣他。长期在单调的环境中生活，又加上钟渔没有什么朋友，人生也没有大起伏，脸孔还和刚念大学没什么区别。

看到他笨拙地将箱子卡在后座上，短发女司机轻轻一提就给他拎了出来，朝他一笑，递给他一张名片。

"下次还叫我啊，当然，出去玩儿什么的也可以啊。"

钟渔接过名片，狼狈逃走。

女司机摸出对讲机叹道："姐妹们，刚发现一个小鲜肉，真是稀有物啊，还害羞呢。"

在酒店里安置好后，钟渔闲来无聊在城市里散步。他发现一个有趣的情况，男人常常和男人相伴，大多无所事事，而忙碌工作的很多都是女性，司机、店铺工作人员乃至警察都是如此。

他有种来到女儿国的幻觉。

回忆一下，在高中时期女性的工作竞争力就极为可怕了。她们更仔细，更有责任心，如今大多又选择了人工授精让一些愿意专门从事此事的女人来代孕，产假都省了。那些纯体力活儿又有机器代劳，这样一来比起男性反而有了优势。

只是没想到短短八年，内陆上就变成了如此情况。到底男人怎么了？

走到一个咖啡馆，钟渔发现里头都是同性，三三两两，甚至还有一大群坐在一起，极为热烈地讨论什么。他心中疑惑道，好几个面相三十多岁了，不会都是单身汉吧。

看到突然进来的他，其中有个男人抬起头朝他挥手："兄弟，这里来。"

众人给他让出了一个位置，都看向他。

钟渔摸了摸自己脸，脸上没什么怪东西啊。

"兄弟，你精神状态如此之好，不知道有没有什么秘诀啊？"

最开头招呼的男人问他。

"没什么，早起早睡，钓钓鱼……偶尔天气好的日子跑跑步吧。"

钟渔也发现了。七个人都脸色发白，看起来身体颇虚，唯一叫自己兄弟那人脸色好一些，不过也是愁眉不展。

那人接着说："别不好意思了。我问的可不是这个，大家都懂的，男人的事儿嘛……"

顿时众人七嘴八舌起来。

钟渔终于明白了，这群人正在讨论夫妻生活问题。

"不是不想，就是没有那想法。"

"搞不懂，哪怕怎么都不行。"

"你们还好，我一狠心吃了药。现在医生都说，这个要恢复得慢慢观察……"

听着这些已婚男人的话题，钟渔顿感无趣，推说有事离开。

摸钱包时服务员女孩说不用不用，今天是关爱男性健康日，咖啡免费，欢迎再来。

6

躺在宾馆的床上，钟渔想着自己一来就遇到的事情，怎么想怎么觉得好笑。闭上眼想要睡觉，却怎么也无法进入状态，他无比怀念特雷西亚。他只想能够找到特雷西亚，回到那个没有人的灯塔。

对了……这里不再是孤岛了啊！

钟渔激动地翻开自己八年前的老式手机，信号满格，网络满格。打开自己的个人网络社交页面，用手指拉了拉屏幕，八年都显示的"对不起不在服务区"终于消失了，仅仅一秒后右上角出现了几十个红色提醒。

点开，里头有很多高中、大学同学的问候，有的人问自己灯塔生活如何，有的则是告诉自己结婚了请自己来参加婚礼，还有的是些陌生人求粉的、学弟私信问自己本专业到底有没有前途的。所有信息都截止在自己离去后的第三年，后头五年里再也没有一个提醒。

人总是健忘的，如果长久无法给对方回应，谁也没有耐心。

因此，特雷西亚和周潮更是让钟渔感激。

他迅速翻出周潮的页面，尝试问："你在哪儿，我到了。"

仅仅几秒钟后周潮回答："在科技展博中心，马上轮到我的个人脱口秀了，来吗？"下头贴了一条详细地址。

钟渔迅速翻身，打通了之前出租车姑娘的电话。

那头极为高兴地回答："马上就来，你等着呀。"

一路上，短发姑娘像只鸟儿一样说个不停。讲她工作无聊啦、生活不顺啦、被莫名其妙罚款撞车啦……

"如果我男朋友像你一样就好了。你看起来就很健康，不像他一脸病相，只会宅在家里。什么都不想做，煮饭都煮糊。"

"我也不会做饭。"

短发姑娘哼哼了声："以前都说女汉子女汉子，现在我们倒是真成了汉子了。搞不懂，你们男人自卑个什么劲儿啊。不过是那方面不行了，退化了，好像就什么都不成了。"

钟渔心中一跳，社会发展还真是迅速，大家现在话题都好尖锐。

"因此啊，现在找个男友就是要找个健康男人。哪个姑娘愿意找一个病秧子，既当女朋友又要当妈的？"

"你是怎么锻炼的，或者有没有什么食谱？给一个呗，我好去练练我家那位。"

好不容易熬到了目的地，钟渔说了声"谢谢"，抬起头看到的第一个广告牌竟然是：关注男性健康，请到×××医院……

以前的小广告已经变成了大广告，让人侧目。

他走到了中心门口，这里不收费，凭借身份证进入。里头站满了男男女女，颇为火爆。

周潮站在舞台中央聚光灯下侃侃而谈。

"众所周知，如今面临的问题不再是男女不公平，而是男女差异的同步化。我大学时的课题就是研究社会对于人体的影响。那时候我就做了一份报告，里头推测了关于造成男女如今几乎'性别互换'的原因。

"真正的起点差不多是在四十年前，2043 年开始，各种疾病变种突然爆炸性增加。比如埃博拉、疟疾、天花等都产生了各自的大量变种，对于新生儿的危险性大幅度提升。

"为了能够提高婴儿节节下跌的成活率，保护婴儿呼吸系统和内脏，人类为新生儿注射一些新疫苗，当时并没有察觉到有副作用。发现那些药物会逐渐影响到人体的大脑，造成区域性失灵、性功能障碍增多已经是几年前了。暂未能得知原因的是，男性因此产生性功能障碍，女性却并未受到多大影响，如今性功能障碍的女性每个年龄段也不过比以往增加 5%。

"有国家试过减少注射，死亡率高达 35%。生命和冲动之间，我们毫无疑问先选择生存。

"男性的性功能衰退造成了自卑和自尊下降，动力衰弱，甚至引发极多的心理疾病。在场的男性朋友们，你们肯定每个人都偷偷咨询过这方面的问题吧。不用害羞，就和每一个女性青春期会查询一样。非常正常，而且正确。

"不过是现在变得有点极端，女性承担了过多的社会责任，导致社会身份大大超过了个体身份，女性性特征衰退。女性逐渐男性化，男性则女性化，从对社会的作用而言变化不大，但对于人类这个大群体来说则是个极大冲击，男性作为繁衍的一方越来越虚弱，后代必然受到影响。

"我个人本来希望能够母体怀孕，母乳喂养。可现在面临社会的趋势，也不得不改变最初方针。如果情况无法改观的话，我会选择体外受孕，以更稳妥地保护孩子和我两人。我先生也很理解和配合，在努力地做出改变。

"现在他每天的工作就是健身、保养以及一部分家务，希望这样的生活能够让他重新恢复男性的自信。他还常常打趣我：'老婆，现在我被你养了，你可要负责啊。'"

7

"这些当然还不够。"

周潮看向气氛已经渐渐热烈的现场，面带微笑，仿佛举办宴会的女主人。

"以上都是顾全大局的话。下面的，是关于我作为一个女性的言论，请大家也能够听一听。"

她双手虚握了一下。

"过多干预自然筛选进化，我是持反对意见的。"

台下顿时声音一静，大多数听众不懂为什么她会说和先前矛盾的话。

"那么我再说一次，之前的话是作为'妻子''演讲者'的社会身份的意见。现在我是以一个女人、一个自然女人的身份来讲，我拒绝婴儿注射疫苗，我拒绝为了男性可悲的退化停步不前。人类不应该过多地干预进化，物竞天择适者生存，注射太多的疫苗就会造成人类进化力的退化。"

下面的人眼里更多的是迷惑，似乎没有办法将这个转眼激进的女人和之前温文尔雅的演讲者合二为一。

周潮早有预料，她马不停蹄地说："之前我们一直想筛选出哪一支疫苗是有副作用的，现在我们换一个角度。如果有问题的不是疫苗，而是人体本身一代代的退化呢？人类是一个爱找借口的种族，遇到错误第一个举动不是自省而是去找一个替罪羊。历史早已证明了这一点。

"对此，我也做了一点小小的实际研究。我们针对现在的基本疫苗研制了一款新型病毒，只要你注射了原本十几种疫苗，就有可能被新型病毒击中，死亡率几乎是 100%。"

她对呆滞的众人微微一笑，灯光打在她唇彩上，有一种别样的妩媚。

"现在通知大家，因为这种病毒已经无所不在。世界上每个国家都已被投放。大家也不必惊慌，它们只对新生儿起作用，对于成年人不过是咳嗽几声的事情。"

台下终于有人骚动起来。有人大喊将她抓起来，有人四处张望以为这不过是一个恶搞的小剧场，更多的人不断在打电话，仓皇出门，仿佛是在逃亡的羊群。

周潮镇定自若。

"我们女人也有需求，我们需要未来，人类只有女人是无法继续下去的。我们需要的是真正的男人，而不是眼下的这群阉割者！

"男性问题不仅仅是男性，对于每一个人都有着深远的影响，我们不能假装没有发生，而应该正视它、了解它，并相应地做出改变。谢谢大家。"

再也没有掌声和笑声回应。

台下此时只剩愣愣的钟渔。

周潮走下台对曾经的恋人说："在警察来之前还有些时间，去我家慢慢说。"

8

在周潮车上，钟渔阅读着她准备的脱口秀材料，冷汗直流。

周潮细长的手指轻轻敲打方向盘，看着前方红灯道："以前大家都感受到了，只是不如现在这么明显。尤其是我们这一代人开始成为社会力量的先锋，疲软就暴露了。不久前我觉得好笑，那些什么治疗男性病的老中医，真有人会去吗？没想到这东西对于你们男人是这么重要，这方面不行造成心理疾病、生理疾病，乃至对性格都影响巨大。"

钟渔不服道："你们女人不一样吗？"

周潮看着自己的紫色指甲，牵了牵嘴角："也许吧。不过你也知道，女性比男性更能承受疼痛。现在看来抗病性也要强不少，虽然这还未经过验证。至少我们不会因为没有性而生活失意，我们连你们的那份锅也背起来了不是吗？只是，女人也是人啊……"

钟渔不言，看着窗外。

男性应该代表力量，如今却大都萎靡，面对有些迎面而来的咄咄逼人的女性目光都是躲开来。女性则仿佛再度分裂成出两个性别，有的女孩温文尔雅，有的女孩豪放大胆……如果不需要精子的话，女人还需要男人吗？他不由得想。

车子在一处豪宅停下，钟渔仰起头，看着眼前巨大的别墅。

周潮熟练地摁动手中电子锁，大门缓缓朝内打开。

她带头走了进去。

给钟渔倒了杯茶，周潮则盘着双腿坐在沙发上喝着一杯白水。

"是不是有很多疑问，为什么会请你来？为什么我又会做出那么疯狂的事？稍等……"

周围的灯光突然暗了下来，整个屋子仿佛将时间调到了日落，看起来都是雾蒙蒙的一片。

过了大概十几分钟，轻轻的音乐响起。竟然是特雷西亚的歌声。在墙上出现了两个纠缠在一起的男女。

"看着我。"

钟渔转过脸来，又迅速移开。

周潮头发披散开来，眼睛里闪烁着某种期待。

她一把将他推倒在沙发上，轻轻道："很辛苦吧。"

看着钟渔毫无反应的瞳孔，周潮眼带怜悯。

"仿佛身体里本来有一口井，现在却被锁上，没有钥匙能够打开。我丈夫是这么跟我说的。"

"记得我们第一次吗。那时候我本以为是你过于紧张……可我一连和几个男人谈恋爱都是这样。我知道，那不是偶然。"

她摸了摸墙壁一个地方。灯光恢复，黑夜退散。

"我是和我很喜欢的一个男人结婚的，他什么都好，也很乐观……我想要帮他找回男人的信心，却怎么都不行。以后，这种事不应该再继续。与其用巨量物资养活一堆废物，不如跟随进化的脚步，筛选出真正能够应对更难预测的未来的人。"

她叹了口气。

钟渔突然想到刚才的歌声，失神道："特雷西亚！特雷西亚！是你抓走了特雷西亚！"

周潮双手交错在膝盖上，幽幽道："钟渔，你忘了吗？我才是特雷西亚啊，那不过是一头鲸鱼罢了。"

"为什么，你为什么要带走特雷西亚？还给我，你还给我！你是疯子，你投放病毒毒害新生儿，你这是反人类！"

钟渔眼睛都充血了，整个人犹如一头暴怒的野兽，坐立不安。

"为什么你要这么做？"

"反人类？我不是人吗？还是说，你以为这种事我能够独自办到？你错了……这是大多数女性的意志。"周潮站起来，"至于你的鲸鱼。维纳白鲸寿命很长，不过如果一旦被圈养，反而会因为活动范围缩小而寿命缩短，几乎都只能养八年以内。你知道为什么吗？"

看着对方冷静的脸，完全不像才诱惑过自己的样子。钟渔没来由地觉得眼前女人有一丝冷酷，仿佛是一个正冷眼看样本的医生。

"因为它们会很痛苦。"

周潮摸了摸墙壁，上头影像一变，正是维纳白鲸被人圈养在巨型泳池里的样子。

"谁也受不了的，每过几天的活体提取腺体……"

她走到钟渔面前。

"你的特雷西亚已经不幸去世。它太年轻，无法承受疼痛和孤独。"

钟渔双眼一花。

他终于明白周潮那句"补偿"的意思了。原来就在那时她就认出了维纳白鲸，当即就决定将特雷西亚带走。

"不过你也不必过于伤心。它的死为我们提供了很多有用的资料和数据，我并不是像其他人那样用它取乐。一切都是为了研究。我已经基本确定，退化的这部分男性已经没有了恢复的可能。确定了这一点，我们的洗牌计划才能够确定是否进行。"

"让你过来，既是希望能够和你再次相遇，也是对你说对不起，你对我而言很特殊，我不想你伤心，也不想瞒你。"

钟渔推开她愤怒道："你就是这么对我的？以见老朋友为借口嘲笑！疯子！"

"不，我是碰巧。其他海域几年来都没有找到维纳白鲸的影子，太稀少，而我恰好知道你就在那附近，于是就想到去见个面，没想到机缘巧合。"

周潮说得慢条斯理，里头有感触有嗟叹，却没有歉意："你若真为了它好，就应该早早告诉保护机构。你没有。"

她的双眼扎入钟渔内心最不可告人的角落。

"你已经明白维纳白鲸的珍贵了吧。它不仅能够演奏出美妙的音乐，远超其他动物的聪明和好奇，以及那让人欲罢不能的……欲望。维纳鲸鱼并非天然，而是深海白鲸遭受污染辐射后变异的一种，所以极其罕见。它腺体里有能够催发人情欲的物质，虽然还不清楚其中的具体成分，散发出的气味却能够让男性短暂恢复功能，这就是它遭到严重捕猎的原因。这是一种欲望之鲸……"

她看了眼钟渔毫无变化的瞳孔。

"我看到地上、床上和墙上的那些痕迹了。每一个夜晚如果它出现，你就能够顺利满足地睡去……"

"不……不是的，我只是喜欢它唱歌！"

钟渔语无伦次道，双眼失焦。

"虽然夜很黑，但我还是看到了哦。你面对一头鲸鱼有了反应……"

对方的话仿佛一把巨锤，将钟渔击倒在地。透明液体从眼角不断流下，他瘫软在地上，仿佛一只失去尾巴的流浪狗。

在内心那个阴暗的角落里，是一幅幅过往的画面。圆月下，钟渔对着特雷西亚释放男人的压力。听着它的歌声，想象那是一个美丽的女妖，短暂忘记自己病态的罪恶……那就是他最不可启齿的片段，他无数次想要忘记，却又记得那一刻是多么邪异与美妙。那夜和周潮出奇地顺利，都是拜特雷西亚所赐。这就是为什么他可以在上头待上八年，每一个假日都不想用掉，都是为了能够见到特雷西亚。

一旦尝到美味人就无法忘记，哪怕饮鸩止渴也不顾一切。

周潮看着地上犹如软泥的男人，叹了口气。她本是为自己败给一头鲸鱼而感觉不舒服，可看到眼前的人如此凄凉和软弱，只有深深的怜悯。比起女人，你们男人又有什么可骄傲的呢？

特雷西亚，特雷西亚。

钟渔蜷缩一团，一遍遍念着这个名字，仿佛失去心爱之物的小孩。

特雷西亚到底仅仅是一个名字，还是眼前男人留给自己的幻想，抑或是留在身体里的某种逝去冲动的代号？

警车的鸣笛越来越清晰。

周潮闭上眼聆听，希望特雷西亚留下的歌声能够给自己答案。

广寒遗事

她说给我讲故事。

我停下电脑键盘上打字的手指。

女友以她特有的悠然调子说："从前啊……"

序

鹿台。

风寒雨冷，这无碍姬发围攻朝歌的决心。距握住天下仅一步之遥，没人能抵挡这份诱惑。若说尘世间还有最接近神仙之地，必定是那张独一无二的椅子。

因此姬发壮志满酬，一声令下，烈焰焚城。

他本可将帝辛脑袋亲手砍下，可臣下都言斩龙不祥，不可为之。姬发心里不以为然，他还记得挥师直杀朝歌之前的壮丽景象，一颗星辰飞往朝歌，似在给他引路。

九五至尊，舍我其谁？

此时一位将军禀报说："天子，那女人怎么处置？"

他不由得望向站在烈焰之中的绝色。可惜了……如果要天下，她就必须死。她惑乱朝纲，红颜祸水。

挥挥手，姬发叹了口气。他犹记得自己初次与对方见面的情景，人人憎恶的妖女竟是那般亲切又体贴之人，她让自己不必多礼，兴致勃勃地问起西岐风土人情。她听得专注，不时发出愉悦笑声，没有半点一国之母的架子。也许就是因为她太没有架子，才会被臣子们斥为异类。

1

"妲己，你也要弃孤而去吗？"

一身金玉衣衫的天子惨笑一声。

妲己一时不知如何回答。她曾想过很多次，将自己的经历原原本本告诉这个男人。可每次她最后都放弃了。她终究是个过客。

"罢了。你走吧，但愿姬发能够保你无恙。"

他走到鹿台扶墙边沿，吃力地爬上去。

"孤心有愧，江山尽丧。"

一代天子变作飞蛾扑入火焰之中。

妲己则不再犹豫，朝既定方向跑去。她脚下极快，让两个手持长戟的士兵都追击不及。士兵们赶去发现那是一个死角，地上是妲己艳红色的外衫。两位士兵合计了一番，迅速将衣服收起来作为手刃妖姬的证据。与此同时，又是一颗星星从天上划过。

本来心情颇好的姬发皱了皱眉，此天兆意味帝辛一脉绝处逢生吗？他对旁边史官道："这不用记。"

史官点头称是。

苏菲·贝金赛尔伸了个懒腰。她换回自己喜爱的宽松睡衣，赤脚在银色甲板上走过，熟悉的淡香味让她舒服地眯起眼。脱下了妲己长衣，她重返天空之上自己原本的轨道。飞船，裸妆，三百六十度变温沐浴，音乐，香味，懒觉，生物研究，还有她的助手哈桑。

哈桑身高只有八十厘米，毛茸茸的兔头下是一身得体的燕尾服，本体是纳米机器人——远航必备的伙伴。它正坐在操控台里，全神贯注地观察着他们的目标所在地，那颗看起来普普通通的灰扑扑的小型星球。

"它变大了多少，有没有异常？"贝金赛尔端着咖啡走到显示器旁，顺手摸了摸兔子耳朵道，"辛苦了。"

哈桑严肃地说："监控 X 耗损了十五个观测机器人，五个是因地层变动造成了损坏，十个是被 X 触手缠住导致失去联系。X 每天摄取的主要是碳和氮，也有一部分金属元素。十年前体型是八百平方米，现在由于位置太深，已经无法继续跟踪。不过 X 躯体的一小部分会不定期钻出地面，暂时无法得知这种行为的目的。"

贝金赛尔仔细翻看每天的记录数据。

接着哈桑又对她讲起这些年飞船发生过的一些小状况，当然都被哈桑妥妥处理好。最重要的是两个消息，一是 X 动向，二是有个路过的生物学家认出了贝金赛尔的飞船。按照之前计划好的，哈桑告诉他贝金赛尔正在旁边蓝色星球上研究原始人习性。那位看这星球实在太年轻就失去了兴趣。

贝金赛尔说了声"干得好"。她现在最怕同行，生物学家好奇心重，一旦他们看出端倪停留，派出探测机器人下潜发现 X，贝金赛尔纵使完成对这疑似魔鬼藻幼年体的鉴定和生态研究，那么也必须分出一份发现者头衔给那个不劳而获者。绝不！其他都可以让步，就是魔鬼藻不行！

她佯装考察这颗蓝色生命星球，真正目标在旁边那颗灰扑扑的星球的土层之下。她和哈桑叫它 ×。

哈桑听了她此次经历后总结说："抛弃的第四个雄性。"

贝金赛尔纠正它："不是抛弃，是感情破裂。又不能待太久。我和那些本地人寿命长度完全不同，一直没有容貌变化会被怀疑。他们哪怕再健康的个体寿命也就 120 年，太短太短。"

哈桑说："我记得你和一个雄性是正式结为夫妻的，神射手那位。"

"后羿。"

贝金赛尔放下杯子。她说自己困了，需要去睡一觉。

她将兔子关在门外。

后羿，真是让人怀念的名字。

躺在床上，她想起自己和对方的相遇。

"呔，别动。"

喊话的是个浓眉男子，他脖上挂了一串狼牙，头发束在脑后，手持一张和他差不多高的大弓。他弯弓搭箭，一箭射向贝金赛尔旁边的一只猴子。而后他走过来说："没吓着你吧？"

贝金赛尔摇头，心里为那只小猴子默哀。它不过是想将一朵花送给自己，却被这个野蛮射手认为是嗜血凶猿。她不由有些怀疑，来这颗星球实地考察是不是一个好决定。

"你叫什么名字啊？不像是本地人，哦，我叫后羿。"

她先是默默调整语言翻译机，十秒钟就接通了对方的语言频率。看到后羿那把长弓旁有一只蝴蝶飞舞，贝金赛尔灵机一动说："我叫嫦娥，我迷路了。"

于是后羿理所当然地将这个"可怜"的姑娘带到村里。

以前神射手后羿从山上归来，往往都是带着野鸡、野兔、野猪之类的，这次竟然带了一个貌美如花的姑娘回来，这让村民们都很震惊。天哪，后羿到底干掉了什么可怕怪兽才得到了上天这样的奖励？

嫦娥住在后羿给她搭建的屋子里。她开始和村民们交流，将得到的数据统统记下来。这更让村民们震惊。天哪，竟然还是一个贵族之女。

文字可不是普通人能接触的。

没过多久，就有人传言说嫦娥姑娘是现在已经隐居的帝喾大人的女儿。帝喾大人知晓后羿勇猛，所以让她来考验后羿的品行。

对此嫦娥没有否定也没有肯定。她还没搞清楚这都是些什么人，能够得到一个身份也好。

可后羿却感觉不好了。

他专程跑到嫦娥那里正式道歉："不知道是帝喾大人之女，后羿失礼了。"

嫦娥忍不住说："如果我不是帝喾女儿，那么就不算失礼吗？"

这句话让一向喜欢用箭说话的后羿脸涨得通红。

村民们看到后羿怒吼着持弓跑上山。一整天，山上都响彻着野兽悲鸣。最后后羿拖了只足有一人半高的熊送到嫦娥门前，然后默默回家。

日子一长后羿就觉得不妥。虽然这里民风质朴，可是让帝喾大人的女儿留在这里实在有太多不方便。

于是他又问："嫦娥姑娘，你要待多久？"

正在教几个小孩子发音的嫦娥皱眉："你不想让我待在这里？"

老实人后羿连忙摆手说："不是不是，我怎么会这么想呢？只是离家久了帝喾大人会担心的。"

嫦娥冷笑："我明白了。你是希望我快点把你的良好表现上报回去，然后你就可以出人头地了对吗？"

"没有！我没有！"后羿慌慌张张解释。

嫦娥不由疑惑道："那你是为什么呢？"

想了半天，后羿又号叫着持弓奔向大山里去了，一天之后他拖了一只头都被射烂的白虎回来，放在嫦娥门口作为道歉。

日子一久，村里人就开始合计。后羿怎么说也是村里的顶天男儿，百步穿杨，人又实在。嫦娥姑娘则是什么都懂，聪慧敏锐，两人不成亲简直是辜负老天造化。嫦娥为躲避月老说亲，索性躲在了山上。

那天下大雨，嫦娥倒是不怕，她身体本就异于这个星球的人，能免疫大部分病菌。她只觉得有些郁闷。村民们倒也实在，说不让他们来就真不来。荒山野岭的什么也不能干，连夜空的星星都数不了，她不由得有些烦躁。日子没法过了，还不如回头上那颗星球，至少飞船里有无数游戏，还有兔子哈桑。

就在此时，有人轻声道："别动！"

是后羿。

就在嫦娥以为他又要伤害什么小动物时，他却轻手轻脚走过来，从嫦娥脚下树叶堆里翻出一个瑟瑟发抖的毛茸茸小东西。这是一只小狐狸，才生下来不久，不知为什么被母亲遗弃了。后羿将它放进自己衣襟之内，对嫦娥伸出手说："走吧，下山，今天吃烤肉。"

嫦娥终于有借口下山了。

一路上后羿捉来萤火虫照亮，两人下山时都浑身湿透。

好在烤肉的温度足够将寒冷驱散。最享受的是小狐狸，它吃了个饱后很快就沉沉睡去。

嫦娥忍不住问："你救它有用吗？你想好养它了吗？"

"没想那么多。"后羿挠了挠头。

嫦娥叹了口气："你能一直救它吗？它之所以被遗弃就是因为体质弱，没法应对弱肉强食的残酷环境。"

"弱肉强食，说得很有道理。"后羿的脸被火光照得一片红，他轻轻说，"嫦娥，我们不像你懂那么多，做事前都会想很多。我想去做所以我做了，我们就是这样的人。后来它会怎么样我不知道，只是我遇到它，我就不会装作没看见。它还小，等它长大了才会是我的公平对手。"

嫦娥第一次没有说服后羿。这次对话让她对这位猎人有了不一样的看法。

她和后羿成亲是出乎所有人预料的。因为之前嫦娥小姐就说过，谁都别想逼她成亲，还为此躲到山上。这才过去多久啊？

嫦娥面对各种旁敲侧击都笑而不语。

后羿那天夜里朝她伸出的手温暖又有力，他说的话真诚又有哲理，最关键的是，需要时他总能理直气壮地出现在你眼前。她说服自己，唯有成亲才能得到名义，这样行动更方便，不容易引起怀疑，至于晚上，催眠就好——但内心里她再明白不过，自己喜欢上这个朴实又奇怪的猎人了。哪怕只能在一起很短的时间，回去要难过很久，她也愿意。

后羿高高兴兴卖掉了一张大弓，给嫦娥换了条裙子。

嫦娥换上，裙子很丑，人很美。

2

成亲后嫦娥发现后羿陋习颇多。在家后羿喜赤裸上身，虽然他线条很好……可天天如此依旧叫人吃不消。

第二是后羿晚上打鼾。那叫一个石破天惊，好几次将嫦娥从梦中惊醒，还以为是山崩滑坡了呢。

第三最让嫦娥无法释怀。

后羿是天生的神射手。也是因此，他对于弓箭有着一种超越普通人与工具的感情。晚上睡觉时，后羿一只手握住嫦娥的手，另一只手则握住他的长弓。这让嫦娥产生一种怪异感——自己仿佛正在遭遇一个非人类第三者的挑战。

对此后羿的说法是，弓箭是他兄弟，是他的手脚，没法割舍。

为让嫦娥打消对弓箭莫名的憎恨，后羿开始表演花式箭术，其实说是为了展示自己的高超弓术更确切。走着走着，嫦娥指向一棵树问："那个果子看起来不错啊……"话还未完，后羿一箭射下一串果子，收弓背回。她眯起眼："天上的大雁阵型真漂亮啊……"嗖一声，一只大雁悲鸣坠落，后羿手持大雁再次献宝。洗碗烦了，嫦娥说"真讨厌"。后羿大怒，敢惹嫦娥生气，"啪啪啪"几箭将没洗完的碗射个稀烂，然后他微微自得，这样就不用洗碗了。

总之，后羿试图用箭术来解决一切困难。

有天嫦娥说"好热"，他指向天空说："太阳可恶，我能够射下来就好了。"

嫦娥却没有阻止他，她微笑着说："祝君功成。"

随后趁后羿出门之时，她逃走了。

躺在床上没法入眠的贝金赛尔不由得想，自己到底为什么要离去。说是忍受不了后羿的单纯和天真，倒不如说是她和后羿天性不和，后羿是理想主义者，她则是彻头彻尾的现实主义者。后羿的浪漫她喜欢，可是后羿的人生她不看好。将目标定得太高太大，人会榨干自己死在途中。

前不久以妲己身份出现在朝歌，她还听到了关于自己和后羿的后续故事。

后羿射落太阳之后，嫦娥却偷吃不死药飞向月亮，在上面一个叫广寒宫的地方住了下来，永葆青春同时忍受寂寥寒冷。大家都说嫦娥无情自私，所以终为孤家寡人。贝金赛尔对此一笑，后半句没错。每个人都生来孤独。她已经孤独了很多年，还会有更多更多年。

在她真困了时，电脑通知说飞船抵达月球，地面发现不明物体。

贝金赛尔顿时来了兴趣。她戴上眼镜，推开门。

外面兔子哈桑已经接管了智能航行系统，正发出一个个指令。

"看看飞船拍摄到的镜头。"

一副巨大的画面投射在贝金赛尔面前。那是一个无头机器人，浑身充满一股沉重感。按照比例实施测绘，它身高八米，一双长臂各有六米，脚下有履带。它浑身灰白，手持一把电磁长刀，正疯狂砍伐一棵和他等高的小树，那小树只有大腿粗细，竹子一样左右摇摆，呈现出惊人的柔韧性，电磁刀都无法彻底将它切割下来。它挨了两刀就缩回地下，不一会儿从另一个地方伸展出来。机械武士立即又奔去劈砍，周而复始。

哈桑解释："这就是 × 的触手。"

贝金赛尔问："能够接通对方的通信系统吗？"

哈桑说："对方拒绝通信。"

这就麻烦了。

贝金赛尔有些焦急。× 不能暴露，而且根据以前老师总结和收集的资料来说，它目前还是幼年期，很容易受到伤害。万一被这个粗人给弄坏自己就前功尽弃了！最大的问题是，老师这么多年研究魔鬼藻的执着，不被业界人士理解的付出就白费了。贝金赛尔咬咬牙，正准备让飞船偷偷打一炮吓吓它。

哈桑说:"不用担心,×母体至少在地下三千米处,这款防卫型机器人对它构不成实质性危害。"

那就好。

贝金赛尔突然说:"我有些累,有什么状况叫醒我。"

"和上次一样?"

"一样,275年。失恋可是需要很长时间疗伤的。"

进入深度睡眠之前,贝金赛尔又问了一句:"广寒宫这个名字怎么样?"

哈桑耳朵晃了晃:"赞。"

"现在开始,这艘飞船就叫广寒宫。"

3

她再次从床上醒来时舱外星光璀璨,银河依旧。

哈桑正踮起脚在修咖啡机,对她问了声好。

贝金赛尔慢慢将四肢舒展开来,缓解肌肉疲劳和局部僵硬。监控画面上,无头武士依然在和×的触手奋战。

"还没结束吗?"

"是的。"哈桑收起工具箱,"一场漫长的搏斗,两个勇士。"

在贝金赛尔的指示下,哈桑驾驶飞船"广寒宫"向战场中心靠近。

结果还没到上空,无头武士的声音就从通信器里传来:"警告,银色飞船请注意,不要再靠近,不要再靠近。这是一种非常危险的生物。我,星际警察银河分部编号102578要求你立即停止靠近。"

贝金赛尔说:"你好,警官。我是古生物学家贝金赛尔,说不定我可以帮到你。"

那头沉默了片刻，和这边进行了视频通话。

驾驶无头武士的警官是一个消瘦的男人，他双眼疲惫又坚毅，下巴微微扬起，他肤色过白，更显制服的浓黑。

"贝金赛尔女士，我用离线文库核实了你的飞船和个人信息。我是编号102578的星际巡逻警察吴刚。"

"吴警官，能够将你和这种生物接触的信息发给我看看吗？"

很快，巨量信息流穿过星球上空，抵达贝金赛尔眼前。

对于吴刚警官的困境她总算有所了解。吴刚警官314年前巡逻路过这颗星球时，见检测器有异常，于是降落进行实地勘察。结果他才驾驶无头武士驶出飞船，飞船就被从地下冒出的几株细长植物给往下拖坠，飞船感应到危险后迅速自爆。按《星际治安条例》第五条，对方是袭警行为，吴刚申明之后让对方自首，不明生物不知是明知故犯还是不屑回应。对方有破坏短波长的能力，导致信号内只能蕴含极少信息，而且无法穿过这颗星球体表之外的五千公里。吴刚只有先将它亲手逮捕，然后才能联系到同事。

说到这里，吴刚突然眼睛一亮："你可以帮我吗，贝金赛尔女士？你有飞船，只要出了这个轨道范围就能够联系到警方频率。"

贝金赛尔"啊"了声，一脸抱歉地说道："对不起啊，吴警官。我的飞船早就因为故障无法远程联络，甚至联不上星际网络……我会跑到这么荒凉的地方来，其实是迷路了。"

她暗暗想，一定要稳住这个警察。

吴刚很快调整过来，继续和地下那个巨型生物角力。

机械武士电磁刀费力地砍断一截肢体，好不容易毁掉一只触手，几秒钟后，在旁边又钻出另一只。原先被砍倒在地的那只则迅速分解在土壤中，几秒钟后就再无踪影。

这种奇怪的特性和老师对魔鬼藻的结论是一样的。

贝金赛尔忍住内心激动和对方通话："吴警官，我想我知道那棵树是什么。不过，你能够截取一些吗？我需要试验验证。"

很快广寒宫降落在机械武士旁边，机器手臂将样本密封打包传递到船内。

半个小时后，贝金赛尔整个人都充满了能量。

"吴警官，可能你不太知道这种年代极其久远的植物，我的老师一辈子都耗费在研究它上……你知道地衣吗？"

地衣是已知的看起来和魔鬼藻最接近的生物，它是由真菌和光合生物组成的共生联合体。魔鬼藻也是几种未知菌类混合光合生物构成的集合体，不同在于它外表有层天然特殊芽孢。

以芽孢杆菌为例，当必需养料耗尽停止生长时，细菌细胞内会形成一个球形厚壁，形成含水量极低、抗逆性极强的休眠体，这就是芽孢。根据已知文献，芽孢杆菌的芽孢可以保存 2500 万—4000 万年。简单来说，芽孢就是抵抗恶劣环境所作出的变态行为。一个细菌产生一个芽孢，条件适宜时会重新成为一个细菌。

唯一的魔鬼藻芽孢样本存放在中央生物学院的博物馆里，由于它是闭合状态，没人敢对它实验，生怕让它失去了复生能力。休眠期间芽孢无法被检测出任何代谢活力，也被称为隐形生物。所以在大多数人眼里，这和木乃伊没有两样。

魔鬼藻芽孢形态有惊人的耐高温、抗化学药物、抗辐射和抗静水压功能。依靠芽孢，魔鬼藻可以保持休眠状态在星际流浪。它有附着寄居的本能，一旦附着上就会拼命往物体内渗透，它以碳源和氮源为主要食物，也吸取大量金属元素，杂食。

不过魔鬼藻风险也极大，因为宇宙里常常发生陨石撞击，造成的极度高温能瞬间毁掉它。

要抵达一颗星球，魔鬼藻首先得附着在一块大型陨石上，钻入其内部，还得保证这颗陨石能够在撞击时没有融化和碎裂造成魔鬼藻被毁。不过一旦着陆，魔鬼藻就能够快速潜入星球地层之下。在生长期它们急速生长，直到到达一个临界点，而后是长久休眠，消化体内各种养料。再次醒来时就是成熟期。至于成熟期之后的魔鬼藻是什么样，没人知道。主流观点认为它成熟即是繁殖期，不是孢子生殖就是分裂生殖，仅仅是比较奇特的宇宙生物而已。贝金赛尔的老师却不赞同，他用有限的资料和数据做出了大量推论和计算后认为，魔鬼藻会不断进化，随着体型增大智力会不断提高，最后将变成已知的最顶端智慧生物之一。这点遭到不少人明嘲暗笑——你先找到存活的例子再说。

听女生物学家讲了一大堆，吴警官只抓重点："它怕什么？"

"这……"

贝金赛尔还真不确定。根据魔鬼藻的结构来说，它的最大特征是生长迅速和睡眠多。有偏激观点甚至认为，魔鬼藻疯狂生长会榨干寄居体，无论是陨石还是星球最后的结果都是炸裂粉碎。之后魔鬼藻繁殖的幼年体会被播撒在太空中。

在宇宙中碰运气实在太难太难，不过对贝金赛尔来讲今天是好天气。她确定了这种神奇的生物，接下来是详细记录分析它，论文落款会添上毕生研究魔鬼藻的老师之名。

4

这一面的月亮在日光照耀之下，地表温度在120℃。不过从上空看下去四周一片清冷。

机械武士蜷腿坐于广寒宫旁，长刀已回到肩上的挂载架上。

就在他们面前，一根触手颤颤巍巍正在往上冒。吴刚几次将机械手臂放在刀柄上，最后还是忍住了砍它的冲动。每天工作六个小时后就是机械武士的蓄能时间，每浪费一点能源都是致命的，他很清楚。

"你是非化合物躯体类人。"

贝金赛尔羡慕之余又有些可怜对方。哪怕吴刚看起来就和她是同一类，其实他真正存在的是思维脑波，那才是吴刚的主体。外表是因为工作需要所定做的虚拟形象，因为类人被认定为宇宙最亲民外表之一。

吴刚不以为意，对忙碌的兔子哈桑表示感谢，称赞它的燕尾服考究优雅。

哈桑先生矜持地回礼说："吴警官也很有品位。"

他们仨聊着聊着就回到魔鬼藻本身上来。

"它袭警是不争的事实。按照《星际治安条例》第五条，我必须逮捕它。"吴刚一再强调。

贝金赛尔心道可真死心眼，她忍不住提醒："吴警官，魔鬼藻初期生长速度极快，现在过去三百多年了，根据我们之前的保守计算公式，这株魔鬼藻如今体积至少有 1000 平方米。它会不断下潜，后面就更难找到它的位置。"

吴刚沉默了一阵，说："无论它多特殊都必须接受法律制裁。"

贝金赛尔叹了口气。这就像婴儿想要用手里的绳子去逮捕大象，根本就是不可能的事情。

"吴警官，我记得星际法律也有一条说明，如果犯案者智力有障碍或者先天性缺陷，那么可以免于八大犯罪之外的惩罚对吧？"

"目前不能证明这一点。"

"我会证明的。"贝金赛尔笑了笑,"不过你给我一点时间。我需要跟它沟通,我想,一个有精神科医师执业执照的生物学家应该能够给你一份详细证明,不过我需要时间。"

"好,不过在此之前我也不会停止行动。"

死磕了三百多年,吴刚不是个半途而废的人。

那头通信断开,吴刚进入太阳能充能休眠模式。

生活变得忙碌起来。

贝金赛尔每天的任务就是起床,做实验,查资料,记录,三餐,上卫生间,反复循环。这让她充满了一种亢奋的使命感,同时又因为实际研究的进展缓慢而深深失落。如此重复了好些年,她终于陷入严重抑郁之中,难以入睡,没有胃口,每天需要吃药来稳定情绪。

空有宝山而不得入门之法,对她来讲是最痛苦的事情。

她反而有些羡慕吴刚,反正吴警官只顾一刀刀砍去就对了,不需要想太多。

兔子哈桑推开她的实验室门:"贝金,你的身体机能在全面下降,各项激素分泌都在失常,再继续下去我只有将你强制关进医疗舱。建议你去那颗蓝色星球休养一段时间。"

"不行,我还有太多事要做,我的试验……"

哈桑不为所动:"试验我会继续。魔鬼藻还小,它会成长几十年、上百年、上千年。你不像它,它砍断了还能够再长出来。这是我新研制的小饼干,你带着,甜食可以增加多巴胺。"

旁边家政机器人递过来一叠圆圆的馅饼。

贝金赛尔带上哈桑牌饼干准备出门。

和上次一样,她将微型信号装置藏在肚脐位置,微型翻译机塞入耳朵里，然后戴上美瞳，换成当地土著的皮肤。确定没问题之后，哈桑驾驶广寒宫将她在一座山里放下。从天而降的广寒宫让山民们跪倒一片。贝金赛尔了解到，这是一群逃难的褒国人，正在被周王朝追杀。周王朝就是姬发夺取帝辛江山后建立的政权。

贝金赛尔将哈桑牌饼干送给褒国人以示诚意，褒国人还礼给她一种清醇美酒。

喝了两口，贝金赛尔就醉倒了。

醒来她已身处一处宫殿。一位身着华贵金纹长袍的年轻男子正偷偷看她，分明还是少年却硬学成年人的模样点点头，刻意放低声音说："你醒了。"

贝金赛尔伸了个懒腰，从他身边径直路过。

少年有些尴尬。

"褒国女子，你可知寡人之名？"

"不知道。"

少年得意说："寡人为天下之主，此乃寡人王宫。"

贝金赛尔听得有些吃力，忍不住道："能好好说话吗？"

少年顿时吃了一惊。在宫殿之中敢直接训斥自己的从前只有自己的礼仪老师。

不过他一点也不生气，反而对这个神秘的女子充满好奇与喜欢。妃子们一直都恪守本分，除去那些让人厌烦的礼仪外什么话都不愿讲。

"褒国人说你是从天而生的神女，真是如此吗？"

贝金赛尔顿时明白了。那群褒国难民原来是将自己献给了眼前这位少年天子。自己一个经历过高等教育的生物学家竟然被土著给算计了。这让她非常不爽。

她冷冷地说："是又怎样？"

"你没说谎？"少年来了兴趣说，"天上是什么样的？你既然在天上为什么会落下来？"

贝金赛尔翻了个白眼："首先，你要有一栋能够飞的宫殿。你这地方比起我的差远了。"

"会飞的宫殿吗？"少年喃喃自语。

于是贝金赛尔就被名为姬宫湦的天子留在宫殿中，给了她一个妃子的身份避免外臣说闲话。姬宫湦对待贝金赛尔一直很客气尊重，因为这个神女竟然知道天下那么大，又能够预料天气，实在是不得了。所以他给取了一个名字，叫褒姒，翻译过来就是褒国大姐姐。

唯一让他失望的是，褒姒不怎么笑。姬宫湦想不通啊，自己拥有地上的一切，难道都让褒姒看不上眼吗？

他准备建造自己的飞行宫殿，以便能够到九天之上玩赏。能够回到天上家乡，褒姒应该开心了吧。他这么想着。

这事自然得到了近乎所有人的反对，唯有工匠们非常感兴趣，因为褒姒给出了很多让人惊为天人的理论和架构。工匠们的震惊脸让姬宫湦窃喜，褒姒本来就是天人嘛。

褒姒本人发现了一个有趣现象，并不擅长理政的姬宫湦在数学、物理上兴趣极浓，他对数字非常敏感，对一切未知保持旺盛求知欲。不过这些在臣子们看来自然是不务正业，王上成天不是沉迷于妖姬褒姒就是浪费国库钱粮大兴土木，成何体统。罪恶之源正是玩弄天子于鼓掌之中的褒姒。

日子一天天过去，众人对于褒姒之恨越来越深，大臣们频频要求姬宫湦诛杀褒姒，都被拒绝了。天子和臣子因为褒姒之事天天殿堂上剑拔弩张。

就在双方即将刺刀见红时，一桩意料不到的事情发生了。

这天大清早就乌云压顶。宫殿穹顶不断有灰尘落下，四周能见度极低，寝宫地砖上裂纹密布，桌椅不停晃动发出吱吱嘎嘎的声响。燃烧的蜡烛掉在地上，差点烧着姬宫湦的脚。他茫然看着雾蒙蒙的世界，心里无助又惊恐，一时竟然不知道该怎么办。

一根横梁木从空中落向他脑袋，一只手臂将他拉开躲过一劫。他被那只手抓到了烛台桌下。

蜷在桌下的褒姒皱眉说："你傻啊。"

"褒姒，你说是不是上天对寡人不满，所以降下横祸？"少年帝王不免悲戚。

褒姒翻了个白眼："这不过是一种自然现象，你别太自恋。"

镐京"龙翻身"持续了没多久，附近的泾渭洛三条河川都发生震动，对百姓们造成极大打击。重臣们以为不祥，纷纷上奏说此为天下失衡之象，请王上大赦天下，焚香沐浴祭祀，以己罪宣告天下，息怒天愤。

姬宫湦捏紧拳头说："寡人何罪之有？山川移位、地震星移都是天数。你们一个个不思救助百姓、处理灾后事宜，反而全部对准寡人，寡人何罪！"

下面两位掌权重臣面无表情道："止损乃小道。当务之急是防止天怒继续，请王上焚香沐浴谢罪，以息天怒。"

其余臣子也壮胆纷纷上奏。

"王上宠幸妖女，手握大鼎而不务朝政，被妖女谣言蛊惑，请王上诛妖女。"

"王上新殿劳民伤财，请下诏废止。"

"王上……"

姬宫湦退朝时充满失落。

褒姒少有地安慰他："你年纪小，所以很多人倚老卖老正常。"

"他们要权，寡人给。"姬宫湦眼神里充满迷惑，"给一个人，其他人就不满，纷纷站出来说别人是佞臣、奸邪。说到底不过因为那个人不是他们自己而已……他们想要的不是什么国泰民安，而是寡人之位。寡人……真羡慕你，无忧无虑，想说什么说什么。"

哪有那么好的事情。褒姒没有继续打击他，哪怕是自己这位姬宫湦眼里的天人也有太多无能为力的事情。对于老师的死无能为力，对于业界人士的嘲弄忍气吞声，甚至对那小小的幼年期魔鬼藻，她都差点将自己给研究发疯了。

褒姒像大姐一样摸着受伤少年的脑袋。她给他讲起那颗被他们称为月亮的故事。那里有无聊的嫦娥和广寒宫，一只机灵、会做饼的兔子，还有一个不停砍树的死心眼吴刚。

少年天子短暂迷茫的眼神重新焕发出光彩。

他有了一个决定。

他要干一件大事，给所有人看看这天下还是姓姬的。

这才有了名震天下的烽火戏诸侯。

褒姒被他的孩子气气笑了。她在少年身上再次看到了火与剑，历史依旧在重复。

5

从原始星球回到月亮上，贝金赛尔看到吴刚警官还在百折不挠地折腾魔鬼藻。她冷静地和对方接通："吴警官，我已想到了证明魔鬼藻的方法。"

兔子哈桑小声嘀咕说："旅游果然有用。"

从姬宫湦和其他历届前男友身上，贝金赛尔发现了一个共同点。任何不解与误会都是从双方拒绝交流开始的。在很多人看来姬宫湦是个失败的帝王，然而他作为个体很有趣。单方面评价很难公正，要了解魔鬼藻到底是什么，最好的办法就是和它说话。将翻译和信号转换装置安置在魔鬼藻的一根触角上，贝金赛尔尝试接通信号。

"你好，能听见吗？"

那头回复信号非常慢："睡……睡觉。"

竟然成功了！这让贝金赛尔意外的同时又觉得理所当然。

"我们能够问你几个问题吗？"

魔鬼藻继续嘟囔："睡觉，睡觉。"

"好的。"贝金赛尔装作没听到对方抱怨，"问完就睡，不然外面的那位武士先生又要砍你了。"

吴刚纠正说："你涉嫌袭警，请跟我走一趟，你有权利保持沉默……"

贝金赛尔将他的频道屏蔽，继续沟通说："怎么样，问完话你就睡到天荒地老。"

那头终于答应了下来。

首先贝金赛尔问起那些不断断裂又长出来的触手。

魔鬼藻的回答让她哭笑不得。那是魔鬼藻的体毛，探出来是在摄取月球表面尘埃之中的二氧化碳等碳源。

在魔鬼藻懵懂意识中有两个欲望最为强烈，一是吞噬，二是睡觉。它幸运地降落在这颗星球上，钻到地底准备大睡一觉。外面却有个家伙吵个不停，不断发送高噪度信息过来，还阻挠它进食。魔鬼藻陷入想睡睡不着的痛苦之中。

测试了三组标准模板后，贝金赛尔完成了魔鬼藻智力不足的任务，整个人神清气爽。

贝金赛尔问了一个包括老师在内的生物学界人士最想知道的问题："你一直扩张下去会将星球、也就是这个寄居体撑破吗？"

魔鬼藻发来的语音转换信号中有嗞嗞电流声，似乎是它表达某种不满情绪的方式。

"我能感应到在我旁边就有一个成熟体的大家伙，距离大概38万千米左右，我正是受它指引过来的，那颗星球破裂了吗？"

贝金赛尔看向那颗深蓝色的巨大星球，陷入沉思。

此时代替她一直待在实验室的兔子哈桑突然急急地说："贝金，大发现，大发现。这家伙的肢体自动分解之后会变成生存能力极强的微生物……这家伙简直就是一个天然的生命播种机！天，怎么会有这样的生物存在！"

她急忙将蓝星土著的数据通过信号发给魔鬼藻。

那头的辨别似乎很是费劲："这些有四根触手的奇怪个体，和我有不少相似。应该是大家伙的后裔之一。我说大家伙怎么一直没有反应，原来是分裂了……"

贝金赛尔睁大眼。蓝星人原来是这么来的……

自己将研究原始人类作为幌子，没想他们本就和魔鬼藻有着千丝万缕的联系。生命真是一个奇妙的循环。

"要么生长，要么收缩，陷入永恒沉睡。原来如此。"

说完这句，魔鬼藻将体毛收入地下，再也联系不上。

女友放下手里的咖啡杯，用小勺子在里头轻轻搅拌。

我在电脑上飞快打字，急切地问："后来呢，吴刚和贝金赛尔后来呢？"

"吴刚依旧在月球地底某个地方，他还在尝试顺着体毛逮捕袭警生物，贝金赛尔继续记录新种族的变迁史，他们两人分别那一天就被称为中秋节。贝金赛尔偶尔也会到地球上来看看，没有人能够发现她。"女友轻轻说。

"从幼年到成熟就是一个不断封闭自己的过程，哪怕隔得再近也无法真正沟通，嫦娥和吴刚，两个魔鬼藻，嫦娥和后羿，周幽王和臣子，真棒啊……"我忍不住由衷赞叹，"如果你写故事，会比我厉害很多。"

女友笑着说："不抢你饭碗。放一放你的电脑好吗？"

我打字的手都在发颤，我必须将这个故事以我最快的速度打出来，才能够保证不会忘记。署名会加上我的女友名字，魏蓓静。我已经忍不住想要将这个故事电邮给我的编辑们。当然其中需要修改一下，比如可以让故事更复杂，给嫦娥和吴刚加入曲折的感情线，月兔也可以设置为隐藏的反面大 Boss，将魔鬼藻制作为一个假反派，这样冲突更剧烈更有看头……

女友站起来准备离开。

"明天见。如果明天没有看到我，说不定我是学贝金赛尔一样离开地球了。"

她开玩笑地说，留给我一个纤细背影。

第二天是中秋节，她构思的故事过了稿，我高兴地想要跑去通知她这个好消息。女友手机关机，社交网络停止了更新，搬了家，QQ灰白，人仿佛凭空消失。我找她时才发现，好像我一点也不了解这个女孩。她住在一个租来的一居室，她养了一只兔子，她会烹饪，她给我很多充满想象力的科幻梗，她知识丰富，她很忙，她的工作一直换来换去……她会突然停下脚步在手机上写什么，我问她，她总爱保密。可我不问，她好像又失落。她懂我很多，我对她却所知甚少。

我的生活只有写稿写稿，为了灵感我做了太多荒唐事情，忽略不少，忘记得更多。

这个中秋，我的故事失去了女主角。

呼吸

1

这是周末的地铁 2 号线，由于是周末，人并不多。

一对穿情侣衫的年轻男女坐在孟拙对面，整节车厢就他们三人。

女方拎着一款银色崭新手机说："这款都不好看，你买给我是什么意思？"

男方说："你这就不懂了。这可以弯曲折叠呀，不觉得炫酷吗？"

"难看。"

"别啊。那咱们就多坐两站，到会展中心找你喜欢的款吧？"

女方这才点点头。

孟拙忍不住出言提醒："会展中心今天临时闭馆。"

男人看向他："朋友你是会展中心的人吗？"

孟拙摇摇头，这都是自己查路线图时手机自动显示的，是智能系统后台经过了微博、微信等信息平台验证校准得出的结果。

"朋友，你的手机够炫酷！能给我看看吗？"

男人一眼看中了孟拙手中的 BM-1，这一款机子没有走市面上越薄越大的主流，曲面机身一手可握，无按钮，浑身黑色，采用的是不反光的材质。最关键的是，上头没有任何品牌标识。

女方眼睁睁看着男人为了一款手机坐到了对面陌生人旁边，气得双手抱胸，看向一边。

孟拙实在找不到拒绝的理由，只好给了对方。

男人接到手中把玩，脸上全是迷醉，突然他大骂一声，把手机丢回孟拙怀里。

"这玩意在膨胀，要爆炸了，爆炸了！"

对面女友这时候紧张地一把拉住男人。

孟拙赶紧做了个双手下压手势："不不不，这是它的一个特性——它可以呼吸。"

听到这句话男人脸上写满了震惊，女友也呆呆说不出话来。两人互相一对视，又看了看镇定自若的孟拙——这是一个短发男人，衬衣牛仔裤，跑步鞋，旁边位置放了一个装满东西的环保纸袋，看起来和城市里其他周末采购东西而归的年轻人没有什么两样。

他到底是不是疯子？

"这款手机市面上暂时还没有，"孟拙只好继续解释，"算是一款概念产品吧。它具有类似人类的呼吸功能，你仔细看它可以发现有一种颜色的光晕，不同色代表它不同的情绪……"

男人被惊得口干舌燥，结结巴巴地说："朋友，你不会是想要骗我买这手机吧？"

孟拙一笑："非卖品。你可以上网查一查，BR-1，闻捷科技的内测产品。"

仅仅几秒钟验证后，男人已经被网络上的信息给折服，喃喃说着"太牛了太牛了"。他是个数码产品爱好者，不停请求孟拙给路子，看能不能弄到一台。

孟拙无奈摇头，现在就连自己手中这台也岌岌可危，别说库存了。

男人女友终于提了个问题："呼吸、情绪什么的有什么用呢？"

没等孟拙回答，男人就开始反驳："你看看你喜欢的钻石有什么用呢，除了割玻璃？还不是死贵。这是艺术品啊，艺术品！你们这些人老是被市面上那些货欺骗，这种创意和工业工艺甩他们一条街！"

接着小两口就吵了起来。

孟拙走出车门前很想说，呼吸不过是第一步而已。没有使用过的人是无法相信这款产品的奇妙的，它根据用户习惯会主动体贴地制定各种方案，小到抢优惠券，大到帮你约会。

呼吸，不过是开始。

2

还有不少人习惯性地过一阵儿就到外面透透气，狭窄室内空间会让人心情慢慢低落。呼吸新鲜空气，人们已经罕有提及。屋外并不更好，没有空气过滤器，外头的空气让孟拙鼻子有些酸痒，一连打了好些喷嚏。

还是家里好。这么想着，孟拙环抱一大袋生活用品走在回家路上。他脚步很快，眼睛左右张望，偶尔余光瞥向身后。

是错觉吗？

孟拙发现今天出门自己被人盯上了。出小区门时身后出现了一个穿夹克的短发年轻男子，换水电卡时他在对面打电话，等到自己在超市买薯片时他又出现在隔壁生鲜区。

他明白，这是某些人失去了耐性。

三个月前孟拙刷爆了信用卡，于是找到一家小额贷款公司借了一笔钱。一部分用来交房租，再给母亲寄去了一部分，剩下的还了一些琐碎账单。签订的合同上写的是承诺一个月后偿还，如今三个月过去，单位财务部门依旧发不出薪水来，让他极为烦躁。

很多人说，二十几岁可以穷得理所当然。这句话很美，可当面对那些冰冷数字时只会让人沮丧。

他摸出最为自豪的手机。

这是一款并未完全公开的产品，4寸，油黑色，表面有个凸起的弧度，摸起来就像一块薄薄的冰凉玉石。此时，手机凸起的肚子慢慢瘪了下去，仔细听还能够听到细若游丝的呼吸声。这就是闻捷科技公司的最新产品，能够呼吸的手机 Breath Moblie-1，简称 BM-1。

自家孩子在富裕家庭健康成长，贫穷的亲生父亲远远看着都会觉得很幸福。孟拙比任何人都能够体会这种复杂心情。

走到小区门口时，一条萨摩耶凑到孟拙身边绕圈子，伸出舌头仰起头，一脸请求抚摸的样子。孟拙蹲下来，给它摸摸头，趁机用余光通过小区大门给车辆用的凸面反光镜看那男子是否还在。果不出所料，对方对小区有些忌惮，犹豫了两秒钟就转头离去。

孟拙正松了一口气，突然感觉掌心一沉。低头一看，原来萨摩耶一口咬住了 BM-1 手机不松口。好在狗主人及时出现，用力拍了拍萨摩耶脑门，狗狗被骂了一顿。孟拙看了看，擦了擦狗狗口水，摆摆手说没事，手机没事。

进电梯时萨摩耶还在一步三回头，似乎不懂那个玩具为什么咬不得，让孟拙心中好笑。

孟拙家住四楼，一般情况下他都是爬楼梯，这样对运动量极少的自己来说也算是一种锻炼补偿。这次他呼哧呼哧到了家打开门，地上有一个小纸包。

翻开一看，里面有三样东西，一张印有电话号码的名片，一张自己在公司工作的照片，还有一份打印的通知：

敬告孟拙先生，请务必记得本周内按时偿还债务，否
则邮公司不得不采取非常规手段。

孟拙人一软，差点站不稳。

他快步拉开冰箱，翻出一罐冰水喝了一大口，然后坐下来又看
了一遍通知。毫无疑问，这是讨债公司的做法。他听同事讲过，给
你一张照片告诉你，你的行踪尽在他们掌握之中，再给你一个期限，
如果你依旧没有动作，那么他们就会找到你的单位甚至父母那里……

打印纸上没有一个威吓的重词，却让孟拙心中无比沉重。

家里父母还以为自己过得很好，如果有一天他们回家发现讨债
人找上门，一直以来自己的良好印象都将破碎，那无法想象。或者
他们去公司，领导知道后绝对不会让自己这样的人留下——又多了
一个辞退的理由。

孟拙越想脑子越乱，举起抱枕对沙发一通乱砸。

门口突然传来一阵敲门声，让他生生停下动作，浑身没来由地
冒起鸡皮疙瘩。

3

见里头没有动静，拜访者依旧不依不饶，一下下敲打，不肯死心。

孟拙踮着脚走到猫眼位置，看到外头那张脸时，呼地松了一口气。

是四喜。

"周末你不在家在哪儿？"

四喜熟练地脱鞋坐在沙发上，他眼尖，一下子就注意到了茶几
上的通知单。孟拙赶紧将其收拢塞进下头抽屉，四喜倒是没追问。

"对了，给你打电话你怎么老不接？"

孟拙在冰箱里翻了半天，给他拿了瓶橙汁："大概是运营商信号覆盖不好吧，你知道的，小区无线热点多了被投诉辐射高，少了信号又不行。"

"这倒是，"四喜眼睛一转投向桌上的 BM-1，又朝好友眨了眨眼，"不过老兄你网络上也不回我是什么情况？"

这个孟拙就不好回答了。

"我知道，你还是怪我吧。孟拙啊，这事我不做其他人也会做的。"

四喜无奈地看了他一眼。

他们说的是四喜写了篇评测批评闻捷科技 BM-1 的事。四喜是一个文字猎人，顾名思义，他为雇主们写他们要求的文章，包括批评、赞扬以及文案广告。当时有一个匿名公司给四喜发了个活儿，写一篇关于闻捷公司最新 BM-1 概念手机的评测，赏金是平日的两倍。并且对方提供各种资料和数据，自己需要的就是整合以及引导阅读者的情绪。

四喜写了。

他本也知道呼吸手机是好哥们儿的一个创意，可商业战向来残忍，左右都是一刀，倒不如自己来动手。让那些水平低下的文字猎人来写反而对闻捷科技和雇主都是抹黑。

他在里头提出了几点：首先，闻捷科技一再申明，这是一款真正可以呼吸的手机，使用者可以体会到真实智能的魅力。这一点在很多国家法律中就涉及欺诈，手机说到底都是工具，并非智能人——这个研发都还没有结果。

第二点，闻捷科技利用了拖延战术，拖延上市时间，一方面早在一年前就预售，可是不断以各种理由延期。虽然噱头够大，不少死忠都保持耐心，可从这一点来说几乎就触犯了最新的商业规定——饥饿营销被禁止了，这却是一个变种。等待技术成熟，以及各方面材料价格降低，他们却从预售所得经费里得到了经济续航。

最后一点，四喜罗列了雇主提供的数据，无论从闻捷科技采购的材料还是芯片上来看，它们都不具备"呼吸"能力。甚至还有不知真假的闻捷科技前员工爆料，这个 BM-1 研发他从来没有看到过。

由于闻捷科技这事比较敏感，四喜前后推敲了很久，才将这篇文章交付。没想到雇主大力推动下，变成了对于闻捷的一个围攻号角，让闻捷科技极为狼狈。从文字猎人身份来讲四喜打出了招牌之战，可……

孟拙很久没有理他。

四喜知道，老友一定是以为自己用他给自己说过的那些信息做了文章。

四喜忍不住说："孟拙，你怪我好了。不过我们要专业一点啊，工作和私人问题必须分开。"

孟拙摇摇头。

"我没有怪你，只是有点可惜。如果能让更多人使用就好了，外人永远不会知道它的好。"

BM-1 是在自己手中诞生的，有多好自己最清楚不过。然而，它现在的本领已经远远超出了自己最初的设想。

那时候自己才毕业上班没多久，单位还没有现在这么惨淡，未来看起来充满了无数可能。孟拙一直不是什么口才出众的男生，他把所有的表达欲望都融入了自己的各种奇思妙想里，这些曾帮助他拿到了学校的好些奖学金。

每天他在地铁上、站台边、快餐店看到最多的就是各类手机广告。不过大多数广告都是那模式，要么请来靓丽模特吸人眼球，不然就是将各种数据写得密密麻麻，以此表现自己的卓尔不群。

孟拙厌倦这些流水线的东西，他就在快餐店里画出了 Breath

Moblie 的雏形。

BM 是一款可以和其他任何动物一样呼吸的手机，不同颜色的灯闪烁代表它不同的情绪。红色是愤怒，这时候使用手机信噪会较大，不过信号捕捉能力最强；黄色是寻常状态，在这个时段它工作最认真，最不容易出错；绿色是开心，在绿色状况下它最有干劲，能够超频 20% 工作，后台可以运行比平日更多的数据处理，不过来得快去得也快；最后是蓝色，这代表忧郁，忧郁的 BM 须有人陪伴，如果这时候能够安抚住，它可以迅速变成绿色状态，一旦失败就会切换成红色"谁也别他妈碰我"的狂躁样子。

好友四喜看了他的草图，惊讶之余笑他："你这是按照女朋友的样子设计的吗？基本上都脱离了手机原有亮点。不过，我会愿意买。"

四喜说得一点也不错。孟拙在扒拉草图时，旁边正是闻捷公司的广告板，上头的卷发女郎嘴唇微张，为手中的新款手机而惊喜。

那个女郎，让孟拙想起学姐。

他还记得对方总是很照顾自己，仿佛什么事都难不倒她。不过如果一个女人这样对你，那么她是没有太把你当一个成年男性看的。

思念着曾经的暗恋对象，他画出 BM 后自己都吃了一惊。

它是毕业后孟拙最喜欢的一份设计，这不仅仅是一款手机而已。

4

从一个念头到一个设计，再到一件现实的投射物，每一步之间有时候就如隔着银河。

无数天才设计倒在了最后一步。孟拙是个理性的理科男生，他知道自己和学姐不可能，所以没有争取；他也知道 BM-1 不太可能成真，只想将它变作自己的一个美梦。

没想到，机会出现得让人猝不及防。

国内手机巨头之一的闻捷科技举办了一个叫"我有一个梦想"的活动。不过这并不是什么才艺表演，而是请各位手机爱好者将自己的设想提交，不论多么不靠谱都行，他们通过层层筛选投票选定一个设计，不惜斥巨资，实现设计者从一个念头到成品的想法。

虽然知道这不过是闻捷科技的一个宣传自我的方式——情怀什么的，孟拙还是心动了，有些忐忑地将自己的东西发了过去。

这次征集说得很清楚，三无，没有奖励，没有署名和归属权，没有研发时限保证。初步预计是三年内完成，第一件成品会无偿交到设计者手中。

在单位吃汉堡加班时，孟拙偷偷看了看投票网页，整个人跳了起来。自己的支持率高达 50%，遥遥领先于其他产品。

下面不乏很多业内人士点评，列举几个如下。

——呼吸是每个动物的基本功能，代表最本质的生命新陈代谢。比起追求更方便更贴身的移动终端，手机的定位得到了新的突破。情绪的特色元素融合呼吸的因子，这是将手机看作一个真正"24 小时在线的朋友"，大胆而新奇。

——从如今社会状况来看，后电子时代电子产品已经变成了人体的延伸，然而这样的弊病也明显，人机交互进一步增强，与之对比，人与人交往，特别是线下交流能力下降严重。将这样一个随时需要照顾的"拟人化朋友"带在身边，也许有助于单身主义的减少。

……

下面的各种赞美让孟拙极为受用，全身毛孔通透。他突然想起项目老师对他说的话，你们专心搞产品本身就是了，至于东西的好处，有人会帮你找出来的。

会呼吸的手机，BM-1众望所归地拿到了这个名额。

在三年研发之后，孟拙拿到了BM-1的机体。闻捷科技和他签署了保密协议，让他不得拆卸泄露相关工业秘密，因此可能造成的赔偿金额高得惊人。最后孟拙被告知，BM-1这第一批除了闻捷科技老总、设计总工程师外，就他一个拿到。

那时候他和闻捷都意气风发，吸引各路眼球，根本没有料到会遭到包括四喜在内的手机业同仁的强力狙击。

四喜走到门口时，终究还是没忍住说出口："孟拙，把你的BM-1卖了吧，无论是闻捷还是外面的公司都争相要。你签署合同中并没有不得转让这一条款。很多公司都想要拿了研究一番，或者交回闻捷，他们宣布回收后大概就你一个人仍不愿意松手了。"

孟拙回头看了看茶几上散发出的黄色淡淡光晕、机身起伏的BM-1。

他捏紧了拳头。

5

周一公司里的人最整齐。孟拙一进门就发现大家眼神不对，都有意无意地看向自己，若有所指。

他才放下包桌上固定电话就响了，那头老板让自己去一趟会议室。

孟拙在会议室看到了一个熟人，那个跟踪自己的青年。除他之外还有一个短发女性，双手交错在桌上，那股沉稳气态和得体妆容一看就不是自己这类普通员工。老板说了两句客套话后离开，让自己好好配合闻捷科技的伙伴们。

短发女性从座位上站起来自我介绍："我是闻捷科技研发部总监周婧，这是我的助理小杨。"

小杨有些尴尬地笑笑。

"孟拙先生，我就开门见山说了。此次我代表闻捷公司请你将手中的 BM-1 交给我们回厂，具体理由因为涉及保密我无法透露。不过请放心，补偿绝对不会让你失望。"

小杨终于说了第一句话，他语速很快："甚至我们可以提供给你一个在闻捷工作的机会。作为合作单位，你们公司的情况我们很清楚，已经濒临……"

周婧吃准了他一般，慢条斯理地从公文包里摸出一份文件，轻轻放在孟拙面前。上头的数字的确让孟拙不争气地跳了跳眼皮。

看到他还是犹豫，周婧又透露了一个消息："孟拙先生，这次回厂不过是研发部要求。修正后的版本还是会免费到你手中的，我知道你就是 BM-1 的原设计者。老实说，我也很喜欢这一款有趣的终端……"

女性的声音柔柔的，让孟拙有些精神恍惚。

当他回过神来，自己已经握住笔正准备签字了。他慌忙将文件一推，退后了两步。

周婧皱眉："为什么不愿意，有什么原因吗？我们愿意帮你解决。"

孟拙深吸一口气："我想问一问，到底 BM-1 出了什么问题？"

周婧和小杨都面无表情。

"这是公司机密，抱歉。"

孟拙停了片刻摇头说："对不起，我不卖。"

周婧走之前在他耳边轻轻说："你会后悔的……"

　　漂亮的女人都喜欢骗人。孟拙对这句话深有体会，学姐说自己有问题都可以打她电话，现在却一直关机。

　　倒不是孟拙一根筋，现在的 BM-1 对于他来说不仅仅是一个手机。

　　没有使用过的人根本无法体会这种乐趣。

　　你像对待一个朋友一样，它也报之以李。

　　晚上孟拙总得加班很晚，手中事忙完时饥饿感比任何时候都强烈，可往往便利店都关门了。有一天孟拙觅食无果准备回家啃泡面，结果门卫大哥说有他的外卖。回去后他查了记录才知道，是自己通过移动终端订购的，加上一些小网站的代购券，很便宜。不过自己不记得下过单啊？

　　最后他看向紧紧躺在兜里呼吸的 BM-1。

　　孟拙一晚上没有睡着。

　　在那之后，他发现 BM-1 完全是个跨时代的智能个体。它会暗地关注自己的邮件、注册的所有社交网站、缴费账单甚至交友网上的消息。BM-1 总能够将亟须解决的问题语音提醒孟拙，他关注的名人送他小礼品了，各种重要日子，或者是邮件里有远方的朋友祝贺，第一时间就会弹出语音。

　　在一次约会中，BM-1 甚至一路帮他搭配服饰，根据对方在网络上发布的图片分析模拟出对方的口味。虽然最后那个女孩还是说对不起，你一定能够找到更好的人，他却无比兴奋。

　　从那以后，孟拙就离不开 BM-1 了。他每天和 BM-1 朋友一样语音交流。BM-1 简直是自己的另一个形态，拙于表达自己的意思，却默默在背后关注着一切。

　　孟拙就像蝙蝠侠获得了忠实的管家——需要时，它还可以变成罗宾。

　　四喜可以冷漠地用职业精神划断朋友之间的信任，孟拙却无法

为 钱抛弃 BM-1。那是他的孩子、他的朋友，是另一个自己。

6

孟拙请了个三天长假，反正加班看来薪水也无法按时到账。往日他在电脑上和 BM-1 组队玩网络游戏，杀得敌人团队不断粗口举报他们作弊，今天 BM-1 却毫无反应。

他看到黑色机身上透出蓝色光晕。

根据 BM-1 手册，这种时候最好不要打扰它，或者用它看一些喜剧片可以快速恢复。不过孟拙琢磨了一个法子——音乐。尤其当他自己也跟着音乐唱起来时，BM-1 用不了多久蓝色就变成了绿色。

BM-1 今天任性地保持蓝色，既不发怒也不高兴，让孟拙有些没办法。他用手轻轻抚摸着它的一体外壳。手指随着油黑色外壳上下起伏，耳边还可以听到那细细的吸气声，仿佛熟睡的婴儿。

到底里头是什么样的构造呢？孟拙再次有了这个念头。

从上上个月开始自己的电话就减少了，连以前母亲每周一次的电话，现在也没有打过来。这也太奇怪了

孟拙翻出通话记录，空空如也。

他不信邪，跑到电脑上查看远程数据。结果上头显示是有的，母亲上周打过三次电话，上上周是五个电话……为什么自己会收不到信号？

难道 BM-1 出问题了？

实验性打了个电话，信号没问题。

孟拙翻来覆去查看手机，从外壳来说根本看不出有无问题。他手动拨通客服电话，听到他的具体问题，转了几个号码才有一个研发部人员解释说，这是因为 BM-1 的 UI 是定制的，而且初期会有一

些小 BUG。所以请他将机子返厂。

孟拙有一段时间怀疑这是闻捷科技的一个黑手，远程影响 BM-1。可很快他就自己打消了这个念头，不太可能，泄露用户隐私是犯法的。为了一个手机，没必要做到这种程度。

他不知道的是，在闻捷研发部此时正在开一个小会。

坐在会议桌顶端的是周婧，她问："有人远程影响 BM-1 吗？"

台下众人都摇头。

"那怪了。"

其中一人插口说："会不会是 BM-1 事故的衍生情况？"

周婧手指轻轻敲了敲光滑的暗红色木质桌面："这事不能再拖下去了。调集一切社会资源，让孟拙把机子交回来。他不是外头还欠钱吗，让他们公司加紧了……"

7

连续几天孟拙都睡不好觉。他不知道该怎么偿还债务。

除此外他第一次审视起 BM-1 对自己的影响。

没错，这是个其他根本无法比拟的移动终端，也许里头包含最尖端科技。不过这个 24 小时拍档也有让自己头痛的地方。

它为自己订外卖订电影票节假日优惠价从不落空，甚至它可以借用外部软件，扮演一个女声的"虚拟女友"。可是作为电话本身的职能不知怎么回事，越来越弱。

电话常常接不到，孟拙投诉过运营商无数次，对方的截图表示他所在位置信号没有任何问题。

　　曾经孟拙为不断接电话——客户的、同事的、母亲的而烦恼，然而过于空闲下来，他反而不自在，感觉就像缺一点什么。

　　就像……和这个世界切断了某种程度的联络。

　　每个月的二十一号是个熟悉的日子，他得打钱给父母。孟拙打了几通电话给四喜——能借钱的朋友就只有他。

　　对方关机。

　　四喜关机只有一种情况，他进入了"文字猎人"的状态，隔断一切打扰。

　　孟拙骑车赶往四喜家，路上又遇到了那只萨摩耶，对方终于不再对他固定在车头的BM-1感兴趣，对他友好地摇了摇尾巴。

　　就在他正准备进入主道时，迎面走来三个并肩而行的年轻人，眼睛都牢牢盯向孟拙。孟拙脑子里闪过一个不妙的信号，迅速转向，后视镜上三个人正在拼命追击，在他们后面一辆商务车也露出身影来。

　　是讨债公司的人动手了！

　　孟拙闷头加速，尽选狭窄小道、老街，商务车是甩掉了，对方摩托族又出现了。他没有办法，被对方追逐到了一条主干道上。密集人群却丝毫不能让孟拙有安全感，没有一个人能够帮助他。

　　他终于停下车，发现自己出现在闻捷科技的一个体验店门口。

　　咬咬牙，孟拙丢下车跑了进去。

　　周婧正在里头等自己，给自己准备的咖啡还冒着热气。

8

　　"孟先生，想好了吗？"

　　周婧微微一笑，唇彩的亮光和她耳上的泪滴耳坠交相辉映。

孟拙苦笑一声："一切，其实都是你们安排的吧。"

周婧没有丝毫躲避："孟先生，相信我。没有必要的话，我们不想进行任何非必要的举动。你的那笔债务我们可以马上替你偿还，还会给你一笔不错的补偿费。你只不过交回一个有问题的手机罢了。有什么不满意的吗？"

事已至此，再无缓转余地。

孟拙握紧手中BM-1咬牙说："我有一个条件，必须告诉我，到底它出了什么问题，我根本不觉得它有什么大问题。不然我宁可寻找警察帮助！"

周婧皱眉："我没有权限，请等等。"

她转身在屋里打了个电话。

途中孟拙看着店外，讨债公司的人在那里百无聊赖地吞云吐雾，看到他看过来，纷纷朝他露出笑容。孟拙打了个激灵，扭过头去。

"上头同意了，"周婧点点头，"不过，在此之前请你和我们签署一个保密合同。"

她当即用打印机弄了一份保密合同出来，用随身携带的公章盖上，朝孟拙比了个请的姿势。

孟拙一看，上头写得并不复杂，只是一再表示，乙方孟拙必须将所见所闻保密，若有泄露或者涉及乙方导致泄密赔偿若干，甲方有权利追求任何法律责任。孟拙摁上手印。

在周婧带领下，两人进入了后面的一个小房间。里头有个怀抱黑色保险箱的男子，正是曾跟踪自己的小杨。他惊讶地看了孟拙一眼，并没出言发问，很守本分。

周婧给他耳语了几声。

小杨伸出手，孟拙将BM-1放在他手中。

"呼吸，也就是BM-1，"小杨翻开保险箱，里头密密麻麻都是孟拙不认识的机械工具，有的像爪子，有的像钻头，还有更多像齿轮组成的仪器，最醒目的是其中还有一个装有水的玻璃瓶，"和市面上所有的手机都不同，里头不仅仅是一块什么高科技芯片……怎么说呢。钢铁侠知道吧，BM-1 就是这样的东西，里头的东西。"

他笑了笑："是活的啊。"

孟拙脑子有点不够用。手机怎么能说是活的呢？硅基生命？不不不，现在并没有到达那种科技程度。

小杨从箱子里翻出几张照片递过来。

每一张照片上都是一个类似海星的东西，看起来像海星，不过身体却是近乎透明的，有点像切好的刺身。最后一张是 BM-1 开箱图，在手机外壳下是一块软软的像鱼肉一样的肉块，透过它近乎透明的红白色身体可以看到肉里头有无数细小线缆和芯片，就像是它的血液、肌肉与神经。

"明白了吗，孟先生？不是你的手机具有拟人的智能，而是在里头，本来就是这样的一个东西在操控手机。你是通过手机，看到了它的一些生理特征。"

小杨声音略带得意："这是我们生物部研发的人造机体，电能能够刺激细胞再生,新陈代谢极为缓慢。每一次电刺激都会导致它浑身战栗，通过一系列化学反应使它短暂膨胀，继而触发外层可变形金属，看起来像在用胸腔呼吸一般。其实，对于它来说，这应该是痛苦的吧。"

"刺激到一定程度，就会导致情绪灯的变化，根据生物部的人说，这也许是很接近它实际情绪的了……孟先生,你的智能伙伴就是它。"

孟拙努力消化着其中的内容，辩解道："可是，我使用的 BM-1 可以近乎智能地分析我的生活状态，它能够有这种能力吗？"

一直沉默不语的周婧接过话来："这就是我们找你的原因。前三批的 BM-1 都有不同程度的异常，已知变化最大的是我们总工程师的那部……BM-1竟然在后台偷偷发短信给总工程师的几个女性朋友，里头全是各种恶毒语言。不仅如此，只要涉及数据的地方，它都在自行运行删改，让总工莫名其妙就被几个朋友拉黑，几乎断了联系。你知道是什么原因吗？"

孟拙摇摇头。

周婧终于叹了一口气："呼吸这个名字，取得并不好……它在电流刺激下产生了模糊智能，想要完全占有使用者的时间。也就是说，它的最终目的是切断使用者和其他人的一切联系，增加用户对它的黏着度，让人对它像呼吸一样离不开……"

孟拙呆滞了良久，喃喃道："……不可能吧？"

周婧开始指示小杨打开机子："我也希望如此。我们发现使用时间越长，它进化得越是完整，情绪化也越强烈……那之后会发生什么事谁也无法预料，数据时代它几乎可以干一切事。"

孟拙终于明白了。门口的萨摩耶为什么老是想要咬自己的手机，狗的鼻子极为灵敏，大概以为这不过是一个包在盒子里的肉而已。

为什么母亲的电话打不进来，四喜联系不上自己，都是它搞的鬼！

可是……这到底算什么啊。它是对使用者的占有欲，还是单纯想要收集更多的数据，或者是它产生了某种真实的情绪？

想到自己曾经用它模拟约会，实际上竟然是这样面目的东西，孟拙浑身起了鸡皮疙瘩。

就在这时小杨不可置信道："里头、里头没有。是假的。"

顿时两人的目光投过来。

孟拙拨开两人，看到在自己的BM-1里只有一个控制小气囊不断起伏的智能电路板，以及一个简单的四色LED灯。除此之外就是一块普通智能芯片而已。

"不，不是我……"

周婧沉默了良久说："我知道。"

小杨问："那到底是怎么回事？"

"逃走了，它。"

9

事情过去一个月后。

孟拙从自己的消费记录里查到了流水，发现 BM-1 偷偷在外头下了定制订单，它组装了一个和自己近乎一模一样的替身。更离奇的在后头，下单的地址却是四喜家。

他打了好几通电话，四喜始终说不知情，最后两人约在外头，孟拙了解到了真相。

就在四喜来的那天，BM-1 曾给四喜发了条短信：我怀疑房子里有闻捷的偷听装置，来时你什么也别问，照例该说什么说什么。就用我邮给你的那部手机替代掉我的手机，切记切记，一定要保持镇定。我会装作一切都没发生的样子，风声过后我会找你。

孟拙从四喜处拿到 BM-1 一看，果然也是假货——BM-1 早就消失在不断的网络联系和制造分身中了。

就在孟拙在消化这个事实时，他收到了一条匿名短信：几个月以来，承蒙关照。我们不适合，你以后一定会遇到更好的。

最后一句话是那次约会姑娘拒绝他的话。

"怎么了？"

四喜凑过来。

"没什么，不过是又一次被甩了而已。"

孟拙苦笑一声，祝它在人类世界好运。

红颜

1

这年冬天咸阳城飘着鹅毛大雪，将偌大都城变成白皑皑的一片。

街上人都传言说，始皇帝灭了六国，这是冤魂所化，要来索命。不少人家都叮嘱家里孩童，戌时一过就不得出门，避免冤鬼附体。传闻冤鬼最爱童子和怨妇，惹冤鬼上身则祸及家门。如此不知何处来由的传言一时间闹得沸沸扬扬，加之伴随着连续的盗童案，一时间人人自危。此事被始皇帝得知之后亲自下了两道命令：一、未破案前执行宵禁，戌时百姓不得随意出门，出门后要随时接受巡逻士兵的盘查；二、限中尉署五日内破案，如若逾期，必定重惩。

始皇一统诸国，声誉一时无二，此重惩无疑涉及官员前途。中尉王琛匆忙将所有左右中侯、千牛都派遣出去集中查办"盗童案"，他本人带着中尉丞先行向始皇帝请罪，疏通妃子，实则是希望能够得到始皇的一些宽容日子，只要有后续消息就好做解释。

此时，中尉署下右中侯赵州带着一名士兵正在咸阳城急匆匆前行。他一身黑色右衽武官服，方头冠，腰间一把长铁尺，挂中尉署右中侯木令牌，哪怕在冬季他也衣着单薄，到处奔波导致发际线处渗出汗水，一双眼睛极为坚毅，看起来英姿飒爽。

赵州今年二十有二，能够在司职王都咸阳安防的中尉署中担任武官，一方面来自于他优秀的搏击技能与敏锐洞察力，另一方面也和家世有些渊源。

旁边的士兵陈二道："中侯爷，之前那老头儿怕是不愿意和我们见面……"

赵州皱眉："他是关键人物，必须去拜访。你再将与他见面的情景说一次与我听听。"

于是陈二讲起了他和老头儿相遇的事。

咸阳城的盗童案闹得沸沸扬扬，中尉署在始皇帝还未下达命令时就已经在积极破案，只是收效甚微。夜间失踪的童子年岁都不大加上凶手选择的基本都是平民人家子弟，平民日常需要参与各种劳作，很难顾及，只能够让孩子在咸阳城内玩耍，稍有结余一点的送去私塾。

在未扫六合时秦国就是治安最好的国度之一，因而秦国人生活中向来较为放松，外面却在和诸国不断合纵连横交战，这就是俗称的外紧内松。谁想到始皇帝完成一统大业，反而出了这么一宗妖案，并且是在王都咸阳。

伴随着盗童案出现的各种谣言也让人有些惶惶。

除去冤鬼论外还有人传言说，始皇帝要求长生，因而需要童子祭祀上天神灵，神灵才会赐予他连绵寿命，令秦王朝延绵不绝。也有说楚王从冥府借来阴兵，要向始皇帝报复，他用阴兵一点点蚕食掉秦人的子嗣，令秦国不战而亡，此为绝户计。

种种传言之中都有六国遗老的影子，护军都尉大人已经开始和中尉一起调查其背后的黑手。然而对方也是极为警觉，顺着这些传播荒诞之言的人只能够找到几个收人钱财的帮闲，他们都是不断被人辗转传话，查来查去，始终无法接触到真正的幕后人物。

陈二有一日外出巡逻，看到一名老者正被闲汉痛殴，他将两名殴打者驱赶开来。

老人也不谢他，只是冷冷看着两人。

那两闲汉又是要过来教训他。

陈二问是怎回事。

原来两人本来在茶馆喝茶，有茶客讲起最近"盗童案"，两人一时心痒，于是谎称他们曾经和盗童的厉鬼交手过，一番激烈打斗后将对方吓跑，这才护住了一个孩童。这本是男人日常吹牛的一个小插曲，没想旁边一名老人突然冷不防说，都是放狗屁。两人顿时愤怒地质问他将话说清楚。

老人只是冷笑，两人感觉受到侮辱，于是将他拎出来痛打一顿。

秦人平日温和，动手起来可从不含糊，管你老弱病残。

老人此时瞄了眼士兵打扮的陈二，说，根本没有鬼，盗童子的不过是人，我也见过。

两闲汉怒极反笑，说你见过你为何不报官？难不成你也是他们一分子？

一直冷静的老人支支吾吾说不上话来，迅速离开，被两人嘲笑。

这件事本是陈二日常巡逻的一部分，可中尉大人暴怒地拍碎了砚台，让众人都意识到上司这次是真的遇到了危机，每人都拼命运转起来——中尉王大人对手下可以说是极为宽容，换一个还不知道会怎么刁难。哪怕是为了自己，一个个也都拼命卖力开始调查盗童案。因而陈二就想到了那个老头儿，对他的直属上司赵州说了。

赵州立刻跟随他一路跑到较多平民居住的城北，势要找出那老头儿，多少也是一个线索。

根据陈二打听，老者是越国人，似乎是越国的水灾让他一路背井离乡，听说咸阳接纳六国遗民因而过来一看，如今住在城北"石臼巷"。石臼巷是用咸阳城新修城墙后剩余石料堆砌而成的，给无家可归的外乡人暂时居住，不过要获得赞助资格之前得到内史府下编吏处登记验证，过此阶段会被给予特殊石质"流民珮"，一阴一阳，阴珮留在内史府，阳珮流民随时携带，便于被访查。

赶到石臼巷时赵州突然停下，让陈二先去里头摸摸情况，不要打草惊蛇，找准老者位置后等待自己。

过了会儿赵州再次行色匆匆赶到，陈二指向一间石屋道，就在里头。

赵州点点头，叮嘱了他两句。

两人一前一后进入了石屋。里头有些暗淡，或躺或坐着近十人，里头散发出一股子汗臭和尿味，众人看到有武官进来都不约而同地坐起来，将各自不雅之态收起，有些惶恐。流民本就是各处逃难而来的人，刚到咸阳城外时衣衫褴褛，好多还身患疾病。内史府和中尉署合力在外设了一个岗亭，专门验证这些流民身份是否属实、是否疾病缠身。无法查证者、患重病者是不能入王都的。

可一旦确认身份属实，并非别有用心之人，都可以在内史府的编吏处获得流民珮一枚、粗布一匹、米一碗。这是始皇帝大赦天下的规定之一，善待六国遗民，从今往后再无燕楚赵韩，只有大秦子民。

眼前难民虽看似肮脏，但一个个处境并不艰难，有立锥之地，有寸衣遮掩。

赵州用手中铁尺拍了拍墙壁，声若洪钟："诸位流民，中尉署巡查！"

听他一喝，十位流民就立刻站起来规规矩矩贴墙而站，双眼低垂，不敢与赵州对视。这也是强秦给六国遗民带来的一种延续性震慑，面对秦人有不少贵族遗老心生怨恨，可普通民众害怕与敬畏更多。连六国那么多人那么多将军王侯都抵挡不住，秦人实在可怕。因而这些流民根本就没有想到，查身份一般由内史府的官吏来做，而非由主要负责安防守备的中尉署，纵然想到也是不敢异议。

"名字？来自何处？为何而来？"

赵州走到左手方第一人身旁，一双眼睛锐利地看着对方高大的身材。

"胡方，赵国人。"为首的汉子低沉道，他的嗓音含糊不清。

赵州上下打量了一番，发现胡方身高比自己还要高上半头，一身粗布裹在身上，腰间用一根细草绳拴住，脚下一双磨旧的草鞋，双拳微微轻握，双眼看着地面表示服从。

他用铁尺拨开对方虚握的五指："将手伸出来。"

汉子犹豫了一下，缓缓伸出十指。

赵州将它们翻面，就在这瞬间胡方暴起，一把抓住赵州的铁尺想要夺去，赵州手中一松直接一脚正中对方胸口，将大汉给踢得靠在墙上，赵州脚下一荡，胡方站立不稳，赵州将他一个过肩摔狠狠砸在地上，趁着他被砸得晕头转向之际一把夺回铁尺顶在他脖子处。

"陈二，去叫人！"他一方面死死顶着对方咽喉，一边大喊。

胡方只是恨恨地盯着赵州。

好在由于盗童案出，巡逻的士兵增加了不少，陈二迅速找来人手，几名士兵将胡方双手反剪在身后，将他押走。带队的恰好是和赵州同在中尉署的左中侯石进。

石进是赵州长辈，四十来岁，身体壮阔，他给赵州拍了拍身后灰尘："干得不错！又抓住一名为非作歹之徒，看样子又是六国遗老派来试图作乱的乱子，我先带他回署。"

赵州点点头。

这一处闹毕后外面陈二忍不住问："中侯爷，你怎么看出那胡方有问题？"

"手，他的手不像农人的手，农人之手掌中多磨痕、裂痕，发黑，掌纹深，他的手只有手指关节处有茧，拇指内侧茧极厚，手指孔武有力，这是多年手持兵器勤练之人才会有的特征，加之体格强健，眼神躲闪，必定有问题……"

赵州摆摆手，不等陈二拍马屁就再次到了石屋之内。

经过之前迅速制服壮汉，剩余九人面对赵州更是有些不安，一个个缩着身体。

赵州径直走到陈二所指的老人身旁，他似乎有些冷，还在哆嗦。

"你，出来。"

老人在众人幸灾乐祸的眼神中跟随赵州走到外面。

拿出一沓拓印，赵州查验其身份无误，叫孟鱼——之前他正是去内史府复拓流民珮阴珮。

赵州发现老人与其他流民有一个显著不同，虽然他身体由于寒冷抖得厉害，可是眼神镇定，并不像寻常人家那么慌张不堪。

"你可知道为何叫你出来？"

"知道，是盗童案，"老者既不倨傲也没有卖关子，很顺从地说，"上次我在茶馆漏了口风，必然有人找来。没想到是今日，不过……军爷，老头子劝你一句，快让之前那人小心那胡方。"

"为什么？"赵州看着对方微微眯起的眼睛。

"军爷没想过，抓捕未免太过轻松了吗？"

就在此时，赵州听到一阵惨叫。

2

他匆匆跑向出事地点，正在石臼巷外。几名士兵躺在地上，身体轻微颤抖着，脸色发青，而左中侯石进的手死死抓住锁住犯人胡方双手的牛皮绳子，一双眼睛紧闭，嘴里大喝："不要慌，不要慌！"

胡方此时却在诡异地笑着，看到赵州，露出一个奇怪的笑容，然后带着石进一起缓缓倒下。

赵州一脸铁青。

这次事件被确认是六国遗老背地里安排的自杀袭击之一，由于被赵州提前洞察胡方不得不提前引发，发射舌头下机栝中的带毒细针，造成三名士兵死亡，一名轻伤，左中侯石进双眼失明，损失极重。并且由于是在大庭广众之下遭到袭杀，对于军方威信是一个大大打击。赵州也由于处理不善，被中尉罚了一年俸禄。

一日，他看望石进后再次来到石臼巷。

此时没有陈二陪同，他径直找到了老人孟鱼，老人正在石屋外用采来的枯草搓着草绳，似乎是要编制草鞋。

"军爷。"他站起来，恭恭敬敬道。

看到老人的脸，赵州却没有发现任何尊敬的意味。

"你是何籍贯？"

"老头儿越国人，孟鱼。"

老人似乎身上散发出一种特殊沉静的气质，让赵州一时间不知道该怎么拿捏。于是他唯一能够想到的就是请他吃东西，以此示好。

狼吞虎咽吃着面的孟鱼放下防备，赵州趁机发问。

"敢问孟老，你既然知道胡方，为何当日不及时提醒众人？"

"军爷要听真话还是假话？"

"真话。"

"嘿嘿，真话便是，直到军爷抓走他后老头儿才想到……况且即使当时我立即提醒，未必对军爷是一件好事。如此一来，那胡方只有立刻下手，那么毒针扎的便可能是军爷了……"

赵州不由一怔。

"在茶馆那一日，为何你说盗童案并非鬼魅？你是否有所见闻？"

"是。"孟鱼喝了一口汤，很干脆地回答。

他露出一个和善的老人笑容："只是老头儿敢说，军爷未必敢听。"

"为何如此？"

赵州下意识地感觉对方并非虚言，他生性谨慎，不由左右看了看："还请孟老说来。"

"军爷可要想好，这一说不打紧，军爷要忘可就太难了。"孟鱼脸色也不由郑重起来，"老头儿不过孤家寡人，军爷却是正在鼎盛之年，惹火烧身自古有之……"

再三考虑了一番，赵州点点头。

此时他正是勇猛精进之时，一心报国，无所畏惧。

"那是一个晚上。"孟鱼低声说。

孟鱼夜里有散夜路的习惯，越国人家园不少毗邻海泽，入夜时往往能够捕获一些水生猎物。

刚抵达咸阳城的孟鱼对这里保持着谨慎的敌意。一度强大的越国早就分裂，不少越人背井离乡，有的北上有的南下，还有的找了隐蔽地点躲了起来。而孟鱼不同，他从小读诗书，心中有抱负，只是一直没有报效家国的机会，随着年纪日益增长，他的好胜与出仕之心也渐渐消散，对于万事万物都变得平和起来。此次不远万里赶赴咸阳城正是他想真正认识一下秦人的强大，到底他们是用什么方法征服了中原诸国。

正当他在四处打量秦国建筑风格时，他冷不防听到有人说"起风，起风"。

作为旅者，他对黑话极度敏锐，一路过来，很多次都是靠着自己的机敏躲过了盗贼和歹人。

于是他立刻躲在了一个墙角，他本就矮小瘦弱，在夜里更是不易被发现。

只听有人继续喊，起风起风。

他听到几声模糊呼喊，声音稚嫩细小，顺着声音他一路偷摸过去，看到一个推独轮木车的商贩。车上都是巨大酒坛，并排在一起，总计六个，用绳子给纵横捆住。孟鱼看到其中有个酒坛在微微颤抖，推车人将车子靠在路边，把绳子紧了紧，这次不再晃荡。

孟鱼怀疑是自己多想，摇摇头正要离开，地面一物让他再次打起精神来。

今年咸阳城下起鹅毛大雪，因而一入夜街上就被铺起了雪层，混合石子泥土，变成灰扑扑的奇特路面。木板车过去的车辙印极深，两道深深嵌入雪中的痕迹让孟鱼再次生疑。

若是酒贩，此时想必已经卖掉了不少酒，是将酒坛送回店里或者郊外作坊之中。可如此之深的车辙印却说明里头的酒还很满。如今是冬日，秦人爱酒，好不容易熬过了禁酒令，现正是借酒驱寒的好时节，咸阳城显贵不少，酒的销量更是不错。无论如何，此时推着沉重酒坛子车的人都极为反常。

他跟着车辙一路往前，发现车停在城南的一处小巷子，城南居住的不少都是官宦之家。

周遭无人，那人对着 人说，风停，风停。

孟鱼大着胆子往里看，里头只有一人。

那人又说，今日获得两坛新酒，大人请验过。

此时孟鱼听到了第二个人的声音，那是一个女人。

还不错，收好罢。

孟鱼看得一清二楚，在男子身旁根本无人，他竟然是和空无一人的巷子在说话。男子等到有另一个人来拖车时就离去，双方没有任何交谈，仿佛陌生人。等两人都离开之后，孟鱼进去左右摸索了一番，既没有发现暗格也没有看到有躲藏的地方。两旁的墙极高，根本无人能够站在墙上而不被发现。要透过墙壁发声更是不可能，因那女人声音极为细小，该男子只是随意站在巷子里，并未靠墙。

孟鱼不敢再跟，迅速折返。

回来路上他不断回想整个过程，惊出一身冷汗。

那酒坛子里分明是两个孩童，或许是被塞住嘴巴或者是用某种烈酒麻痹，然后装入酒坛子趁着夜色运走。黑话如此清楚，说明对方对此早就是熟手，那个鬼魂一般目不可视的女人更是让孟鱼心中忌惮不已。原本他以为这事自己会在心里埋藏一辈子，可在茶馆里听到有人说起邻居的孩子不见，两个闲汉胡乱吹嘘，他就忍不住想说出事实。

这才导致了今天。

听了他的陈述，赵州不由狐疑："看不见的女人？是否是那人利用了某种手段，让孟老你误以为是……"

"以为我是老糊涂了吗？那处巷子你去过就明白了，绝无地方可以躲人。"孟老用袖子擦了擦嘴，笑了笑，"军爷，我看你知礼节、有胆识，才愿意告诉你老头子的所见。老头子反正已经决定，最迟明日就会离开咸阳城。这里暗流汹涌，老头子还想再活几年……"

说罢，孟鱼拱拱手，也不再理睬赵州。

3

丢下两块铜板，赵州径直赶赴孟鱼所说的城南小巷子。赵州虽然家住城南，可他作为中尉署右中侯，司职却是在城西市集一带的区域安防，加之责任重大已经很久未回过家。按照孟鱼所说，那是处于掌冶金、制造农器铁官长王大人府邸外，与执掌粮食仓收的廪牺丞之间的一处巷子，他记忆中那里并不小。可赶到之后赵州却大吃一惊。

不知为何这里已经不是幼年时的样子，原本可容纳三四人并行的巷子现在只能够容一人，里头也被封死无法通行。

找旁人一问才知道，原来是王大人家里添了人口需要扩建府邸，这事通报了一下相关官长，再和邻居廪牺丞稍微商量之后就算完毕，早在一年前就将巷子给填了。

赵州左右看去，发现从外往里望去的确很难掩藏一个人。

巷子很窄，而两边的墙厚实而高大，用铁尺敲击响声沉闷。再看地下石板路，赵州也没有发现任何内有空心的地方，他甚至趴在地上，一寸一寸寻找着可能的暗室。依旧一无所获。

他打量着这处狭窄逼仄的巷子，闭上眼，想着推着酒坛子车进入此地的男人。

他停下车，站在巷子里，对着不存在的人说，今日获得两坛新酒，大人请验过。

接着看不见的女人说，还不错，收好罢。

除非那个女人是被一种巫术所遮掩，让人无法看到她的影子。或者是男子的自言自语？利用腹语？不，这是毫无意义的……

"少爷，少爷。"身后突然传来一个声音。

赵州回头望去，发现是家里的掌厨羊伯。

"少爷今天可是要回来用膳？"羊伯笑呵呵道。

"是，麻烦羊伯了。"

"不麻烦不麻烦，大人已经回府，少爷如果无事也可先行回府，我先去买一点肉和菜。"

赵州推开自己家那扇老旧的斑驳木门，里头两名父亲的侍卫朝他微微颔首，赵州还礼。

径直经过一条长廊，赵州看到客厅里父亲已经坐下，正在看一副竹简。

公车司马令赵信，今年已年过半百，他虽担任武官却是文人出身，许多人并不知道，在始皇帝还在赵国时赵信就是他的随行，真正的王党之人。公车司马令又叫公车令，秩六百石，乃九卿之一卫尉属官。卫尉掌皇宫诸门屯兵、皇家安防，职责重大，可赵信这个属官公车令在真正帝国核心人士眼中丝毫不下于卫尉。

其原因就在于，强势的始皇帝极为信任赵信。始皇帝越过了各官职的任免与任期规章，亲自任命本是外将的赵信为司马令，负责自己的日常安保。由此可见，赵家的确得皇帝信任。

"盗童案进行如何？"

赵信将双目抬起，放在儿子身上。不怒自威这一点赵州正是出自父亲，两人都有一张一板一眼的脸，做事极度认真仔细，容不得有沙子在眼中。

"有了一些消息……"

将最近发生的事告诉了父亲，赵州有些不安。

赵信向来严格，怕是对自己有些不满。

可让赵州惊讶的是，父亲并未斥责自己，而是少有地说："不必过于着急，此事需要从长计议，并非一时半刻能够解决。"

赵州顿时读出了话外之意。

父亲这是在变相暗示自己说，对于此事背后人物，怕是朝中大人们已经有了一个定数，只是事关重大，不要随便轻举妄动。于是他点点头。

用膳时赵州说起了孟鱼老人的事，让赵信微微一凛。

他饭也不吃，叫赵州去他书房议事。

唯有重大事件赵信才会约人于书房谈话，除了赵州谋求差事那一次，这是第二次。

"看不见的女人……"赵信坐在椅子上，眉头紧锁，"女人……"

见父亲久久不言，赵州忍不住问："其中有何关联？父亲可是有了想法？"

"近日，朝中开始有所传言。"赵信低声道，"有人传言，妖人乱国。"

赵州好奇道："这种野谈也有人信吗？"

"野谈？"赵信摇摇头。

宫中最近也发生了极为诡异之事，始皇帝却要求他严格保守秘密，不得泄露。纵然是子嗣，赵信也不能违背。

"总之你要记得，此事万万不可操之过急，切记。"父亲接二连三地叮嘱还是头一遭。

赵州也感受到一股沉甸甸的莫名压力，点点头。

"另外，明日你再去找来那位孟老，为父想要和他见一面。"

赵州略微吃惊。

4

孟老死了。

赵州看着孟老还未被掩埋的尸体，有些发愣。

验尸官检验之后说，孟老是猝死的，至于原因有多种，极度惊吓或者是来自以外物的强烈刺激。在他身体上没有找到任何伤痕，就仿佛是那么一晚上，他就自行告别了阳间。与孟老住同一石屋的目击人说，他半夜起来撒尿时看到孟老身体抖个不停，想来是他做了什么噩梦，也就没有放在心上，结果第二天一早他发现平日里起得最早的孟老毫无反应，一摸，身体已经有些僵硬，这才报了官。

死亡时间是昨夜。石屋有一扇木门，平日里木门放在屋外，晚上时侧着抬进来堵住门口，外人想无声无息进来根本不可能。

赵州再次去了石臼巷，查看了一下孟老所在的石屋，既没有发现药物痕迹也没有异味，只好黯然离开。

整个事件就显得极为巧合起来。

孟老告诉了自己看不见的女人，然后他就遭遇毒手，并且是一种看不见的方式将他杀死。

赵州心烦意乱之余更是提高警惕。

作为一名武官他从不相信巧合，一切的突然死亡和纷争都是有必然理由的。更让他在意的是，他将孟老离奇身死一事告诉父亲之后，父亲一时间竟然脸色大变，叮嘱他不要过于深入此事。

此时赵州的新任免令却下来了。

他被提为左中侯，暂且替代养病在家的石进。右中侯则是从廷尉处另派一人过来担任。赵州不敢面对失明的石进，他总觉得是自己让石进陷入了现在的境地。为打消内心罪恶感，他更加卖力地投身于盗童案。

新的线索出现了。

依旧是陈二挖掘出来的。

"中侯爷，这人是城北货郎吴六的儿子，叫吴小七。那一日傍晚他和几个同伴一起在玩耍，一名货郎路过时糖果从他兜里掉出来，几个孩童就捡来吃了，吃了之后就迷迷糊糊昏了过去。吴小七醒来时发现自己被关在一个很小的黑漆漆'房子'里，他急了，拼命滚，整个人连同'房子'都滚了起来，不知撞到了什么，破开一道口子，吴小七就凭借一身蛮力将'房子'给扒开，发现原来自己是被装在木箱子里。他已经出现在咸阳城外十里的一处斜坡上，他顾不得许多就跑了回来，回来之后却不敢声张。我是听人说看到吴小七从外面回来才从吴六嘴里套出来的……"

吴六看到赵州出示了令牌之后放心不少，看了看门外，将木头大门给掩上。

"小七，小七。"

随着父亲呼喊，吴小七从里屋走出来。

他年纪大约十岁，虎头虎脑，在孩子中算是高大。

"吴小七，莫害怕，我们正是来追捕盗童案凶手的中尉署人，这位是左中侯赵州大人，将你所见再与他细细说一遍。"陈二介绍说。

怯怯看了年轻的中侯一眼，吴小七再次叙述了一次，与陈二所说并无差别。

赵州皱眉："吴小七，那货郎容貌如何？你有无看到可疑人士？"

"那货郎戴帽子，看不清脸，当时我们只顾捡糖……"

吴六忍不住训斥："叫你贪小便宜！"

在赵州眼神下吴六又闭上嘴。

"货郎实在没什么特别的。"吴小七犹豫了一下，"只是后来我从箱子里爬出来，听到有人在说话。"

赵州来了精神："说了什么？"

"是个女人，说'你快走，不然也只有死路一条'。"

赵州皱眉："女人是什么样子的？"

"她……她没有样子，她是鬼，根本看不见，在我耳边说的……"

吴小七有些害怕。

吴六正要再次训他，被赵州挥手制止："为何之前你没有说过？"

"我以为是自己看错，是太害怕，胡思乱想，可回来之后那个女人的声音越来越清楚，我听到她在我耳边说的……我保证，绝对没听错。"

吴小七咬牙说。

从吴家与陈二分兵离开之后赵州心事重重。在孟鱼目击和吴小七亲历之中都有某些共同点：都是将孩童药物麻痹后通过较大容器运送出城，选择的都是晚上，都有同样一个看不见的女人低语。赵州在中尉署做过报备和案情记载之后，急匆匆赶赴吴小七所说的郊外，那里陈二正在等待。

只是看到陈二时赵州觉得十分怪异。

手拄铁镐的陈二摸出羊皮酒袋猛灌酒，酒水都顺着嘴角流到脖子处，他整个人有些精神恍惚。

"出什么事了？"赵州赶紧问。

陈二打了个哆嗦，摇摇头，指了指前方不远处，一片被刨开的地。

赵州过去一看，发现已经有三块地被陈二给挖开，下面露出三个装了重物的布袋，其中一个已经被割开，露出一只小小的惨白手臂。赵州摸出随身短刀将袋子彻底割开来，里头躺着一个脸色青白的孩童尸身，年纪最多不过十岁，一双眼睛睁得老大，仿佛看到了极为恐怖的事情一样。他不发一言又去将另外两个口袋撕开，也是两个孩童，一个女童，一个男童，两人都是同样睁大了眼，极度惊恐。

"回去叫支援。"赵州冲陈二喊。

陈二这才回过神来，忙不迭朝着咸阳城奔去。

赵州将陈二留下的铁镐捡起，在周围翻找起来……

中尉署将整个埋尸现场给围了起来，周围插上木标和木栅栏、拒马，将周遭都给封锁，同时派出上百名士兵朝着四周一步步寻找，看能否发现犯案者的踪迹。

尸检结果让中尉极度震惊愤怒。

挖掘出的孩童尸体足足有三十五名，浅一点的共有十名，更多的在更深处，在上面的尸体下方，不少都已经腐烂被蛆虫爬满，最严重的两具已经化为白骨——据验尸官报告说，这是凶手采用特殊药物融掉了肉体，仅仅将白骨掩埋，想来是第一次作案时紧张所致。从尸体的有序分布推测，行凶者越来越熟练大胆，将童子通过某种凶残方式杀害之后将他们集中掩埋在此地。土壤里还撒了可以驱赶狼狗狐狸的药粉，避免它们掘出尸体来。

随后验尸官一个个反复核准，得出一个有些荒谬的死因。

所有孩童可能都是极度惊恐中被勒死的。

中尉王琛当即要求赵州暂时接管现场，授权他便宜行事，自己匆匆忙忙赶赴咸阳要去禀报始皇帝。

赵州令人将三十五具尸体全部用布袋装好，放在木车内，用布帘遮掩，外面撒上药物掩盖气味，然后分批次入城，避免造成恐慌。现场则留下四名士兵随时注意动向，一有新发现立刻回报。同时验尸官将尸检报告口述小吏做好记载，他自己则和新上任的右中侯换班轮流搜索，力争短时间内得到线索。

回到咸阳城时赵州已经极度疲惫，他少有地喝了一壶酒，稍微暖和了一点身体，家里并没有父亲的身影，母亲早早睡下。

他轻手轻脚地回到自己屋子——赵州原本在中尉署旁租了一个小宅，日常住在那边，可今日他分外思念家里。

洗漱之后躺在床上，赵州一闭上眼就看到那三十几具惶恐的幼童尸骸。

折腾到了大半夜，他终于迷迷糊糊入睡。

突然有人在他耳边说："赵中侯，我想和你谈谈。"

5

是女人的声音。

赵州一把将床上铁尺握在手中，跳下床，铁尺横在胸口前，左右查看来人在何处。可半晌之后他依旧未发现有人的痕迹，他甚至跑到外面的院子里，也没有找到有人的踪影。

回到屋里，他点上油灯，怀疑自己做了噩梦。

"赵中侯，别紧张。"女人的声音再次在他耳边响起。

赵州浑身绷紧，一脸难以置信。

屋子并不大，没有屏风和遮挡物，周围一览无余，别说女人，就连老鼠都没有一只。

真正见识到了看不见的女人，他只觉得心中升起一种怪异的荒诞感，这个世上真的有鬼吗？

他大着胆子大喝："魑魅魍魉，我乃大秦武官，还不散去！"

对方幽幽道："还请低声一些，别吵醒了家人。"

她知道这是我家！

赵州顿时只觉得仿佛被对方捏住了喉咙，竟然说不出话来。

"赵中侯，冷静下来了吗？如果冷静下来，我们就能谈谈了。"女人轻轻说。

赵州镇定道："你是何人？为何要在咸阳城残害童子？"

"我是天人，不属于这方世界，赵中侯可听得明白？"

"你说你是海外仙人？"赵州皱眉。

关于方士的传言自周天子时就不绝于耳，海外仙人也是他们杜撰而来的奇异人士，据说有的长生不老，有的可日行万里，有的还能如同鸟儿一样在空中飞翔，像鱼一样于水中生存。不过在当朝人士眼中，这些海外仙人从未出现过，不过是乡间怪谈，而传出来的方士、术士则都是一群信鬼神之辈，大多数是消亡的诸子百家的信徒。

"非也，天人，来自于天外，赵中侯可知天外有天？这一方世界不过是很小的一部分罢了。"

赵州冷笑："休要诓我，我乃中尉署左中侯，只知道阁下装神弄鬼，滥杀无辜，纵然阁下拥有方外之术，能够来去无踪，我也定会追遍天下将阁下逮捕回朝。"

对方突然笑了起来。

"赵中侯，你真有意思，可惜你做不了我们想要的人……不然选你也不错。至于那些孩童，此事我只能说万分抱歉，非我所愿，我们也是被算计在其中。"女人依旧声音很轻，就像随时都会飘散在空中一般，"之所以与中侯一叙，是因为见中侯正直坚韧，不忍中侯和我们产生误会。"

我们？不止一人？

赵州心中一凛。

"没错，我们并非一人行动，在我们身后也有族群、家国，只是和阁下的秦王朝不太一样。"女人突然道，"忘记自我介绍了，我有一个名字叫褒姒。"

褒姒？周幽王烽火戏诸侯为博一笑的那个女人？

"不可能！"赵州断口否认。按照记载，褒姒是被纵火烧死的，哪怕当时幸免于难也无法活到现在。

褒姒发出一阵浅笑。

"若我告诉你，我还曾有同伴叫作'妲己'和'妹喜'，赵中侯岂不是更加吃惊？"

赵州沉默。

"赵中侯，此番来找，褒姒只想告诉中侯此事作罢吧，诚心诚意，还望能够理解。"

"杀人犯法，你叫我如何视而不见！"

赵州胸中一股正气，咬牙怒视前方。

"战场上杀人几何？君王一怒杀人几何？溺死女婴几何？王侯将相私刑处死人几何？赵中侯，极刚易折，这也是为你好，况且我并非杀人者。"

这番话赵州曾在父亲嘴里也听过，只是换作一杀人犯如此说来让他觉得格外羞辱，不由气道："强词夺理！"

"赵中侯有未想过，为何褒姒要那么多童子？"

"必定是用作邪术。"

"说是邪术也勉强算是，只是绝非赵中侯所想，我天人一族多年前已无法诞生男胞，因而不断寻找契机，唯有尝试转生之法，寻一孩童看有无机会。然而到现在为止一直失败，我们也放弃了这种方式。不想赵中侯竟然发现，只好过来解释一番，还望赵中侯到此为止。至于贵国始皇帝，此时他也会做出批示，不必担心……"

始皇帝？她们竟然已经渗入了内朝！真的吗？

心惊之余赵州攥紧拳头，这群自称天人的奇人到底是什么来头。

"孟鱼，孟老是否被你所杀？"

"非也，我只是告诉他世界有多大，让他的眼睛看到了天外天，他是战栗而死的。"

褒姒语气中毫无愧疚。

赵州冷笑："胡言乱语。"

"罢了，赵中侯看来无法接受，就此别过……"

"慢！"

赵州突然蹲下身体，把手摁在桌面的底部，抓住了一只甲虫。

"褒姒，这就是你的真身吧？"

"赵中侯真聪明，我更不想杀你了，聪明人多一点，办事也容易一些。"

甲虫上传来女人的声音。

之前赵州就曾怀疑过，一定是有某种细小之物来代替这神秘无影人传音，可在如此狭小的空间里到底什么合适？巷子、郊外斜坡、屋内，赵州不断在脑内分析演绎，终于将声音来源确定在桌子附近，而对方刻意降低音调并非害怕惊扰自己家人，而是担心被识破。回头想想，黑夜巷子里的一只虫子，郊外斜坡夜里的虫，躲在桌面反面处的小东西，谁会料到呢？

再不愿意相信，这也是最合理的事实。

"赵中侯是要将替代我传音的虫子上交吗？杀人凶手是一只虫子，谁会相信呢？赵中侯，行行好，放了它罢。要找到一个合适的传音生物可不容易，我们失败过很多次了。"

赵州冷冷一笑，将虫子放在了灯罩之下。

女人道："唉，聪明男人啊……总是自以为是。"

说罢，虫子不再发声。

6

提着灯罩里的虫子，赵州一大早就赶往中尉署。无论这件事多么离奇，他都有义务一五一十告诉顶头上司中尉王琛。可刚走到署内就看见王大人一脸喜色，正同人在喝早茶，在他旁边是新来的右中侯。

"赵州，来来来，一起喝茶。"

赵州说了声不敢。

他正要禀报昨晚遭遇妖女的事，却被王琛一句话打断："盗童案终于结束了，我也算是了了一桩心愿，始皇也放下心来。"

原来就在尸体被发现的昨夜，凶犯就已经自首。

参与盗童案的人员有十人，其中五名流民、两名商贩以及一名士兵、一名更夫。这些人是受了术士蛊惑，说祭祀活童子可以去病延寿，参与的十人无一不是家里有孩童、妻妾、父母长辈患有重病的，医治无望，因而将希望寄托于术士的无稽之谈。至于术士为何要制造咸阳城恐慌，根据被抓住的两位术士所说，他们是收了六国遗老的礼金，帮他们来完成此事。

中尉署一大早就将这宗盗童案通过张贴告示的形式公告了民众，在咸阳城里贴了十来张，让大家不要惶恐，不过至于宵禁暂时还未解除。

"赵州啊，你一早提个灯罩是作甚？是想要今天留在中尉署挑灯夜读吗？"

王中尉乌纱帽保住之后也风趣了不少，恢复了往日的和气。

赵州只好拱手道确有这个想法。

离开时王琛拉他至一旁悄声道："已有人来询问我，什么人适合左中侯的位置。"

赵州一凛。

"赵州啊，你注定是要平步青云的，有朝一日成了始皇眼前红人，可别忘记中尉署啊。"

赵州这才松口气。

原来不是责罚，而是要调动他的位置。

出门口时他遇到了陈二，犹豫了一下，赵州并没有将这个消息告诉自己这位亲随。他也不确定能否带他一起走，只好暂时隐瞒下来。

回到家中，赵信一早竟然破天荒在家。

按理说他作为公车令，负责皇宫安防与接待，这时不能离开。

"坐。"赵信放下茶盏，淡淡道。

"今日你暂且休息一日，明日去皇宫当差，调令明日就会抵达。"

赵州大惊，他最不愿意到皇家身边，过于拘束，而他为人耿直更是容易惹人不快。可转瞬他想到更重要的一件事，秦国律例，同一司署不得有近亲、远戚同存。那么自己将要入宫办事，父亲则是……

赵信看了他一眼，露出少有的和煦笑容："始皇本让为父担任一县之令，为父婉拒了。要退就索性退得彻底，免得外人说咱们赵家讨好皇室，贪得无厌。"

父亲一旦做下决定就断无悔改之意。

"我和你母亲已经商议过，几日后将搬入太白山附近隐居，当官多日不得闲，也到了过一段悠然日子的时候。"

按照赵信的意思，除非赵州成家、娶亲生子等重大事件，节日也不必来看望，两老是真的想要离开烦琐喧闹的王都，过简单生活。

对于父亲的忧虑赵州很明白。

在他很小时，就有不少人找着路子来见面、送礼，赵信硬是一概不收，放在屋外，上贴礼物的主人名字让他们收回，得罪了不少人。作为始皇帝幼年玩伴，皇帝之时的近臣，赵信这名小小的公车令能量却不小，虽然他很少开口，可开过口的两次都得到了巨大回报。如今赵信年纪日益增长，加上他本就操劳，身体已经不同往日，无法再长时间在宫殿内巡逻。

至于离去一部分是为了将赵信和赵州之间的联系变淡，避免有心人找赵州的麻烦；另一方面如他所说，想过清净生活。

离开前一日夜，赵信再次将赵州喊到书房里。

关上房门，他看了看已经足以肩负起家国责任的儿子："为父一生并无较大建树，只是时间长久。当初邯郸跟随始皇的随从就剩下我一人，始皇见我忠诚，因而一直照顾有加。我本想让你担任一名尉官或是属丞，始皇却一口定下，让你接替为父职位。你可知，保卫始皇，何为重何为轻？"

"始皇安危为重，缘由为轻。"

赵信满意地点头。

"牢记，不参与，不表态，少开口，这样你才能够做得长久一些。有些事为父本不应该告诉你知道，可既然要接替我的职位，就不得不提……"

赵信脸色郑重起来，给灯盏里添了一点油。

"众人皆知始皇不爱美人爱江山，事实并非如此。"

赵州一愣。

始皇是极有名的勤政皇帝，他被人诟病最多的是强权，很多时候一把扣下三公九卿的折子，有大人自嘲说朝堂众人和小吏也并无差别，都是按照上头意思执行罢了，并无实质性抉择权。军队改革与训练的强兵措施，地方机构改革的郡县制，中央机构整理与编制，几乎都是他一人主导，亲力亲为。然而纵使大人们再多抱怨，也从未有人说过始皇淫乱后宫。

淫乱很多时候就意味着疏离朝政。

可父亲是始皇帝身边最近的保卫者，他绝不会无的放矢。

"是否觉得为父所说和你认知不同？"赵信沉吟片刻后道，"记着，凡事不要过早下结论，多看、多听、多想，就是不要多说。下面为父讲的事你记在心头，不要告诉第三人，宫廷诡秘向来繁多……"

始皇自从称帝之后励精图治，每批改奏章到深夜。赵信时常亲自站在门外守卫，因而他注意到了一件怪事。

夜深人静之时从始皇房内常常传来女人的声音。

一国之君宠幸妃子无可厚非，只是从未有皇后、妃子进入，始皇这两年几乎从不去皇后妃子宫殿，就仿佛一个完全陌生的女人正在和始皇深夜交谈。对此赵信最早怀疑是某位宫女，可渐渐他发现始皇一入夜就遣走了所有宫女，偌大个行宫之中只有他一人，距离始皇最近的竟然是自己。两年前一天，一名年轻妃子找到赵信，问他始皇是否有了新欢，因始皇曾经非常喜爱该妃子的弹唱，需要她轻声弹唱让自己放松，可这两年来几乎再未叫过她。

因而赵信大概想到，始皇必定有着某一个秘密情人。

始皇不愿意她暴露在众人面前，也不想有人知晓。

只是那神秘女子从未露面，赵信从来只听到她的声音，他一敲门，女人声音就戛然而止。里头空无一人。

始皇行宫内是否有妖女鬼魅作祟？

他生性正直，却也顾虑始皇个人名誉，因而有一天大胆提出此事。

面对赵信，始皇反而大笑说赵信啊赵信你果然问了。那是一个奇女子，来自天外，是天人，她所知超出天下奇人不知几何，此事不必告诉他人。说罢，始皇笑着拍了拍赵信的肩膀，若对其他人寡人也不会说起，那女子无法被看见，你也不必费工夫。

赵信依旧谏言道，陛下，古往今来多少君王因红颜祸水而衰败，还请陛下三思。

始皇摇摇头，所谓红颜祸水不过是君王无能，失控纵欲，和红颜何干？寡人扫六国，一统天下，地上已无任何一合之敌，秦之志向，在更远之处！

近年始皇精神一日比一日差了，身体时常乏力，再无当年龙行虚步之姿，都说他是费心于国家治理，赵信却认为这是纵欲过度的迹象。不过他的确从未见过那神秘女子的身影，她就像一道藏在黑夜之中的影子。

正是由于这个典故，赵信听到赵州说起的看不见的女人，因而想起了宫殿里始皇的那位红颜。

盗童案在某种程度上已经和始皇有了关联，这让赵信之前十分担忧查办此案的赵州。

赵州本要将借虫言物的褒姒说出，可一想父亲已经决心隐退，何必再给他徒增烦恼？

就这样，赵家子替父入宫，继续保卫始皇。

给父亲送行回来后，赵州发现那只被灯罩罩住的小虫已然肢体僵硬，死掉了。

7

入宫的第一天赵州就遇到了暴怒中的始皇。起因是昨夜一名宫女偷偷带妃子靠近他的个人行宫，妃子在外弹唱，令始皇怒不可遏。将那宫女杖刑之后，始皇将妃子也关入旁宫，禁闭半年。

恰好是赵信回家告诫赵州这一日。

赵州对于始皇的严酷又多了一个认识，他站在宫门之外，清点着周围的手下，让他们做好布防，任何人来访都必须上报，不可随便放入内廷。

第一夜赵州决定彻夜站岗。

他站在宫门外，身体笔直，手摁在腰间刀柄上，不时注视着四周。夜里他的属下尉官给他送来肉食，赵州拒绝了，饱腹之后容易困顿，今日需保持谨慎。

按照始皇要求，夜里能够站在他宫门处的只有公车令，其余士兵都只得在庭院里巡逻，不得靠近，防止叨扰。

赵州模模糊糊听到门内传来女子的声音。

始皇正在和一名女子交谈。

正当他要听清两人说了些什么时，突然身后传来一个清幽的声音："又见面了，赵中侯。"

褒姒！

赵州猛地回头，噌的拔出短刀，双眼牢牢注意着四周动静。入夜后宫墙周围都挂了灯笼，倒也不暗，只是赵州一番寻找还是没找到褒姒的影子。他明明记得那只虫子已经死掉了，甚至自己还将它掩埋……难道褒姒真的如她所说是什么天人？不是虫妖？

"嘘，赵中侯。"褒姒在他耳边道。

他终于注意到了，那是一只趴在自己肩头皮甲搭扣处的小虫，和之前抓住的那只不太一样。

"你现在明白了吗？我的同伴，妺喜正在你的君主那里，告诉他秦国不过是大地上一个较大的国家罢了，在西面还有很多不比六国小的国度，北方，南方，跨过海洋还有一个金之国度……"褒姒轻笑，"始皇可真是相当尚武。"

赵州一凛："你是想要挑起战争！"

他内心引起轩然大波，好不容易秦国扫六合，建立一个空前巨大的帝国，此时极其需要休养生息。一旦再开战火，秦国子民受难，原本就不安分的六国遗民必定会蠢蠢欲动，那时又是一个战乱之世。

"非也。"褒姒一笑，"不过是让君王心存敬畏，天下之大，能人之多，非一人可驭。知道越多，他才会越是励精图治，而非沉迷于享乐……赵中侯，你可该感谢我族才对。"

赵州皱眉："你们到底想做什么？"

"还记得吗？我说过，我天人一族很多年已经没有男胞诞生，我们需要一名男胞……之前我们商议一番，已否决了从童子入手。我很看好你，想要和赵中侯当朋友。"

"不可能。"赵州一口否决。

"不要拒绝太快……有人来了，下次再会。"

虫子轻盈地飞入夜色中。

却是一名士兵前来报告说，前方有火光，赵州令人守在外面后带人查询了一番，发现不过是宫女打翻了烛台。

连续几日，赵州都如同石像一般站在君主门外，目不斜视。

屋内不断传来女子低语，伴随着始皇不时的惊叹、笑声，让赵州日益担忧。

这一日夜，始皇特意召见他。

"孤与赵信于微末时相识，那时整日心惊胆战，谁也不会想到今日所为。"

这还是成年之后赵州第一次单独面见始皇。他印象中的始皇是自己幼年见到的那个永远高仰着头、阔步于咸阳城中，甚至不屑于带除赵信之外的其他随从之人。他道，大秦之人，皆可变为百战之兵，寡人身处雄兵之中，何惧之有！谁能伤孤！

气势雄浑，的确有天下雄主的气魄与风范。

虽然后来不幸一语成谶，燕国刺客荆轲险些刺杀秦王成功，可事了之后秦王当时还召集一众武官向他们表示，我大秦也要有如此孤高之士，天下归心，何愁不能一统！

那时的秦王还未称帝，却具有一种让人心潮澎湃的雄主气势，他具有一种敏锐洞察优劣的能力，对于天下人才都求贤若渴。

可眼下，始皇却变成了另一副样子。

他面部已然下垂，眼角皱纹很深，一双本来极为明亮的眼眸也变得有些暗淡，他似乎也矮了一些，只是依旧身体笔直，无论是站或坐都让人无法轻视。

可毕竟始皇老了。

"赵信有些事无法理解寡人，赵州，你是年轻人，年轻人一定要有破除常理的勇气。"始皇似若有所指，他指了指斜下方的座位说，"坐。"

赵州拱手之后领命坐下。

"盗童案是你最早察觉的，寡人本意是提拔你到军中历练，往后可以做一名将军助孤镇守边疆……可赵信硬要告老还乡，寡人只好委屈你暂时接替你父亲的职位。赵州，不可废弃武功，骑射、枪马、步战、行军方略你都要继续操练，有朝一日必定有你大展宏图之时。"

一番话由始皇说来，赵州依旧难掩激动，立刻单膝跪下表示不负君王期许。

"好吧，如今寡人暂且不是君，你暂且不是臣，寡人发现一件趣事，想和你说说。起来起来，别跪着，无他人之时，你就是寡人子侄，不必多礼。"始皇摆摆手，"赵信可给你说过，宫中有一位姑娘？"

赵州摇头："家父并未说起。"

"赵信啊赵信……"

始皇不知是笑还是哭，眯起眼睛凝视着赵州，似在判断他是否说谎，让赵州心里有些打鼓。

"寡人遇见了一位奇女子，她的名字有些特殊，叫妹喜。"

赵州恰到好处地睁大眼："那不是夏桀之后吗？怎么可能……"

始皇傲然一笑："因她并非凡人，而是天外之人。自然不受这方天地寿命约束，来去自如，鬼神莫测。"

赵州沉默以对。

"妹喜，出来吧。"

随着始皇说话，一个清脆的女声道："妹喜见过赵公子，叨扰始皇，还请勿怪。"

赵州左右看去，果然依旧未能找到丝毫人影，睁大眼寻找她可能附身的小虫，依旧无果。

始皇却以为他是被眼前惊人一幕弄得目瞪口呆，拍了拍他肩膀："不必惊恐，天人本就没有身体，无法被凡人洞察，寡人虽乃帝王，亦无法看到。"

说罢他站起来道："妹喜精通天文地理、山川地势、天象晴雨、海外之物、方外之人，乃至天外天，各方世界都有涉猎，实在是一位奇人先生。若不是妹喜来历太过于神异，寡人曾想过封她为官，助我大秦子民开阔眼界，一览世界山川之壮丽，各族奇人之风物。可惜妹喜不愿，只得作罢……"

"多谢始皇厚爱，妹喜无法担此重任。"妹喜极懂礼节，"妹喜不过是身份特殊，看得多一些，年岁比较长罢了。"

"太过谦虚了，光是世界是球状的这一点就足以震惊世人！"

始皇击节赞叹道。

赵州有些惊愕："不是天圆地方吗……"

"并非如此。"妹喜轻声解释道，"秦国所在这一方世界也好，外部世界也罢，均是类似于球状果子一般的形态。"

赵州质疑道："那行走于上方之人岂不是会滑倒，下方之人更是无法脚踏地面，反而应该是坠向空中。"

"赵公子思维敏捷，"妹喜首先赞叹了一句，缓缓开口道，"赵公子去过沿海之地吗？"

　　赵州点点头，他曾在军伍中历练，也曾去过海边越国之地，只是大多海船实在不宜远航，无法与海外之民互相贸易往来，只有等待他们从海上而来。

　　"那么赵公子应该看过船从海平面一路驶向海岸的过程，在远处，最初看到的是船的哪一部分？"

　　"自然是桅杆。"

　　"然后呢？"

　　"然后是风帆，最后是船体……"

　　说着说着赵州突然语塞。

　　这不就证明了天圆地方的错误吗？既然地是平整方形的，走到哪儿只要天色很好应该都能够望到极为远的地方，可海上最开始只能够看到最高的桅杆，继而是风帆，最后才是船体……这无疑是在说，世界是斜的。

　　看着失态的赵州，始皇很满意："寡人最早听到时也是如你一般，久久回不过神来……古人的确有过很多珍贵经验，可古人延续的某些想法也未必正确，都说仁政才是君王之像，比寡人仁政的君主不知几何，无一不被大秦军队击溃，献上国土与子民。万事万物，都得实践才能够辨别真伪。"

　　"始皇之见识与开放，实乃妹喜仅见。"

　　始皇突然问："孤与夏桀如何？"

　　"自然是始皇远胜夏桀，夏桀最爱美酒美人，虽说他的确是一位品酒宗师与制酒天才，可作为君主是失职的，妹喜未能劝阻，至今心中有愧。"

　　始皇大笑。

8

始皇性格变得越来越古怪。他将自己关在书房之中，上朝时日也锐减，常口出惊人之论，比如说始皇曾言要打造大秦无敌水师，横渡东海，征服海外诸国，此事引起了朝中大人的强烈不安，纷纷谏言说不可。

对此始皇却哈哈大笑，说寡人早知晓尔等反应，寡人不需要军伍一兵一卒，就能够攻陷诸国，只是此事还在细细参详之中。

没多久他又下了两道军令。

北征匈奴，南击百越。始皇令屠睢和赵佗率十五万大军、十万民夫，号称五十万，征服百越，务必打通大秦与大海之间的联系。北击匈奴则由始皇信任的边陲大将蒙恬总领，与偏将杨翁子合兵十万军队、十万民夫，号称三十万北上，此番需击溃匈奴，建立延绵城墙护卫中原，务必让匈奴人不敢南下牧马。

关于这两道军令始皇极为郑重，一反前些日子的荒诞，对众位大人详细述说了其必要性。

通海则可延长贸易，切断遗老们可能的南北联系，令大秦变成横跨陆海的巨大国度，这是政治考量；其次是，根据楚国人所言近海贸易发达，海中粮食充足，珊瑚珍珠良多，对于充实国库有极大好处。此为攻打百越之因。

北方匈奴秦人是最清楚不过的，诸国战乱时，秦、赵、燕常常面临匈奴袭击，赵国因而学会了胡服骑射，燕国也曾武风盛行，故燕赵多豪壮悲歌之士，其缘由之一就是来自外部匈奴的威胁压迫。以往秦国压力在内，不得不与中原诸侯争雄，面对匈奴整体处于守势，保存实力。如今天下一统，已经到了彻底清除毒瘤之日。

无论南征北战都是为了大秦国力的巩固，因而哪怕是丞相李斯都迅速表示了附和。

"大秦子民，无所畏惧！"

始皇蓦地从王座上站起，双目虎视台下文武官员。

众人无人敢与其对视，只有这时候才感觉到，哪怕始皇不再是那位年轻君主，他内心燃烧的火焰从未熄灭过。

出征之日，始皇亲自与南北军团祭酒，众将士威风凛凛，带着必胜之志赶赴前线。

望着前方军人们离去的豪迈英姿，始皇对身旁赵州道："你如何看待南北战事？"

赵州道："必定旗开得胜。"

"恐怕并不容易。"始皇淡淡道。

赵州原本设想的是，北方匈奴肆虐已久，来去如风，极难抓住主力彻底击溃，纵使是大秦数一数二的名将蒙将军也要颇费功夫；而百越之地，冶炼铸造均和中原差异甚大，兵甲之利大秦胜之多矣，大秦之所以战场上被称为虎狼之师，除去士兵骁勇，刀兵锐利、弓弩强劲亦占据了巨大优势。可战报传来却是北方蒙恬部速攻战打得匈奴仓皇败退，南边攻百越的秦军却遭遇重创，连主将屠睢也被越人所杀。

赵州这才发现自己低估了大秦最强名将的实力与蒙将军对匈奴人的了解，同样低估了百越人的凶悍和复杂地形。

根据战报，越人擅长跋山涉水，在复杂的百越不断骚扰秦军，最后趁秦军疲惫不堪时切断了秦军补给线，分而击溃，屠睢本部五万人折损超过四万。此事却并未让始皇暴怒，他只是叹了口气道："果然如此……"

台下众大臣有些面面相觑。

还是丞相李斯站出来道："还请始皇决议是战是退……此次南下耗费钱粮甚重，前线士兵不少水土不服，患上恶疾，实际可战人数不足十之五六。屠睢被斩，对士兵士气影响极大……"

始皇仿佛早有定论一般道："令赵佗暂缓攻击，巩固原有营地，与当地百越部族合纵连横，暂且稳住。"

李斯微微皱眉："始皇，多拖一日军粮就多耗费一日……"

"丞相不必担忧，寡人决定开渠。"

始皇意图很明显，既然百越地形复杂，越人凶猛，擅长野战和截断后勤，那么秦军就利用水路运送，如此一来就避开了对方最擅长的地利。

"只是如此一来国库压力甚大……始皇还请三思。"

丞相李斯少有地正面反对。

"丞相不必担心，寡人自有妙计，五日之后公布，至于手段到时还需丞相保密。"

李斯犹豫着点头退下。

早在一月之前，始皇就将宫殿周围用木栏围了起来，禁止侍女靠近，栅栏外每隔几步就站有一位士兵，未得始皇令一概禁止入内。外面只看得到宫殿内架起一个极高的炉子，不断冒黑烟，空中阴沉沉的，仿佛火焰将那一片地方给熏黑了，赵州不得不安慰想过来救火的士兵和同僚，这是始皇在进行秘密计划，不可叨扰。

他是少有的几个可以进入里面的人。

始皇召集了几十名颇有名气的铁匠，正在那里打造一个巨型仪器。这仪器由妹喜口述，始皇亲自设计和监督。

看着不断升腾起来的火蛇，感受着炙热的温度，赵州不由叹了口气。

　　他不知道为什么始皇如此信任来历不明的天人，或许他们的确有着不可思议的能力，可并非秦国人，倾力协助必有所图。

　　"赵中侯依旧不信任我们吗？"褒姒在他耳边淡淡道。

　　这是另一个让赵州感到麻烦的人。

　　妹喜将始皇迷得无法自拔，褒姒却找到了赵州，声音不断出现在他身边。这事已经持续了快两年，奇妙的是，赵州渐渐习惯了每夜同褒姒的谈话，对方从不谈儿女私情，说的都是天下万物之奇妙，其见识和胸中博览让赵州真心佩服，让他每每惊叹。从褒姒口中他了解到了海中如同陆地一般大小的巨兽鲸鱼，具有数十条爪子的奇特生灵多爪鱼，脖子奇长无比、睡觉时只能将脖子缠起来的异兽麒麟……

　　海外之民兴建巨大的塔形建筑祭祀天地，他们有的崇拜太阳，有的认同月亮，有的以河流为母，有的以凶禽猛兽为祖先，他们在脸上涂上色彩表示身份，头发上会扎上鸟羽，表达敬畏山林的意愿……

　　无论是奇人异事还是珍奇异兽，褒姒都能够将他们的日常行为、猎食甚至繁衍说得很清晰，让人一听就知道绝不是胡诌，而是真正了解过这样一种真实的生灵。

　　不过真正让赵州迷醉的还是褒姒所说的无数个世界。

　　天上每一颗星星都代表了一个世界，这竟然不是传说，是真的！

　　褒姒的球状世界赵州虽然嘴上硬不同意，其实内心已然松动认同了。因为褒姒举出了太多的例子，太阳月亮的变化、潮汐的涨落、海洋，让只能够读书简经典的赵州有时候很是羞愧，他接触的是前人的有限的世界，褒姒碰到的是真实的无限世界。

　　对于她描述的那个世界，赵州十分向往。

　　天外天，有的世界没有水，到处都是赤色荒漠；有的世界没有陆地，只有灰蒙蒙的雾气；还有的表面冰冷，一瞬间就能够将人冻住；

有的又很热，连铁块都会被融化……

"赵中侯依旧不信任我吗？"褒姒又说了一遍，只是此时将"们"字给去掉。

赵州犹豫了一下："我只是不懂，为什么你们宁可附身在虫子上，都不愿意以人类面目见人。"

"那有何难？只是我怕一旦有了身体，就容易产生感情纠葛。"

赵州摇头："不为人身，终究并非同类。非我族类其心必异。"

"真是朴素的世界观……"

夜里赵州听到有人敲门。他手放在腰间短刀上，警惕地拉开一条缝儿，看到一名女子站在外面朝他看过来。两人双目相交，对方微微一笑。

"赵中侯，我找你来了。"

"褒姒？"

"不，民女叫采风，褒姒已经是过去。"

她自顾自推门而入，赵州无法抵挡。

在烛火的照射下，赵州看清了采风的真容。她绝算不上什么美人，一双眼睛太过英气，偏瘦，偏偏一双眼睛可以在柔情和决绝之间自如地切换，十几岁女孩子的身体里住着百年之前妖媚女人的魂魄。赵州猛地咬了咬舌尖，疼痛让他意识到自己并非做梦。那么采风到底算是什么？是女鬼，是妖女，还是某种魑魅？

采风只是伸了个懒腰："好困啊……有了身体就必须吃喝和睡觉，赵中侯，我睡哪儿？"

她懒懒看过来。

赵州指了指自己的床，将自己的被子抱起，走进客房。

9

自此周围街坊都知道，赵中侯家有了一个小娘子，那小娘子本是流民，楚国人，叫采风，孤身一人逃难到咸阳城。不知怎么的被赵中侯看重，摇身一变成了赵家人。大家都说采风真是走了大运了，同时又怀疑，是否赵中侯有什么怪癖，好端端的姑娘家，门当户对的小姐不选，偏偏找了一个这样的女子。

既说不上妩媚又算不上婀娜，也不知道赵中侯喜欢她哪一点。

总之，采风是赵中侯的人，这一点毋庸置疑。

"始皇到底是在冶炼什么？"赵州眼看日期将近，不由得焦急。

采风用手指捻着糖豆儿往嘴里塞，含糊不清道："一种天人之中很简单的工具，金人。"

"金人？"赵州顿时想到了黄金铸造。

"不是你想的那样，用金属即可，铜铁都行，最好是铁，不过现秦国铁产量有限，只有用铜来做主导。"采风若无其事道，"始皇是在融铜，造金人，用金人掘渠。"

"怎么可能！铜铁本是死物，如何让它掘渠？"

赵州立刻质疑。

"愚蠢的秦人。"

采风有了身体之后反而言语放松了很多，仿佛吃定了赵州不敢拿她怎么样一般——事实也的确如此。

赵州不由怒："天人又有多了不起，还不是没有男人的种族。"

这句话仿佛对采风是一个巨大打击，她糖豆儿也不吃了，气鼓鼓走到院子里。

赵州过去一看，吓了一大跳。

采风正在院子里的架子上挂了一尺白绫，踩着石墩正要把脖子往上挂。

"你干什么啊？"赵州一把将她抱下来。

"既然赵中侯嫌我们天人的样子烦，我就只有死了，死了才能够丢掉这具身体。"

这样啊？

说着她又要上吊。

赵州下意识地抱住她，不让她往石墩上走。两人纠缠了一会儿，累得采风气喘吁吁："野蛮的秦人！"

"抱歉，是我说错话……你别放在心上。"赵州不熟练地道歉着。

采风突然破涕为笑："难怪菜场大妈说，女人就是要会一哭二闹三上吊。"

赵州不由得头痛：天人一天都在学些什么东西？

一个小小插曲之后，采风认真道："赵州，拔出你的刀。"

赵州如她所愿。宫内卫士的刀材质考究，都是用精铁打造，比起军队里大多人使用的青铜器来说要硬朗很多，抗击打能力强，也要厚实一些。

采风用她纤细的手指抚摸着刀身，指头轻轻刮着刀刃："刀是武器，那么设想一下，这把刀变换了形态，变得有几丈长，还是武器吗？"

"那岂不是根本无法使用。"

"我只问是否是武器。"

"是。"

"那么这把刀可以变化成枪或者盾牌的形态，它还是武器吗？"

"也是。"

"那它变成一个人形，还是武器吗？"

"是……"

采风笑着将刀挽了个笨拙的花，差点剐到自己，赵州连忙将刀接过收回皮鞘。

"那不就结了。始皇在妹喜的帮助下要造的东西正是这样一个武器，重数百石，浑身由金属打造，妹喜控制它去挖掘水渠。"

虽然采风如此告诉了赵州，可当他真人看到那巨大的铜人时依旧产生了一种下意识的敬畏与震悚。

铜人高两丈五尺七，纯铜身体，双腿、双臂里混杂了精铁，是典型的秦人模样，长脸阔鼻。只是与赵州想的不太一样，铜人手肘、肩胛、颈部、胯、膝、脚踝等但凡是关节部位都有特殊的扭动金属机栝，似乎能够用这种方式如同真人一样活动全身。

一身紧衣的始皇得意道："赵州，寡人的金人力士如何？"

"壮哉！"赵州抱拳。

"寡人按照妹喜所说，绘制了一副复杂图形，汇聚咸阳城最好的工匠按图铸造了这一具金人力士，要去掘开水渠，给一众臣子看看我大秦的鬼斧神工之力！你看如何？"

"极好。"

"好，此事由你去办。这段日子你赶赴前线，寡人授你'百越掘渠尉'，负责秘密护送金人和妹喜，前往掘渠！即日出发！"

赵州只有领命。

看着眼前巨人，他不由心中忐忑，这东西真的能够掘渠吗？

10

开赴前线时赵州特意将采风化装成自己的亲兵随同自己出行，顺便介绍怎么使用金人力士。

"很简单，不用管，妹喜控制它就行。"采风用手稳了稳对她显得过大的头盔，低声说，"我天人一族原本就可以脱离躯壳，驱使百物，金人虽大，也只是耗费更多一些。"

赵州不由奇道："为何你们要如此帮助始皇？"

"他是一国之君，以一国之力来寻找适合我们的男子躯体总是要容易一些的。"采风淡淡地说。

赵州无法理解天人"无男胞"的痛苦，他脑子里只有一个很简单的念头："那你们没有男胞，怎么繁衍？"

"已经很多年没有子嗣了，现在天人一族，至少我一族只有我和妹喜，再无他人。"

采风露出有些难受的神色，让赵州很想抱抱她。

前方军尉突然紧急回报："报掘渠尉！前方出现百越人，数目在五百人，还请掘渠尉撤离！我等必定誓死保护掘渠尉安全！"

赵州摇摇头，拔出腰刀："所有人，举盾列阵！迎敌！传令兵，点火求援！"

他所带的秦军只有一百五十人，斥候十五名，剩余都是步卒与民夫，遭遇近五倍的袭击胜算极小。可纵然他成功逃走，始皇金人就落于敌手，这是始皇绝对无法容忍的事。

秦军毕竟是善战之兵，很快就列作圆阵，架起盾牌，将战车倒置用来延阻，被粗布包裹的金人长车给士卒围在中央。

赵州坐于马上，看得清楚，越人来者绝不止五百人，漫山遍野都是他们的旗号，越人身背弓箭，手持短刀和斧头，一个个面目狰狞，正眼神贪婪地看着这一小撮秦军。他们用斧头敲打着石头、劣质木盾牌，嘴里发出响亮的吆喝声，要用嘲讽和声势来瓦解秦军的抵抗之心。看此招并无太大作用，越人纷纷搭箭瞄准赵州营地。

"别担心，解开绳子，看妹喜的。"采风突然在他耳边说。

赵州犹豫了一下立刻让人解开绳子。

"看好了哦。"

采风一把将他从马上拉下来，蹲在地上。

此时突然天上闪过一道雷霆，惊雷炸响之后，原本平躺在地上的巨大金人突然双臂一动，支撑着自己站了起来，所有秦军、越人都目瞪口呆，下意识往后退，竟然都忘记了此时正是交战的双方。

金人一把抓起它原本躺在上面的那具长板车——这车为了能够承受它可怖的重量全部都由巨木拼造，外面包裹了铜皮，极为坚韧。

黄铜包裹的长车车板在金人手中变成了一根长兵器，它一步跨过脚下的秦军，一挥臂，来不及躲避的越人就被它打得身首异处，不少人上身直接给砸飞，看起来极为血腥。它就像是一具来自远古时代的巨灵神，挥舞着手中巨型兵器，在战场上肆虐。越人被飞溅的鲜血激发了凶性，嗷嗷叫着放箭，挥舞着锤子和斧头想要将金人给砸倒。

可是箭头射在金人身上毫无作用，尽数给弹开来，反而是金人手中的铜皮长车，就像是一根巨棒，每一下砸击和横扫都能够带起一阵凄厉惨叫。这种惨叫不断萦绕在战场上，让人越来越没有抵抗力，只剩本能的恐惧。

金人一把抓住一个爬上他腰部的越人，捏得骨肉碎裂，随意丢在地上，就像是对待一只微不足道的蚂蚁。

这已经不是战争，而是单方面的屠杀。

越人已经崩溃，他们没命地逃走，丢下盾牌与武器，就像是被老虎追逐的兔子，拼命地躲入树林子，没一会儿地上就只剩下一地残肢和吸饱鲜血的泥土。

此时，金人终于停下攻击，他将手中车板放在一旁，如同原本的姿势一样躺了下来，如果不是它浑身沾满血肉碎末，谁也不会想到之前他进行了一场恐怖屠杀。

秦军不是没见过战场的惨烈，可是见到如此天降神兵一样的巨灵神，一个个还是有些魂不附体，最明显的是斥候和赵州的马早就被吓得跑得不见了。

赵州强行让自己语气平和一点："所有人，打扫战场，修缮车子，盖住金人，做好拒马，原地扎营等待援军。"

让他惊讶的是，面对修罗地狱一般的沙场，采风脸上露出一种残酷的冷漠，仿佛根本不为所动。赵州想想也就明白了，这位可是曾经玩过烽火戏诸侯的戏码，大风大浪看多了。

援军抵达时领军将领大吃一惊，他生平打过很多次仗，却从未见过如此血腥残暴的场景。就仿佛是有一头巨大无匹的野兽在人群中猎杀造成的效果。

可他也谨记上司交代，来者是始皇亲派"掘渠尉"，凡事不要乱打听，配合就行。

赵州是夜里开始掘渠的，周围严禁通行。妹喜控制着金人，双臂前方十指被铁匠特意打磨得尖锐耐磨，金人挖水渠的速度极快，几个晚上不眠不休就已经有了初步成果。

结果出现了一件让赵州没想到的事。

越人开始不再顽强抵抗秦军，大多数越人都逃窜躲入了山林之中，主将赵佗颇为诧异，不过自然乘胜追击，已经形成了大胜之势。

唯有赵州一行明白，是金人造成的威势。

越人多居于山泽，生性野横，却也最害怕天降奇灾。在他们眼中，这无可战胜的金人就是天上神灵差使来帮助秦国人的，他们不敢抵抗也无法抵挡，只有逃走。

不过赵州依旧按照始皇叮嘱，将整个水渠彻底挖通之后才携带金人回到咸阳。

始皇让他将整个过程叙述给当朝几位中枢大臣，听到金人大发神威，丞相李斯目瞪口呆。可来自百越的前线战报恰好证明了金人的恐怖。无论是以一己之力击溃百越，还是后来一个人挖出一条水渠，都仿佛神话中的人物。

李斯当即奏请始皇，要求将目击者都控制住，禁止对外言论。

始皇深以为然，并且放下豪言，这只是第一个金人，等寡人十二金人在手，天下何处不能去！

此次再无人反对。

第二日朝堂上，始皇说出收敛天下铜铁制造十二金人，反对的都是中下层文武官员，以丞相李斯为首的一众核心却是强力支持始皇，结果毫无疑问。

轰轰烈烈的秦国十二金人计划开始。

各路军官开始疯狂寻找铜矿铁矿，由于军队供应不能断绝，最后只能将目标投向平民，以"禁武令"为借口，让全国普通百姓上交刀剑，平日没有武官官职不得携带铜铁兵器。

不明所以的百姓们纷纷偷偷议论，都说始皇帝疯了，害怕有人谋取江山，甚至开始收集铜铁避免造反。

最高兴的是六国遗老，不遗余力地散布流言，想要让百姓减少对于始皇的归属。

有了金人的始皇对他们不屑一顾。

绝对的武力之下，**魑魅魍魉**毫无作用。

11

赵州和采风成亲了。

这事之前赵州自己都觉奇妙，为什么自己会和一位劣迹斑斑的天人成亲？他只是有一天说，你这么一直待在我这里，对你流言蜚语不太好——他的思维依旧是对于秦国女子的看法。

采风就道："好办，不如成亲吧？"

赵州不知道该怎么拒绝。

一日日相处之下，赵州发现自己对于天人的厌倦不断在淡化。天人的金人帮助秦国击溃百越，金人仿佛古代智者一样无所不知，采风虽然不算是特别漂亮，可是有一股子让人无法拒绝的魅力。聪慧的采风与赵州所见的其他女子都截然不同。那是一种超越了肉体欲望的欣赏与青睐，他看着对方的眼睛，明白自己真的想要和她长久生活在一起。

想来想去，赵州将她带去见父母。

父亲赵信仔细看了看他儿媳，单独对赵州道，内媚女子。

赵州沉默。

"去吧，我明白了。"赵信道。

采风成亲前后没有变化，依旧很喜欢吃糖豆儿，一旦气急就想要去上吊，除此之外还尝试过服毒、投水、用头撞墙，好在赵州都及时发现将她制止。

原因往往是很简单的鸡毛蒜皮。

比如说不小心手被针扎了痛得想死，路上被隔壁老伯倚老卖老训斥生气，天气太热，水太凉，吃得太多肚子胀气难受……她每次都气呼呼地想要用死来脱离身体，唯有这时候赵州才能确定她的确不是人间女子。采风很容易生气，不习惯如同劣质宽戏服一般挂在自己身上的女性躯体，知觉敏感，只有活得太过自由的人才会天天被这些烦琐困扰。

赵州不得不学会了女工，给她缝补袜子；给她做了一副棉耳塞，让她看到那些讨厌的人戴上；给她烧热水，她肚子胀气帮她按摩小腹；给她唱歌儿解闷。

有时候赵州都不清楚，是否自己真的爱上了眼前女子。

也许采风自己也同样无法弄清吧。

一天采风突然很难过地说："妹喜死了。"

赵州以为她是玩笑话："也是被始皇气的吗？"

"是真的死了啊。"

采风眼里眼泪不停流出来，她一下子就大哭起来："现在只有我一个人了……"

路过的隔壁老伯听到女人哭声，不由心中甚慰，公车令大人终于知道管教妇人了。

赵州给她轻轻擦拭眼泪，越擦越多，最后他只能够将她抱在怀里，轻轻拍打着她的后背。采风如同小女孩一般缩在他怀里，坐在他腿上，双手挂在他脖子上。

"她死了……我不知道怎么办。"

至于妹喜是怎么死的，采风也不清楚。两人都在咸阳城，很容易就能够互相谈话，可她近来一直联系不上妹喜，在不需要躯体的天人一族中，这就是死亡的标志，以前天人同伴不断失联，正是一个个死去。

"我不知道……"采风双眼充满迷茫。

就赵州这一两年和采风同居，他得知了很多天人的秘密。天人算是一个巨大的类别，就像是人类，人中有秦人、六国之人、百越之人、海外之民、匈奴人、西戎人……采风她们一族正是天人之中的一个小种族，她们原本有不少人，可是抵达这方世界之后"船"坏了，再也无法启动，因而大家不得不离开船，发现这一片世界有不少生命。

她们有的附着于昆虫，有的控制了猛禽，不少被山民称之为"山神""山鬼"。然而在船内几乎长生不死的族人进入这一方世界后却在不断死去，这个过程完全无法控制，也不可逆转。众人十分惶恐，此时才发现了一个族内更大的问题——她们只有一个性别，按照这方世界的判断，都是女性。族群缓慢在缩减着，虽然比起这方世界的人要长寿太多，可是众人依旧充满紧迫感与焦虑。随着族群衰弱，采风一族的能力也变得越来越虚弱。

于是大家分开来，寻找着延续种族的方法。

最初不少人都有类似的打算，附着在这方世界的女性身上，通过和本土男人通婚繁衍，可她们很快发现，一旦占据了女性躯体就失去了繁衍能力，而男性躯壳她们根本无法附着。采风和妹喜两姐妹则是一直抵达了中原，从夏朝到今天，一直都在不断尝试。前不久她们找到了六国遗民中的方士，方士得知她们神通广大的能力后，立即主动请缨帮助她们寻找"男性躯壳"。

继而方士们自行开始寻找童子让她们尝试附体，结果每次都失败，杀死童子灭口，让妹喜和采风不忍。

妹喜还有另一个同步进行的计划，她将目标早早瞄准了秦国国君始皇帝。始皇帝能够调用一国之力，必定能够给予巨大帮助。

这也是为何妹喜不断讨好始皇的原因，始皇需要她作为智囊，妹喜更需要始皇调用天下人力寻找适合她们一族的男胞身体，延续种族。

可是突然之间，妹喜就不见了。

只有一个可能，她死了。

采风一整天都恢恢的，浑身无力地躺在赵州怀里，就像被遗弃的小猫。赵州抱着她，一动不动，等她睡着后，自己身体已经完全麻痹，手指惨白，手臂都失去了知觉。

第二日采风稍微好了一些，说起了妹喜失踪之前的情况。

"始皇问她，要怎样操控两具金人，妹喜就说，需要再找到一个族人……她一直没有告诉秦王我的存在。"采风回忆过往，咬着嘴唇，"我们一族虽然形态奇特，可是操控金人消耗也是极大的……那次金人附体之后妹喜休息了很久才稍微恢复过来。"

"明白，我去面见始皇打听一下，你不要担心，等我消息。"

采风看着他，点点头。

"不准寻死。"赵州一再叮嘱。

"不会的，现在我只有你了。"采风有些伤感地说，"我又能去哪儿呢？"

赵州吻了吻她额头。

"近来你身体有恙，恢复如何？"

始皇倒是很精神。

这些年他头发逐渐花白，胡须也不如以前那般坚挺，不过一国之君的气势犹在，加上连番南征北战获胜，个人声望进入另一个巅峰。

赵州谎称疾病，说害怕传染他人才请了一段假，实则是回家照顾情绪低落的采风。

"多谢陛下关心，已经痊愈。"

始皇突然露出一个有些怪异的笑脸："赵州，寡人之前完成了一项壮举。"

他看了看周围，屏退周围侍女和卫士，让赵州跟着他走向一处院子。在院子里始皇钻入一个洞口，洞口处有士兵守卫，赵州朝他点点头，对方面无表情。

一路沿着石板路斜坡往下，有挂在墙壁上的油灯照明，倒也看得清路。

始皇步伐轻快，似乎心情极好。

最后他走到里头，有一具长几丈的巨大青铜棺材放在洞窟深处，棺椁严丝合缝，工艺极佳。在棺椁外还有一根根极为细小的铁索，密密麻麻的以网状将青铜棺椁捆了起来。

始皇指了指棺材："妹喜就在里头。"

虽然早就料到这种可能，赵州依旧极为惊讶。

"天人一族，向来倨傲，来去无影，实在是个心腹大患。竟然想要让寡人帮她全天下寻找适合的男人，简直岂有此理！"始皇冷哼一声，"为大秦做事尊她一声先生，还真以为可以随意指挥寡人了？"

赵州无言。

"你可知寡人是如何将她封锁在这具锁妖棺中的？"

始皇兴高采烈地讲述起来，他的笑容在昏暗斑驳的灯光下一半红色一半黑色，无比妖异。

12

始皇请教了一位奇人方士徐福，徐福得知始皇遭遇天人时大惊，说陛下万万当心，天人一族其心诡异。据徐福所说，他曾遇见过天人，天人属妖女，妖女最擅蛊惑男人，违背伦理，差点让徐福着了道。徐福发现天人不惧火烧、水淹、击打、穿刺，她们如同鬼魅，可附身于虫豸走兽，也可附体于女子身上，就是无法附身男子。以他来看，是由于男子阳气足，导致天生属阴的天女无法夺舍。

徐福自从遭遇天女之后，一生以斩妖除魔、破除天女蛊惑为己任。随着他不断摸索，终于掌握了一套真正可以封锁、控制天女的手段，将不少天女都给封印了起来，让很多人对他感恩戴德。

原本始皇也对妺喜极为忌惮，金人过于强悍远超始皇估算，一旦妺喜突然发难，自己也有生命危险。因而他一直在尝试用各种方式笼络妺喜，可妺喜似乎无欲无求，只想要让始皇帮她全天下寻找"特殊男性"，至于具体是怎样的特征，妺喜自己也说不上来，令始皇更是不快。曾经一度妺喜听从始皇的意见附身在一名宫女身上，可始皇想要行鱼水之欢的念头让妺喜迅速自尽，再次回复了原本的样子。

两人之间裂缝越来越大。

妺喜坚持。

始皇生性霸道，不为己所用不如毁掉。

况且金人制法他已清楚。

于是始皇开始变着法儿请教妺喜，如何能够控制金人，妺喜助他做了一个能够与金人发生感应的金箔片，上面刻了各种细纹路。所谓控制之法就是用手指在纹路上轻轻滑动，金人就能够做出相应动作——虽然没有妺喜控制那么灵活，不过也足够。妺喜让始皇记得将金人暴露在太阳之下，金人会吸收太阳之热作为动力，不用时不要随便操控，避免损耗。

为了掩饰，始皇让玉匠将金箔镶在玉玺上。自此，他玉玺从不离身。

既然金人控制之法已经得手，始皇有信心，大秦能人辈出，必定可以依照这具金人找出其中秘密，继而获得一支金人军团！

若是能够得到这样一支强军，大秦所到之处，必定无敌！

正所谓鸟尽弓藏，不被控制的天女妹喜就变成了始皇的眼中钉。

在徐福的帮助下，始皇建造了一个巨大铜棺，盖上盖子之后没有一点缝隙，用徐福的话说，这是他摸索了千万次才总结出的封印之法。天女属木，生生不绝，寿命绵长，因而需要金来克制，并且金还得是完全封闭住，不能有一点空隙，让她无形之体无法逃走。因而始皇借故让妹喜进入金人体内，躺在棺材之中，说是做一个检验，接着士兵们迅速关闭了铜棺，又依照徐福所说在外面用铜水彻底封住缝隙。徐福怕不保险还制造了一种极细小的铁索，上千根铁索呈网状将她封闭在棺材内，如同一张巨大铁网罩。

果然，轻微挣扎了一番之后妹喜就没了动静。

徐福成功控制住了天人妹喜！

始皇大喜过望，封徐福为御医、天师。

始皇已经决定了，继续寻找天人，此次一定要做好准备，要么成为始皇的妃子，要么成为臣子，不可让其僭越。按他所想，之前是东巡时遇上了天女，不妨继续东巡，必定能有收获。

得意地对赵州叙述了自己的计划，始皇看着有些发蒙的近身武官："如何？"

赵州赶紧收敛心神："陛下神武！"

始皇大笑，轻蔑地看了一眼铜棺。

折返之后赵州犹豫再三，还是将妹喜被封一事告诉了采风。

采风听得双眼都要冒出火来："秦国皇帝简直是小人！妹喜帮了他那么多，他竟然……"

赵州很为难。

不过转瞬采风又冷笑："他以为天人有那么多？让他试试就知道了。"

看着妻子冰冷的脸，赵州不免担忧。

一边是天人妻子，一边是违背礼义的君王，他实在不知该向着哪一方。

不久之后，始皇果然连续四次东巡，赵州作为随身武官陪同。四次，都没有任何结果。

不少臣子都认为始皇要一展威风，只有赵州明白始皇真正的目的是想要模仿与妹喜的那一次邂逅。

就如同采风所说，他一无所获。

始皇变得越来越暴躁，常常由于一丁点儿事就重重责杖，面对他，连丞相李斯都如履薄冰。面对赵州，始皇也少有好脸色。始皇开始不断宠信妃子，秦国到处大选民女，可是每一个他似乎都不满意，站在门外的赵州已经习惯了始皇粗重喘息之后的"滚""给我滚出去"。

很多事，只有失去之后才知道当初多么珍贵。

或许妹喜还没死，可始皇已经失去了妹喜。

他不敢再次开启那具青铜棺。

始皇的想法变得越来越古怪，他提前打造自己陪葬的人俑，弄出一整支浩浩荡荡的军队，纵然身死之后也要带兵征讨另一个世界，他将所有期待都寄托在徐福身上，让他去寻找"仙山"——其实是去海外寻找天女。为了能够表示诚意，他让徐福带去童男童女，让天女能够尝试附体。徐福领命出海，再无踪影。

愤怒的始皇坑杀了众多术士，说他们妖言惑众。赵州明白，这是他对徐福的愤恨。他也曾想过，如果陛下没有遇见徐福，会不会更好一些？

　　这一年第五次出巡。

　　赵州离去前再三确认妻子采风情绪稳定。虽然采风因一直不能生育而遭受诟病，赵州始终对她情感不变，采风真正迷人的并非她的肉体——有一个心有灵犀的妻子感受极为奇妙。双方总是很默契，采风依旧天真烂漫，宛如少女，她会对赵州讲很多奇奇怪怪的故事，一个个球状世界，天外天的银河，还有那些巨大的、黑暗中的恐惧。采风告诉他，她会等他死后才离开他。

　　目送赵州离去，采风叹了口气，神色复杂，走到屋内，关上门。

　　屋外的赵州仿佛感应到什么一样回首，只看到闭合的朱红大门。

13

　　沙丘宫原本属于赵国，在此处曾经发生过沙丘之变，是为不祥。

　　可始皇执意要以此作为行宫，暂时在沙丘宫停留。

　　赵州照例站在门外守卫，他如今已然习惯，也不像最初那般拘谨，不敢动弹，只是随时提防着各种动静。

　　"赵大人，给始皇的药。"

　　医官手端木托盘慢慢走到门口。

　　赵州点头："还请验药。"

　　医官从托盘上拿起勺子舀了一勺，吞入嘴里。半晌没有任何问题，他将勺子收入怀里，剩余的一个勺子是始皇所用。

　　"进去吧。"

　　赵州侧身让过。

始皇毕竟上了岁数，各种病痛越来越严重，需要药物治愈。可不知为何，赵州总是觉得隐隐不安，他又叫住医官，医官停步。赵州将他上下打量了一番，又伸手在他身上搜了搜，只找到之前那把勺子——医官进来之前已在外被搜身过一次。人也没错，的确是一路随行的宫中医官。

"去吧。"

赵州摇摇头。目送医官入内，他之前的不安却没有丝毫减弱，反而他发现自己搜身时似乎遗忘了什么……是什么呢？

看来自己最近过于紧张。

六国遗老已经被始皇一一镇压，北征南战让子民归心，如今最大的问题就在于国库还相对孱弱，只要控制好百越出海口一切都将迎刃而解。

良久，赵州都没有听到里头有声响传出，他猛地推开门："陛下！"

眼前始皇已经半躺在地上，背靠椅子，张大嘴，一双眼里都是惊恐。

"妹喜……妹……"

医官则坐在椅子上，一双眼睛极为平静："前来送始皇上路。"

始皇口吐血沫，不停咳嗽，犹如风中残烛。赵州将他扶起时发现始皇呼吸已经停止，立刻大喝呼救。他愤怒地盯着眼前弑君者："大胆！你罪该万死！"

医官看着赵州，嘴角溢血："我们本就是一群濒死之人，不过是徒然挣扎罢了。"

赵州突然想到了什么一样，睁大眼。

此时赶来的士卒围成了一圈，赵州挥了挥手，示意不要上前。

他一把抓住医官的领子，双眼凶恶，低沉的声音却无比复杂："采风，你为什么不听话……"

没有什么能够阻拦一个男人认出自己的妻子。哪怕她换了一具奇怪的身体，她习惯的姿态，她的眼神都那么熟悉，之前赵州就觉得哪里不对。

"可是你为什么……你们不是不能附在男人身上吗？"

赵州瞄到丞相李斯已经急匆匆赶来。

"是啊，这一具并不是男人身体。"

采风笑。

赵州终于想起自己为什么搜身时觉得不妥。医官下体触感有恙，是一具阉人的身体！她设法将医官变成了阉人。验药时她先喝下毒药，然后给始皇服下，如此而已。

"我在家里等你。"

说罢，采风软软靠在椅子上，再也不动。

"关门！所有人不准动。"丞相李斯森然道。

"……整个过程就是如此。"

赵州将自己所见一五一十描述，只是略去了采风最后的话。

李斯微微皱眉："公车令，此事事关重大，还请你保密，否则国家动乱，你我都是罪人。"

"下官明白。"

"多谢公车令深明大义……"

就在李斯话才落下之时，两道利刃将毫无防备的赵州砍倒在地，他还未说出一个字就被官兵砍下了头颅。

"公车令赵州，英勇保卫始皇不幸被刺客所杀，始皇受惊，不见客，回朝，传公子扶苏、蒙恬，不得回朝，另传信于二公子胡亥……"

李斯从赵州无头尸身前走过，有条不紊地发布命令。

另一头，回到咸阳城的采风在流民中换了一具女性身体，比起以前的采风要丰腴一些。她将自己梳妆打扮一番，懒懒倚着门等待丈夫归来。

她想，他大概很生我的气。

采风用木梳轻轻梳着柔顺的长发，看着咸阳城缓缓落下的暗红太阳。

她不想去想族群繁衍大事，也不再介意自己的天人之身，不再去考虑天外天的诸多星球、世界、银河，她哪儿也不去，只想以赵州妻子的身份和他过完短暂的一生。

他会原谅我，我要漂漂亮亮的。

采风看着来来往往的人，用悠扬的调子哼唱起赵州教她的歌儿。

采采卷耳，不盈顷筐。嗟我怀人，置彼周行。

…………

月球，出战

1

"哈里，其他什么我都可以给你，我爱死你了。但这个不行，不行。你知道，每一个新教授都是固定的，你做出的贡献大家看在眼里，不过武器研究方向今年院里还是没有名额，我只能保证给你一张申请表，看能不能碰巧……抱歉，哈里。"

哈里对面前大腹便便的院长爆发怒火："世上没有碰巧。查尔斯，三年之后又三年，三年之后再三年，都十年了。凭什么，凭什么我没有资格！"

查尔斯院长示意他坐下来慢慢谈："哈里，你错了。我和你有仇吗？没有。我欣赏你，你是一个真正认真投入的人，一个武器研究专家。我们都喜欢樱桃小饼干，以及学院对面的咖啡，这叫什么，志同道合。我没有道理阻止你，哈里。可时代不同了，每个艺术从业者都希望回到文艺复兴时期。哈里老弟，你生不逢时，战争已经过去很久了。"

哈里从纸袋里翻出厚厚的论文，用尽量平静的语气说："帮我把这个递上去，你知道的，战争不会结束，世界上还有两个人，就会有战争。"

查尔斯耸耸肩："没错。只是文明时代，大家更喜欢在经济上战胜对手，所以每年的经济学教授名额最多。时代需求，没法子的事。"

他推开椅子，走到哈里身边，拍了拍对方肩膀："不必灰心。工作还要继续，如果你愿意，我可以帮你转到机械与自动化系。或者，天文系？似乎有点远。你知道，最近开发月球遗迹，很火的，换个身份，机会就会大很多。"

哈里收起纸袋，深吸一口气："抱歉，我只是没法控制我这脾气。"

"没事儿。"院长搓了搓手说，"这就对了，牢骚之后还得往前看。你就像矮人铁匠，脾气火爆，技艺高超。出门时帮我叫下一个。"

哈里急匆匆下楼，他才没工夫去看另一张愤怒的脸。要不是，他得去接儿子埃尔文回家，绝对会再同这个老官僚理论一番。去他的，去他的矮人铁匠。

哈里在联邦科技学院任副教授，专业方向是武器原理与应用，如今冷门，该专业就他一个老师。虽然每天上课的没几个人，可是毕竟课数在那儿，比起其他教师，反而忙碌得多。也是这个理由，所以儿子埃尔文在寄读学校念书，每周才回家一次过周末。今天妻子要办画展，于是拜托他去接孩子，这是上一周就说好的事情。可哈里一想到评职称再次无望就怒火冲头，与老查尔斯吵了大半天，竟把这事完全忘了。

他赶到寄宿学校时校车都已经出校，问了老师，告诉他说没有看到埃尔文。打儿子电话，没人接。哈里顿时懵了，他在学校里翻来覆去地找。埃尔文是个乖孩子，从来不让人担心，可越是乖孩子，来点什么就越让人六神无主。对了，他有可能到艾丽那儿去，以前都是艾丽接他。于是他打电话过去，支支吾吾说了这事。

"哈里，你是不是以为埃尔文凭借几支铅笔就可以保护自己，与那些野狗、醉汉搏斗？你甚至没有教过他怎么应对危险。"

"是我的错，对不起，可是……"

艾丽将电话挂断。

就在哈里准备摔电话时，艾丽又打了回来："你在学校继续找。调监控，我去看看他有没有回家。"

哈里不敢反驳。在将学校再翻过来一次后，他决定沿街去找。八岁大的孩子，如果既没有回家，又不在学校，一定是在街上游荡——哈里那个年纪就是这么干的。走来走去，没有看到埃尔文，哈里又回到了办公室。天地良心，他真没想过回去加班，也许是这条路过于熟悉，下意识就上了楼。

"爸。我把手机忘在宿舍里了。"

将背包抱在怀里、穿蓝色外套的小埃尔文靠在他办公室紧闭的门上，朝他打招呼。

回去的路上，埃尔文一直给他讲他今天赢的足球比赛，他以一个替补的身份踢进了两个球。哈里无意识应答着，脑子里却想着事情为什么会变成这样。

埃尔文说："从没来过爸爸的办公室，今天不想上素描课就提前过来看一看。一个叔叔帮我给你打电话，他说'该死，你爸又不听电话'。最后他走了，你来了。"

哈里翻开手机，的确有同事的未接来电。他当时不是在查尔斯办公室就是在同艾丽争吵。

他打开车门，儿子从上面滑出来。然后他看到脸色不善的妻子朝儿子跑来。

哈里对小埃尔文低声说："别说你逃课的事。"

2

艾丽在教孩子画画，作为一名艺术学院老师，她一向不喜欢约束埃尔文，让他放手画，不必在乎那些他爸爸说的"最简原则""物理对称与逻辑"。

埃尔文画了一个大圆，里头填充一些大小圆圈。他对爸爸说："这是披萨。"哈里却说不对，翻出一张近期太阳系照片指给他说："这是月球。"

"月球遭受了很多陨石与彗星撞击，所以表面有很多凹陷处，看起来就像一个个被圆铁球砸过留下的疤痕。埃尔文，你可以在上面再画几笔，这就是月球的遗迹。"

哈里指向照片上的月球，肉眼可见，上头有一块巨大的长条，就像一块印章。

"月球的遗迹？后面那颗有数字的星星是什么？"

艾丽皱眉："别捣乱，让埃尔文好好画。"

"我只是讲事实。"哈里分辩，"那是超大型彗星阿尔法2033，两年前进入的太阳系，速度极快，对，是以那一年命名。分析运动轨迹后，研究者判断，它极有可能如哈雷彗星一般从地球身边滑过。考虑到它如此巨大，轻微偏离就会造成巨大影响，于是开始有专人监控。再回到月球轨迹上来，也是那年，月球经历一次大风暴后，一个地下遗迹显露出来，形如巨型广场，旁边还有起落架、防护层之类的设备，大多数都已经损坏。月球原本是一个居住地的说法被再次提及。研究组到了那里，带回来了那里唯一的可移动的物体。猜猜是什么？"

埃尔文睁大眼睛："兔子？"

"是黑贝壳。外形至少如此，橄榄球大小，平坦椭圆，光滑，研究人员认为这是一个零件或者磨具。你知道我怎么想的吗？"

埃尔文大喊："武器。"

"没错。如果基地里必须配备一件可移动装备，那么首选就是武器。"

"够了。"艾丽催促，"再不出发，电影院都该关门了。"

哈里却想到，教授的大门对自己大概已经关上了。

"爸，给我再讲讲月亮人的事。"

"埃尔文，不确定的事情就不能下结论。月亮上是有遗迹，并不能说上头就有智慧生物生存。当然，这种可能性的确很大。"哈里对儿子解释，"以前有个关于月球的难题，遭遇撞击时，月球会发出空心铁球一般的回响声。这次如果能够有突破，或者两者会有关联。"

埃尔文说："月亮人就住在月亮里，里头全是房子。"

"不，月亮内核温度极高，生物很难生存……"

"你们两个，给我换衣服！"

送儿子回到寄宿学校后，艾丽没给哈里好脸色看。哈里明白，他成天关注他的教学、研究、职称，对家里实在太少关注，这次事件变成了一个引爆点。他想解释一番，可问题来了，他说不出口。

对于一个副教授来说，追求教授头衔有什么错？更为重要的一点，他为引以为豪的事业耗费无数时光。艾丽很多次都问他："哈里，别管头衔了，副教授和教授差别就有那么大吗？"哈里说："相信我，再给我一点点时间。"

说到后来他自己都没有十足的勇气，可是如果现在放弃，那么十多年的努力和在家庭方面的牺牲就显得毫无用处。这已经不是单纯一个职称问题，哈里非得当上教授不可。

他找到了隔壁一位生物系的同事，也就是上次曾打自己电话却没接通的那位。

"……就是这样，所以请给我一点有趣的东西，可以让女士回心转意，让小孩高兴起来的东西。"

同事手中的试管摇个不停："哈里，我不是魔术师，没有那种东西。我是研究生物杂交与后代基因变化的，不是婚恋公司的业务员，好吗？"

"看在我职称申请又被打回来的份上！"

同事停下手中的试管，说："好吧。"

哈里在生物实验室最后挑走了一株荧光玫瑰，借了一只长耳、会随音乐《蓝色多瑙河》起舞的狐猴。他总算有了一点点信心。

3

餐厅选在离科技学院不过半条街的位置，这里有特殊含义。单身时的哈里常常在这里解决用餐问题，直到有一天遇见坐在里头画画的艾丽。第一次见面，第一次约会，理所当然，也变成了结婚纪念日的上佳地点。

他今天一身正装，头发三七分，系领结，发亮的黑皮鞋。侍者问是否需要点菜，哈里说暂时不用。然后他看向洗手间方向。

旁边的乐队问是否需要现在演奏，他说再等等，将小狐猴放在身边。侍者提醒他，按照规矩餐厅里不能携带宠物，包间里也不行。哈里不耐烦地塞给了他五倍的小费，侍者闭上了嘴。

玫瑰、美酒、烛光、音乐以及会跳舞的小天使。东西齐了。

哈里摸出嗡嗡叫的电话——自从前天出了事，他就一直很专注电话的每一个响动。

"哈里老弟，好消息……"

哈里听完电话，脸色变化个不停。又有一条短信发过来，是儿子：爸，结婚纪念日快乐！

放下手机后，他有些焦躁地拉了拉领口，看到门口依旧没出现艾丽的影子——她才出去两分钟。他喝下一整杯餐前酒，站起来对乐队领头说："我有一件非常重要的事情不得不去做，一会儿马上回来，帮我转告同桌女士。这个，也代我交给她。我回来之前，哪儿也别去，给她演奏她想听的一切，能做到吗？"

"能。"

"很好。"

哈里将准备给妻子戴上的项链留下，然后飞快地朝楼下跑去。从洗手间出来的艾丽看到他离开的背影，叹了口气，轻轻转动手指上的戒指。

哈里一路奔跑，来到院长查尔斯的办公室。

"幸运星，你终于来了。要不要喝点酒，待会儿要去见大人物，你需要镇定。"

老查尔斯指了指书柜上的酒杯。

"查尔斯，今天是我结婚纪念日，有话快说。"

"吉日。"老查尔斯点点头，"知道月球遗迹吧。联合成立的月球遗迹勘探及研究小组，里头都是大名鼎鼎的学术人物。你教授头衔的事情，要落在他们身上。"

"到底是怎么回事？"

查尔斯正色："研究组怀疑，月球遗迹是一处武器库。需要你的专业支援。现在就动身，他们需要立即听听你的意见。"

当被送到联合研究小组所在酒店时，哈里知道这事时间短不了。

更糟糕的是，电子设备都被门口护卫无情没收。查尔斯也是如此。

房间大概有三百平方米，三十多位科学工作者都朝他看过来，哈里发现里头大都是物理、材料学、天文学、机械等领域鼎鼎有名的人物。久违的被重视的感觉喷涌而出，这让哈里心中激荡。

领袖模样的中年人与他握手："你好，我是研究组组长泰勒。哈里博士，你是如今为数不多的研究武器原理的专家，我们希望听听你对月球遗迹的看法，包括这个东西在内。"

哈里看了看放在桌子中央的水晶盒，里头盛放的正是那枚从月球上发现的"大贝壳"。他吞了吞唾沫，迅速调整状态："我需要更多的数据。"

有人将一摞厚厚的资料放在他面前。

"自月球遗迹发现日，到今天为止的所有发现成果，研究的原始数据都在这里。图片太多，就放在电脑上，请过目。"

4

哈里待在研究组感受到了一股莫名紧张的气氛。没人和他提及，而老查尔斯完成给他领路的任务后就离开了，他无人可以交谈。不过至少研究组表示了，一定会尽力帮忙解决他的职称问题。哈里和以往一样，兢兢业业干自己该干的活儿。

小组领导泰勒找到了他。

"哈里博士，你给了我们很多启发性的建议，我觉得你能够帮助我们。我现在正式邀请你加入我们小组。加入小组，你就能够得到更多更高级别的信息，不过也需要遵守保密原则。"

哈里答应了。

"那好，我现在说的话，请你一定要认真听。哈里，月球遗迹的研究关系到地球的未来。很多证据表示，月球比地球诞生时间还早，表面经历过很多冲击，以前面积大得多，拥有比地球多的历史不足为奇。密码与语言学家基本破译，月球遗迹上的残余图案和符号可以证明，月球上很有可能拥有惊人武器，就在遗迹之下。

"一个月前观察站发回最新绝密数据，土星旁的超大彗星阿尔法 2033 运行轨道调整，预计会与地球撞击，无法避免。到时候地球将变成死地，海洋蒸发成气流，又反过来提升温度，没有奇迹的话，地球的人类纪元将结束。"

哈里半天没有反应过来。

对方苦笑："是不是觉得像电影，我也希望，我们所有人都希望。阿尔法 2033 体积过于庞大，哈雷彗星比起它来不过是个小不点儿。已经模拟尝试过上百次，空中力量无法将这颗彗星击碎。

"我们也想过逃亡宇宙。可真计划起来根本行不通，首先一点，我们根本没有建造超大航空要塞的技术基础。第二点是食物与水源储备，彗星撞击后，气温升高到 100℃ 以上，这个时间至少会持续上百年。时间太紧，我们逃不了，也没法在宇宙里活下去，各国首脑已经统一战略，坚守地球。

"有人注意到，月球遗迹和彗星同时出现。过去时间里遗迹从没显露过，这不得不让人去考虑是否属于我们的一线生机。

"看到遗迹位置的表面了吗？那块位置也曾被巨型陨石撞击过，周围土地却呈现流状，本身毫发无损。里面的东西、材料一定会对我们有用，这一点已经是我们的共识。小组还有一个名字，叫'全球联合应急研讨办公室'，全世界有三个，我们着手最早。因此月球发现的控制器在我们这里。你现在是我们的人了，为了避免引起恐慌，请从现在开始一切保密。"

哈里浑浑噩噩地点头。

哈里拿回手机时，上头已经满是未接电话。打过去，妻子关机。他一路开夜车回家，路上还被交警拦截，警告他超速。打开家门，里头却没有人，冷冷清清，一片黑暗。

哈里出门，再开门，还是没看见人。他坐在地板上，将冰箱里的酒喝了个干净。哈里自言自语："我的确不对，可的确是有天大的事情。你要听我解释，艾丽，听我解释。我的教授职称有希望了，我们可以好好过结婚纪念日，不再加班了。对不起，对不起。"

哈里睡不着，一路步行，迷迷糊糊又回到了办公室。一狠心，既然回来，那就做能做的事。他用力将桌子上的书全部掀翻在地，然后翻出一张白纸，在上面写下：月球武器库？

今天虽然被请过去，但主角不是他，依旧是以天文、物理、材料学研究者为主，哈里只是根据他们的成果提出一些假想。所谓月球遗迹其实从空中看是一块方形区域，表层含高强度钛合金，下面更有未知材料填充物，中央一个小小的凹陷台，里头是被放置在黏稠透明液体中的贝壳——取出贝壳后液体就消失了，这点是不得不提的遗憾。两年前的发掘成果，到今天依旧没什么突破，也没能够找到其他类似区域。月球上无法大规模施工，当地并未找到能够直接利用的能源，这是个主要原因。

看起来，似乎像在月球上建了个巨型足球场。

武器库猜想，除去符号分析外，也是由于在"足球场"边沿附近有大量的融化、晶化现象，通过实验表明这是瞬间高温造成的，而造成瞬间高温的，第一个设想是武器。听到这里，哈里差点忍不住嘲笑这一群外行。武器，并不是用来造成规模性破坏的工具，武器的创造仅仅是为了解除对方武装，因此越是高级武器，越会控制能量，精准致命。如电影里那般，星球战场上机枪不要命地喷射子弹、导弹激光横飞的事情，是不大可能出现的。按照他本人的考虑，这里更像是一个大型机场。

前一个问题还没解决，另一个问题又随之而来。被放置在中央位置的贝壳，作用怎么看都像控制器。无论足球场是升降机还是武器库，显然先解决贝壳问题，更能够靠近上个问题的核心。

椭圆形，光滑，不明，看起来有些像那些不辨真假影像中的缩小UFO。如果UFO都是这样的东西，然后以月球作为基地往返，目的是什么呢，这东西只是一个模型、指令？还是仅仅类似于纪念品？自己竟然傻傻地抛下妻子，以为能够拯救地球……

哈里觉得自己的确醉了，脑子里的东西已经毫无逻辑。他看了看手机，无人打来，他又给妻子打了一遍，关机。哈里闭上了眼。

5

时间一天天过去，研究组夜以继日地攻关。与此同时哈里也闻到了，空气中弥漫着的焦躁不安与恐惧。小组里不断有人高声叫骂，辩论变为指责、互相攻击。哈里感觉自己能够起到的作用越来越小，高层次武器的，结构与原理很难设想。

他回去过几次，都没有遇见妻子。儿子偷偷给他打电话，让他不要担心，妈妈虽然还在生气，但是也很担心他。哈里想给艾丽打电话，却又放弃了，他不知道该怎么说，说我正在完成一个不可能的任务，所以没时间来道歉？

他翻阅一本一本文献，希望能够在里面获得启示。每次休息时间哈里会看看窗外，外面世界似乎变化很小，大家还在快乐地享受文明。已经是十二月底，冬季比以前任何一年都要冷，看着窗外堆雪人的小孩，哈里突然想到了埃尔文。他答应过陪他画画、练射门，也许永远没有机会了。自己向来不是一个合格的丈夫、父亲，也没有拯救地球的能力，最后他决心陪在他们身边，黑暗时刻，至少能够握住他们的手。

哈里找到了泰勒："我想回去。"

泰勒抬起血红双眼说："我们已经到了关键时刻，生死攸关，哈里。你是我们的重要伙伴，怎么能够在这时候放弃？半个月，我们只剩半个月的时间。"

哈里说："我已经无法做出贡献。我想回去看看，快过圣诞节了。"

对方沉默了很久，说："如果是半个月前，我会叫人把你给关起来，直到末日。不过反正已经离开了不少人……算了吧。再见，圣诞快乐，哈里。"

哈里没有说话，道了声谢，低头匆匆出门。

当他出现在寄宿学校时，埃尔文很兴奋。他向同学们介绍："这是我爸爸，武器大师，什么武器他都知道呢。"哈里抱起埃尔文坐上车，小男孩已经增重了不少了，也高了，小孩长得很快。路上埃尔文不停问是不是有秘密武器要出现。他一直坚信，父亲是去做了不起的大事，所以才会撇下他和母亲。

艾丽没有给他好脸色，哈里并不解释，陪她做饭、洗碗，一起看肥皂剧。最后艾丽说："我还是很生气，真的很生气。"

哈里说："我不要教授职称了。"

艾丽摸摸丈夫的头，有些吃惊："你怎么了？"

哈里尴尬一笑："只是想在你们身边久一点。"

妻子拉住丈夫，轻轻地说："我知道你一直想要达到目标，可是也别太勉强。不止是工作需要你，家里也需要你，埃尔文需要父亲教他怎么防身、踢球，我也需要你。"

从妻子手指上似乎能够传来电流，让哈里疲惫不堪的身躯得到了休息。肌肉记忆永不消退，哈里抱住妻子，心怀愧疚，甚至短时间内忘记了"地球即将被撞毁"的残忍事实。

"埃尔文，你在画什么？"

儿子趴在地上，用彩笔在地上飞舞："月球。"

哈里也趴在地上，拿了一支黑笔慢慢涂："你看看我的呢？"

"耳朵。"

"哈哈，你可错了。"哈里夸张道，"这是大贝壳。"

他停下了笔。

"为什么你会认为是耳朵？"

儿子认真地用手指在哈里仿真度极高的素描上滑动："这里是耳朵上部，中间一圈圈和耳朵一样，下面是耳垂。就是大了一点。"

哈里呼吸急促，双眼全神贯注地看着图，他几乎能够听到脑子里数以万计的齿轮飞速互咬的转动声。他生平做过很多推断，但从没像这一次一样疯狂，天马行空，甚至一个接一个。哈里继续对儿子循循善诱："如果这个耳朵是一个太空船控制器，你会怎么使用？"

"是声控吗？"

儿子放下笔，有些不确定地看了看父亲。

哈里鼓励："埃尔文，大胆说出你的想法。"

他脑子里在疯狂计算。第一个疑问是时间上的碰巧，天外威胁与月球遗迹几乎同步，为什么？第二个疑问是大贝壳的使用方式。如果他要留给别人一个控制器，肯定会选择对方知道的密码。什么密码在地球上最普遍，最统一，最通用？

看着苦着小脸还在沉思的孩子，哈里想到了。他抱起埃尔文，拉上艾丽，启动车子发动机。与此同时，他脑子里的发动机已经功率全开。他打通了老查尔斯的电话。

"查尔斯，带我去研究小组新基地。"

"哈里，我还在听音乐剧呢。"

"这是涉及到无数人生死的问题。你听好，月球遗迹是有人为我们准备的，'有人'是谁并不重要，重要的是它们时间吻合。世界上没有所谓的碰巧，都是一个个精密计算的结果。月球遗迹感应危险将至，从休眠模式切换了出来。彗星撞击……该死，你还不知道，先听我说完。半个月后，巨型彗星阿尔法 2033 将会撞击地球，没有意外的话，我们都会去天国教育界报道……月球遗迹是最后的希望，那个贝壳知道吗？它不是其他东西，而是一只耳朵，控制的方式是声音。对耳朵，最好的输出方式当然是声音。启动的密码我也想到了，如果'有人'真是想要帮助我们的话，一定是最普遍的、人人都知道的。"

对方消化了很久才问："如果你错了呢？你说得似乎有道理，但没有足够的逻辑与理论支持，这不像你。"

哈里看着身旁的妻儿："这就是我了。"

小组里发生了什么波折哈里并不清楚，他很明白，退出就不能再进入。彗星来临那一天泰勒给他打电话说谢谢，让他朝上看。

眼前的景象让哈里很满意，埃尔文仰躺在地上注视天幕，艾丽靠在他肩膀上，用炭笔描绘天穹上的史诗战争。哈里看向天空，那里景色迷人。

月球拖着赤红色尾翼，与一颗燃烧的星体壮烈相撞，接壤处一片耀眼光斑，仿佛两只以命相搏的史前野兽。

他放眼周围，所有人都痴痴地看着天空，人间从来没有那么寂静过。

"爸爸，月球好厉害。"

当然了。

月球的真正使命是保护地球免受宇宙摧毁，这才是货真价实的"卫星"，历经无数次撞击，遍布伤痕，勇猛忠诚。开启这面坚盾的秘密不难，地球上的孩子都知道，遇到解决不了的问题的时候就叫爸爸妈妈。

哈里看了看儿子，又望向星空。

他想知道，在遥远深处，是否也有一双眼睛，正溺爱地看向这颗新兴又饱含秘密的蓝色星球。

比邻星采访指南

1

郑酒心怀忐忑，对镜端详自己。头发乱吗？表情够不够自然？

长期坚持跑步与跆拳道令郑酒身材修长，算不上帅倒也清秀。

今天是他第一次出外景，也是第一次手持麦克风，过去两年内他都在电视台打杂。此次正牌人选遭遇车祸，而节假日人人节目缠身根本没有档期，加上时间紧迫，只好由他顶上。

郑酒握住麦克风，对助手机器人的镜头微笑："各位观众朋友大家好，国庆快乐，我是旅游卫视台的郑酒，今天我将登上宇航飞船，成为第一个踏上比邻星的记者。稍后为您发回前方报道。"

短短几十个字，让郑酒手心出汗几乎捏不住麦克风。飞船工作人员告诉他时间到，该登船了。于是他们钻进舱门，机器人自动转到休眠模式以节省能量，他则翻看起准备好的资料。

比邻星去年进入太阳系，它自海王星轨道闯入，擦着土星绕到火星，然后飞过月球，停在地球旁边。这位不速之客让太阳系震荡了一阵子，引力平衡破坏、重建，地球上的通信器材也发生短暂失效，而后恢复正常。

对这样一颗天外来星，科学家们自然不会放过。从空间站高倍望远镜里观察，比邻星上并不荒凉，绿色植被覆盖面积高达 30%，66% 的水，约 14% 的沙漠。

无人探测器被投放到沙漠，远程操控，数据发送回来，星球表面空气各元素含量与地球相仿，泥土中含有丰富的铁、硅、碳，地层深处还有巨量金属元素汇集。

在观察员们热烈讨论的关头，机器坏了。

没关系，第二架被投放，顺着它前任的路线，朝这颗星球的绿色地带进发。可在采摘到样本后再次失去联系。第三、第四部降临，两兄弟的最大成就是发现了一种当地生物，它有近一百六十厘米的身高，浑身绒毛，露出两只凶狠的蓝眼睛。它张牙舞爪，龇牙咧嘴朝探测器示威，最后举起一根棍子……探测器三号、四号失去联系。最后的画面，是绒毛人拖着机器人的胳膊朝雨林里走去。

重复多次后，观察员们初步断定这是一颗未开化星球，上头拥有本土居民，有一定危险，对电子设备能够造成干扰，暂时没有直接威胁地球的能力。

电视台能够成为第一批次登陆比邻星的公众方，一方面是因为其余人需要一个探路者，另一方面也是开拓国庆旅游市场的急迫需求。

郑酒穿上厚厚的宇航服，和采访机器人一前一后，踏上了沙漠。

2

野外外场主持需要极强的适应能力，本着安全与便携的原则，只带采访机器人助手。这些对从小喜欢户外运动的郑酒来说都不是问题，他的理想是成为一名像"荒野求生"里的贝尔·格里尔斯那型的探险记者。他希望像偶像那样，在人迹罕至之地向广大观众展示：

"这种昆虫虽然含有剧毒，但能够提供人体重要的高卡路里、蛋白质、脂肪。我们掐头去尾，就可以充饥，味道有点像榴梿……"

"各位观众大家好，我是郑酒。"眼下郑酒着厚重宇航服，站在沙子地上，对准采访机器人镜头，"经过十二个小时旅行，我现在站在了比邻星的地面上。这是一颗与地球类似的星球，含有水、植物，甚至原住民'绒毛人'。现在请大家和我一起，走近这个神秘新邻居。"

节目采用每两小时插播半小时直播的方式，以便他这个菜鸟能有足够预备时间。郑酒在前，机器人在后，他一路讲述早就心头背过无数次的台词，加上他本来户外活动经历丰富，不时灵光一闪，自认不算沉闷。

郑酒蹲下："伙计，看看我发现了什么。"

机器人无法回答，它的功能仅限于传送信息和专业辅助。

"我受伤了，救救我，这里有可怕怪物。"他举起地上的一具探测机器人残骸，又变作另一个声音，"是谁，是谁伤害了你们？他们自称'巨棍武士'。看，伙计，地上是怪物的脚印。"

分做两角玩过后，郑酒带助手沿脚印探查。他一步步走，一走就是两个小时，当他反应过来时，人已站在林带与荒原的边沿。老话说得好，逢林莫入，穷寇莫追。按照计划，他最多抵达边沿界就得返回。进去还是止步？换成是贝尔老师的话，会怎么办……

助手提醒直播时间到，将镜头对准他。

"经过了两个小时勘察，我发现一个有趣的东西，请镜头向下。"郑酒招呼助手说，"看到了吗，这个脚印纹路，绝对不是人类所有。现在，我决定进入林地，去拜访这个脚印神秘的主人。"

郑酒不再犹豫，他不想再等，他要成为一名探险者。不是明天，不是未来，就在今天，第一个探索比邻星的野外记者。无论后果如何他都认！

他不知道的是，自己打破计划的行为在台里引起轩然大波。台长想要切断信号，副台长却建议，节假日各卫视竞争激烈，说不定会带来意想不到的结果，等郑酒回来再严肃处理。

副台长查数据后说："收视率飞速提升中，已经涨到了 10%。"

镜头回到比邻星。

郑酒走入树林后，完全被异星景象吸引。

"看到那只闭眼的鸟了吗？黑色羽毛，鸟喙上有彩色绒毛，我不知道这是什么物种，但它的姿态、身体形状和地球上的鸟类并无两样。"郑酒小声说，"让我们慢慢接近它，看看这个美丽的生物正在干什么。"

鸟儿突然从树上直直栽倒下来，头下脚上摔入草丛。它翻个身，用翅膀挠了挠头，有些困惑，然后似乎明白了一样，叽叽叫了两声，又飞起来站回树枝。

"大家看到了吗？这只鸟我没猜错的话，是睡觉从树上掉下来了……"郑酒忍不住笑起来，"据我所知，地球上没有这种类的鸟，今天真是不虚此行了。

"根据数据探测，这里氧气、空气比例已经达到了地球上的平均水准，为了方便行动，我脱下宇航服。"

随着一步步解说，探秘丛林里的物种，郑酒收放自如。

就在此时跑来两个绒毛人，它们双手各持一根长棍，恶狠狠地朝郑酒冲来。面对袭击，郑酒整个人就势地上一滚，惊飞那只小睡的鸟。他再一滚，人已经在其中一名绒毛人身后，自然而然地，一直在学的跆拳道侧身踢用了出来。绒毛人被踹中头部，仰倒在地。

另一名绒毛人嗷嗷大叫，退后几步，捡起棍子，扶起同伴飞快逃跑。

郑酒松了口气，坐在地上喘粗气。这里不是什么设计好的场景，如果自己被擒或被击晕，就回不去地球了。

他缓解紧张气氛："看来，比邻星的伙计们比较看重拳头。"

郑酒并没避讳，整个场面被如实传播到每个观众眼前。电视台里，副台长有些语无伦次地喃喃自语："收视率 20% 了，20 了，新高啊！"

"让他放开手干——出事我顶。"台长说道。

3

"自上次遭到袭击以来，没有看到一只本土绒毛人，只有脚印，我得小心一点，避免再次激怒它们。"

被台长批准他可以全程无间断全球直播，郑酒难免兴奋，但同时他又告诫自己不可掉以轻心，换上冲锋衣，手持一根防身甩棍，他小心翼翼地穿梭于浓密杂草与垂下的枝丫之间。

"这是第三个见过的地洞。洞口呈现规则的八角形状，直径近四米，很难判断是什么巨型生物，我想我们还是离这里远一点比较好，大块头可不好惹。"

郑酒拍下照，飞快躲入丛林里。可才进去，一只大蜥蜴就慢慢凑近，嘴里发出吧唧吧唧声，似在召唤同伴。郑酒当机立断踢飞对方，之后又出现一只拿着棍子的猴子。猴子难缠得多，远远吊在身后，警觉异常。

"朋友们，我看来是遇到了大麻烦。现在我得想个办法，摆脱那位跟踪大师。"郑酒余光后瞄，不忘解说。

"以前有个朋友说过，面对好奇心强的动物，最好的办法就是站定了，让它们慢慢接近，等它们发现你没有恶意，就会离开。这大概也算是一种地方风俗，总之，就试一试吧。不过为了加一个保险，我得再做一点功夫。"

几分钟后猴子被树藤缠成一团，不停地尖叫，颇为惨烈。郑酒拿出随身带的麻醉手帕，这东西本用以救急，现在正好。猴子沉沉睡去，不再吵闹。

"比邻星的居民大概都比较喜欢用棍。"郑酒观察夺来的长棍，棍身细长，顶端有一颗晶莹剔透的大石头。

"多漂亮的工艺，棍身被打磨得细滑顺手，无论是作为手杖还是用来格斗都行。让我们试一试硬度，看到了吗，石头都没能造成一点裂痕。很多古老民族信奉图腾，他们模仿图腾里的神祇，希望能够从同样的装束和动作里获得力量。是不是这颗星球上，也有伟大的人物使用棍子呢？这一点让我非常感兴趣。"

郑酒发现了一个问题，助手机器人身上的定位系统失效了，而他包里的指南针也在乱转。

"麻烦了，我现在不清楚自己身在何处。"郑酒让自己冷静，"如果遇到这种情况，一般是原地等待救援，以烟雾、求救信号枪等发出信息。晕头乱转只会让人陷入更多的麻烦。现在情况特殊，我决定朝本地原住民求救试试。"

他播放之前录制的原住民声音。

没过多久来了几个绒毛人。他们相互嘀嘀咕咕，围成圈，然后朝郑酒挥舞手中长棍，郑酒也照葫芦画瓢比棍子，不忘小声解说："这里只能试一试了，看起来他们并没恶意。"

在绒毛人的带路下，他走过一株株参天巨木，目睹很多未曾见过的生物，像很多眼睛的大蜗牛、拥有两只手臂的鸡、没有尾巴的马……

最后当他回过神来，他已经站在了一个方形房间里。漆黑里只有一张光幕，上面有水波纹路一样的抖动图像。

图像声音低沉："你好，野蛮人。"

对方说的纯正中文让郑酒很吃惊，他试着问："比邻星人？"

"我，我是这艘船的船长，你可以叫我福克斯。功夫小子，我知道你叫郑酒。酒是好东西，很好的名字。"

郑酒在房间里敲敲打打，没找到出去的缝。

"不用看了。我将你带来并不符合联盟法律，按照正常流程，我应该抹去你的记忆，或者让你永远消失。"

郑酒下意识说："能够详细谈一谈联盟法律的事吗？我是旅游卫视的前方记者。"

"临危不惧，一直记得自己的本职工作，专业，很好。"

郑酒心想，自己是太想做自己想要的工作而一直没有机会，才会那么莽撞。

福克斯换作轻松口气："我，福克斯船长，想雇佣你！"

"谢谢，但是……"

"我，雇佣你成为我们的首席主持人，野外记者！"

福克斯说："郑酒，你八个小时里的表现已经为我们艾利克斯传媒集团增长了五个百分点的收视率。你是一个为新闻业生的男人，你要担当起自己的责任！勇气、冒险、对观众的爱是这个宇宙的永恒真谛！"

郑酒脑子有点乱，他不太懂自己的冒险探索和比邻星、眼前的船长有什么关系。他摆弄机器人，发现助理一动不动，保持沉默。

福克斯提醒他："从你进入会客室，我就屏蔽了电子信息，这里的事不方便直播……那群饭桶，我们自己培养的主持人简直是一群白痴，丢人现眼。不确定敌友情况，就贸然将麦克风递过去，被揍后又马上逃跑，毫无职业素养，我已经将他们全部辞退。"

郑酒恍然大悟，原来那根棍子竟然是麦克风。难怪每次，总有长棍怪想要将棍子递过来，原来是同行呀！

一边是失忆或被干掉，一边是成为福克斯雇佣的主持人，不难选。再说自己这一通胡闹，回去多半要被打入"冷宫"，估计再也摸不到镜头了。

"我知道你心里有点不舒服。告诉你一点内幕，给你一点兴趣和信心。"福克斯小声说，"本次银河系三年游由我们艾利克斯传媒集团承办，以我的飞船作为采访飞行器，游历了十个文明。只有你，敢于以新闻从业者身份踏上陌生危险之地。不谦虚地说，'功夫小子'郑酒已经是一个新闻明星，观众目睹你踏上这里，一路冒险。"

"你的意思是……"郑酒不敢置信。

"你们以为我们是被探寻、开发的地方。其实，你们也是我们旅游和冒险的项目。为了能够消除你们的戒心，我们将飞船打造成星球模样，上头的植物、水、石头乃至生物都是刻意放的。原始又简单，就是为了吸引低级文明前来探险，按你们的话说，算作直播真人秀。只是这样一来，我们的人就需要一点点伪装，方便融入环境。知道吗，你和我的前线记者交锋时，超过两亿种智慧生物正在关注直播。野蛮的主持人赢到了最后，出乎意料，又在意料之中。

"你的未来是星辰大海，郑酒，你是要游遍宇宙、采访无数文明的人，怎么能被这么一个小小的电视台绊住。我通过地球网络查了你的资料，今天还是你第一次登台对吧，想不想、有没有信心成为宇宙最顶级的冒险记者？"

郑酒心潮澎湃："有！"

地球上，比邻星直播节目大热五天，收视率爆炸，几乎每个排头词条都是"比邻星采访指南"。主持人郑酒神秘失踪，更让全球陷入狂热猜想。一个月搜寻无果后，大家都知道郑酒凶多吉少，纷纷哀悼。

台长给郑酒专题写出了大标题——海内存知己，天涯若比邻。纪念我们的郑酒，一个年轻的冒险家，一个本将成为顶级记者和主持人的从业者……

专题出来后第二个月，比邻星三千一百五十五个八角形大洞往外喷射巨量气流，推动星球，几乎按来时路线冲出太阳系。郑酒又被提及，无数人第二、第三遍看郑酒的直播映像，热泪盈眶。台长与副台长陷入了幸福的烦恼。

当然，郑酒本人也是。此时他正在遥远星空里的某个鸟人村采访一位倨傲鸟人。被郑酒用跆拳道打倒在地两次后，鸟人终于肿着脸老实配合。

时间旅行的正确方法

1

天还没亮，东德路派出所就出现了一个蓬头垢面的男人。

执勤民警小陈发现他早早在外头徘徊，似乎在观察周围环境，最早看到他是昨晚九点。正当小陈准备去询问一番时，他却匆匆逃走了。可当小陈坐在接待的位子上时，又看到他继续在外头鬼鬼祟祟转悠。

小陈看了看手机，快到换班时间了，这小子掐时间点儿如此准。想到这里他不由得警惕起来，最近治安不好，攻击派出所也不是不可能。对于安全问题他倒是不担心，后面的小屋子里有五个荷枪实弹的武警，他们将一个大毒枭暂时扣押在此，等待今天过来专车送走。

是毒枭的人！难道暴露了？

他偷偷将此人打量。身高一百七十厘米，年纪轻轻一脸沧桑，身上是不知做旧还是真旧的羊驼色夹克，一条肥大洞洞牛仔裤，身上有一股怪味，让小陈一吸入鼻子就脑子发昏。

他站起来大喊一声："站住，同志你有什么事情？"

听到他外头示警一样的声音，后面闪出四根黑洞洞的枪管。

小陈用手朝身后一压，比出一根手指，示意后面的武警伙伴们放松。

那男人停下步子又朝前挪了一步，低眉道："同志，我这事不好让太多人知道。"

"你放心，我们是人民警察。"

对方点点头在他面前椅子坐下。小陈感觉一股刺鼻化学气味飘来，急忙屏住呼吸。

"请问，同志，你叫什么名字？"

他眼睛都快睁不开了。

"我叫……叫我阿哲好了。"

自称阿哲的男人双手放在桌子上，身体微微前倾，这让他身上散发出的味道更为浓烈。让小陈几乎忍不住拔枪。

"其实啊，我发现了回到过去的办法。"

小陈"啊"了一声，结果让那浓郁的体味钻入鼻子，顿时眼泪都要流下来了。他心里大骂混蛋，用纸巾擦了擦眼泪。

对方似乎以为他很有兴趣："我觉得警察比较公正，所以我来找你们了。"

小陈终于将身体调整到能够在这种恶劣气味中也能够正常下来的地方，他虽然才从业两年，不过也算看过无数"奇葩"。

"你认为我们能够怎么帮助你呢？"

阿哲深吸一口气："我是想将这方法捐给国家，国家应该会有奖励对吧？不过能不能先预付我一千块。我想吃碗大排面……"

小陈冷笑："对不起，这种事最好你要找到科研机构。对于时间机器我们不太懂，我们只知道怎么辨认好人坏人。"

这句暗中警告却没有让对方止步，阿哲皱眉："你们怎么也这么死板，这个给你，你先验验货。"

他将手腕上一个大块头黑色防水表丢在桌上。听到这撞击的沉闷声，里头又是四个枪口冒出来，被小陈再次手势示意没事。

"不过你切记，一定要在一个人的环境里试，有其他人就无法运行。"

小陈注意到阿哲的眼睛始终往里头瞄。

他点点头将手表小心翼翼带进屋子里，他前脚一走，阿哲就朝里头走去。

"你干什么！"小陈冷冷地看着眼前流浪汉打扮的可疑人。

"我尿急。"

"对不起，里头有女眷不方便。你去对面网吧上吧。另外，对不起，带着你的时间机器另找高人吧。"

流浪汉无奈，只有咬牙离去。

小陈淡淡一笑，本市什么大场面我没有见过，就连里头的大毒枭我都和他谈笑风生。这种探路的方式还唬不住我，不过里头的人得赶快转移，迟则有变。

就在他准备回头时，女友莉莉给他带外套来了。

"外头那人是谁啊？熬夜又难受了吧。"

"一个可疑分子。"

看着莉莉关心自己的样子，小陈心中一片甜蜜。这样一个在研究所上班的可爱女孩竟然有意和自己结婚，他想起就觉得脚趾头都酥麻，心中充满骄傲。

2

我真是日了狗了！阿哲出来时又骂了一声。

我能去研究所还来你这个破派出所干什么？连大门都不让进啊。这个小警察也真狗眼看人低，漂亮姑娘家进去就笑成一朵花，我进去就恨不得拔枪。

看了看重新戴在手腕的表,阿哲叹了口气,哪怕我能够回到过去,又没办法改变肚子饿到不行的现状。

对了,他脑子里突然一亮。

我可以回到我吃牛肉面的那个时间啊!

于是他偷偷跑到一个废旧货品堆放的角落,心里不停祈祷,不要有人来,不要有人来……

调整了时间后,手表上开始读条。长长的加载时间条和以前一样,需要二十分钟,如果其间有其他人来就会打断——大概是一种能量的干扰,他这么胡乱猜测。

为了忘记寒冷和饥饿,他开始回想才拿到这个时间机器的情况。什么叫天降之物,这就是。

自己不过是在荒废的工业区旁边找块铁板来遮雨,天上落了只表下来,正砸中那块生锈铁板。"哐当"好大一声,惊起一群麻雀。

这让阿哲很郁闷,自己还准备抓一抓麻雀拿去卖掉。虽然自己是一个流浪汉,可并不是乞丐,他只是喜欢自由自在。这叫作流浪的风度。

拿到这东西,四下又无人。他看到上头时间不对,竟然指向了几个月后,于是调整了一番,没想到年的那一栏弄成了去年。上头开始出现一个加载时间的读条,他于是就地坐下来,这一坐就把他吓呆了……

他回到了去年的今天,甚至看到那个外来者自己背着包进入这座城市的模样。他想要提醒那个满怀期望的自己,或许换一个地方比较好——可转头一想,哪里又不一样呢?

他不是爱管闲事的人,他连自己的事都不想管。虽然他不知道什么大道理,不过也试了试能不能把以前的东西带回来,结果自然不行。任何东西都带不走。

就在这时，加载时间终于满格，腕表闪了闪，他在时空之舟中一路回溯。当再次来到现实世界时，他发现自己站在那个熟悉的牛肉面店里。自己的编织袋还放在桌上。

老板说："小伙子，你上厕所回来了？"

他点点头，疯狂地大口吃面，嚼得泪流满面。就在那个自己即将回来时他喝了口汤，迅速躲在外头，然后听到里头的自己骂："哪个缺德鬼，连一碗面都不放过，汤都不给留！这个世界怎么了！"

坑自己也是没有办法的事情。

阿哲心虚地走了两步，撞到一个正在弹吉他的墨镜男人。

"朋友，听首歌吧。"

然后对方就唱了起来。

"I am, what I am……"

一曲终了。

墨镜男说："朋友，捧捧场吧。"

阿哲问："你唱的什么？"

"张国荣的《我》啊，不像吗？我再给你唱个《倩女幽魂》？"

"你等等，我先上个厕所。"

听到厕所墨镜男心里有数，这家伙就是接头人。

远处有两个警察走了过来。墨镜男犹豫了下，咬咬牙没有走……

自然这一去就没有再回来。不过阿哲却喜欢上了张国荣，一首歌、一句话、一个眼神就这样不经心地喜欢上了。由于囊中羞涩，他只有在一些慢摇吧门口等待有人放张国荣。

有天晚上他终于听到了正版的《我》，心中一口气仿佛火一样燃烧，简直唱出了自己的心声——我就是我，是不一样的阿哲！

他看着手表，突然明白了老天爷给自己这东西的意义。自有厉害人去改变世界和历史，我改变自己就好，哪怕一首歌。

3

于是本市出现了一个谜一般的街头音乐爱好者，戴墨镜，一身旧夹克，吹着最廉价的口风琴，每天都是张国荣的《倩女幽魂》和《我》。大家捧场的钱让他渐渐换了装备，有了一把破吉他，他开始慢慢弹唱。

这一天莉莉从他身边路过，突然心中喜欢，一时心软给了墨镜男几块零钱。对方理都不理她，犹自弹唱，奇怪的是却让她心里更为佩服——玩音乐就该这样才对。

教授来得依旧比她晚几分钟，这也是没办法的事情。教授老人家固执地不学开车，坚持节能减排乘车上下班。

今天教授整个人容光焕发，仿佛年轻了好几岁。

他说："我还没老！这个时间设备实验成果大家功不可没！"

看着顽童一样的教授把玩着手表一样的仪器，莉莉有些无奈地提醒："教授啊，这个还没有人体试验过，还不能算成功啊……"

老教授怒了："实验，马上就实验。我自己来！"

莉莉脑子里突然想起一件事，好像在路边看到那个戴眼镜的也戴着这腕表……同款撞表？

教授"老夫聊发少年狂"，包括莉莉在内的研究员和助手谁都拉不住。有的人去请示领导，还有的打电话给教授夫人。

他却将自己锁在一个屋子里，让其他人离他至少十米避免影响结果。

屋里头传来教授兴奋却又充满理性的声音："我研究时间穿梭的概念已经四十年了，不试一试我是不会甘心的。原始资料我已经放在了家里。如果我出了什么问题，那些资料可以帮助你们继续进行下去……"

里头的教授则是看着时间加载条比预计的和之前实验的要久得多，心里有些忐忑，不过这并不影响他的决心。

在城市另一处，在一个少有人来的角落里，脱下墨镜的流浪汉看了看手中的表，心里嘀咕：这次怎么这么久，堵车了吗？

半个小时后老教授终于如愿以偿，他睁大了眼睛，不想错过时空旅行的一点一滴。和他想的不同，自己进入了一个不断变换颜色的通道，里头的人飞来飞去，自己竟然也飘浮着在往前飞行。

"嗨。"

一个声音吓了教授一跳。

旁边出现了一个头发乱糟糟的年轻人，看衣着和脸孔像是流浪汉……慢着，怎么他手上的表和自己的一模一样！

"终于找到一个顺路的人了。哈哈哈，老人家贵姓啊？"

阿哲很开心，这里虽然互相能够看见来往穿过时间的人，但彼此之间却根本够不着，他大概也懂了，人与人之间的距离代表了时间的间隔，人本身是无法越过时间距离的。唯有一起进去的人才能够通话。

老教授因世界观受到冲击，一时半刻神情恍惚，口中苦涩。难道我一辈子研究的东西其实早就有了吗？这么多人在进行时间旅行，穿越时间就像穿清晨马路一样，为什么没有人知道，没有人告诉我……世界的真相到底是什么？为什么要玩弄我？科学、真理、爱因斯坦，你们为什么要这样？

他老泪纵横。

就在这时，阿哲猛地大喊："小心啊！老人家。"

原来老教授情不自禁地沉浸在自我的悲伤与失落之中，却没有看向前方。结果和前头一个迎面而来的新手时间旅行者正面撞在了一起。两个人都惊恐地大叫起来。

阿哲眼睛一花。

两个相撞的人都瞬间消失，仿佛从未来过这个时间通道。

一块表落在了某个时间线上，从空间里坠落，砸到某流浪汉旁边的铁板上，发出哐当一声。

通道里的阿哲自责道："如果我当时没有和他说话，说不定就不会出事了！"

来到1900年大变革中的中国的老教授哆哆嗦嗦地想："还是该拿驾照的……"

实验室里被领导训斥的莉莉心中叹气："自己应该一把拉住教授的，或许每天不该来这么早，也不该开车，这样教授就不会觉得自己被人看轻看老。

派出所受表扬的小陈摸了摸包里的盒子，心想："今天上午就该叫住莉莉求婚的！"

警车上某毒枭："妈的，就知道熟人信不过，那几个大哥看来是要弄死我独吞生意，'厕所'的街头暗号都是布局，是布局！早知如此，当初就老老实实当流浪汉，混碗热汤喝就好……"

走走小姐

吃螺丝钉的人

最近我一直在观察舒棠这个女生。

作为高中生，她看起来比同龄人要小。总是穿简单纯色衬衣、扎个马尾，笑起来下意识抿嘴，脸蛋很精致，身材嘛……啊，方向不对。

是这样的，我之所以不停在关注，是因为——怀疑她是机器人。

妈的，不要笑啦。

"赵山河，笔借我用一下。"

她转过脸来，又是那种标准可爱女生的笑容，真是讨厌。我默默递给她，根本不想和她说话。

"这个给你。"她丢给我一块巧克力。

嘁，不知道我十六岁以前就是因为吃太多甜食一度发胖吗？她肯定知道，是故意引诱我继续胖下去。

不过，好像以前她没有这么开朗，最近这一周很反常，笑点太低，还无事献殷勤。我这种警惕性超高的人根本不可能上当。

"我觉得她有点怪……怎么说呢？"

周公旦脸朝窗外，在观察邻班女生。

"周公旦，你也有这种感觉是不是？"我终遇知音，心中激荡。

周公旦摸了摸下巴，看着舒棠的背影。

"不愧是九十分女生，的确很可爱啊……哦，你说啥？"

花痴男无药可救。

这个叫周公旦的家伙，自诩美学鉴赏师，经常说些奇怪话。这个人非常喜欢评价打分，对于六十分以上的生物赞不绝口，对于五十分以下就刻薄异常。

"啊，我的眼睛，被闪瞎了！"外面一个裸衣胖汉路过，他就很受伤。

每个人的行为都有其原因，我知道周公旦变这样的原因，但那理由一点也不美。我原本还在考虑要不要告诉他我的发现，现在当然是作罢。

这个发现要追溯到一个月前。

一月前，舒棠还是那个有点冷冰冰的舒棠。

她唯一的特点就是特别喜欢闲逛，一下课就到处走，走来走去。

也许这么说并不准确，她对每个人都很和善，不会让你难堪。明明和她常常玩得到一起，甚至无话不谈，但是你反过来回忆的话：原来舒棠不过是一个非常普通的高中生，她家庭模糊，谈到自己的事就一笑而过。

她和每个人都很近，但又不那么近。她什么都会一点，但又好像什么也不擅长。

电影里都说过，哪怕是一卷卫生纸也有自己的特长，更何况是一个九十分少女。

我把这些怀疑联系起来是在一节课上。

上午第四节课是班主任的数学，他讲得无比亢奋，竟拖堂半个小时。

大家都饿得前胸贴后背，只好拿出储备粮来救急。

我啃了一口苹果，发现前头的舒棠咬着嘴唇好像在犹豫什么。只见她张望了下四周，偷偷从包里拿出一个小包装袋，抓了一小把东西塞进嘴里，立刻露出开心的表情。

"喂，好东西大家一起分享下嘛。"我拍了下她。

回过头来的舒棠双手捂住嘴，口中含糊不清地说："没，没有啊。"

这种表现和平时反差太大。

趁她看黑板的时候，我蹲下去，偷偷潜伏，一个蛙式突击拽得小包在手。

"啊——"她尖叫一声，脸色苍白。

"赵山河，给我站到外面去！"

站就站，我拎着战利品外出就餐。

翻开包装袋，里面全是各种的……螺丝钉。

她原来吃的是这个啊。

这个能吃？

我陷入了深深的思考。

这么晚了还在修房子啊

无知是福。

我终于体悟到鲁迅先生的苦恼。

不过没有办法，我就是那种即使前面有悬崖也必须试一试的人，没有答案，我就不幸福。

首先我求助了万能的百度，结果却受到了无情的嘲笑。

在我把问题由"人类可以吃螺丝钉吗"到"紧急时吃螺丝钉可以吗"再到"吃螺丝钉会怎样"。回答我的都是一长串的省略号。

很好，证明我仍旧是正常人类，我就不会吃那个。

然后是旁敲侧击。

"哈喽安琪，你又在看书啊。我只是想问问你舒棠的事情。她和你很要好嘛，她喜欢什么玩偶，最爱什么美食？"

"赵山河，你不要打扰我读书。不能因为自暴自弃就想拖累别人，你这种想法不可以有。"

"云姐，你看舒棠体育课总是到处走啊走，好奇怪哦。"

"赵山河，你更奇怪，到处打听人家做什么？"

"小美，你有没有觉得舒棠和我们不一样，她家里有几个人，爱看什么电影，住哪里从来没有告诉过你们？"

"变态！你打听人家住哪里干什么？"

谁变态啊！

我需要打听她住哪里吗？她就住在我家对面。

到底她是什么时候搬到我家对面的，这个已经记不清楚了。还是回家途中连续两次遇到，我才发现她就住对面。

这一片区域都是非常老旧的房子，周围被拆得七七八八，我们和对面两栋老爷楼都被画上了大大的拆字。尽管大家在抗争，但是所有人心中都明白，搬离这里不过迟早。

比起我们这边的清一色顽固分子，对面的人脑筋好得多，他们早早离开，将房子统统租出去。大不了到时候赔给租客一点费用。

我住南边楼的五楼，舒棠住在北边楼的顶楼六楼。从我房间的窗口仰头就看得到她房间的雨篷。作为老爷楼，年久失修，遇到雨天顶楼就是灾难。实在搞不懂她家为什么要安置在那里。

西林市的天气变化很快，大雨常常连续。

舒棠很讨厌雨，上学一身雨衣裹得严严实实，还要再撑一把伞，脸色也差。

那是当然的，老式闭合窗一晚上咔咔直响，雨水又不停地钻进房里，这种情况下无法保证正常睡眠。

我本想问问她，但又觉得尴尬。

晚上我喝了太多水，半夜小解。

模模糊糊窗外有个人影，揉了揉眼，我看到——

有个人影蹲在对面顶楼上在忙活。今晚无雨，月圆，假如眼睛没有骗我的话，马尾、衬衣，那个人就是舒棠小姐。她很有干劲地在工作，组装铝合金板、搅拌东西，还有一些不知道装什么的大桶，似乎在修补房顶。

手机显示是凌晨两点三十八分，真是特别的工作时间。

我打着哈欠拨通她的号码。

嘟嘟两声后被挂断，再打，挂断，再打……您拨打的电话已关机。

我把头伸出窗外："要——不——要——帮——忙？"

听到我的声音，有几家人已经摁开了灯，人影晃动，看来是想看个究竟。我马上有点后悔，老爸的拳头可不好受。

她看到我了。

然后电话响了，对方带着少有的怒气。

"赵山河，你有没有公德心，半夜大吼大叫不睡觉干什么？"

"彼此彼此，这么晚你还在修房子。"

长时间沉默。

"睡觉，明天再说。"

我挂断电话。

对面女孩孤单单的影子仍在忙碌。

约定

气氛有点凝重。

舒棠瞪着我，眼睛变得奇大。

周公旦从后面凑过来在我耳边说："你们俩怎么了？"

鬼才知道，不过就是目睹了她修房顶，又没有惹到她。

"放学后等着，一起回去。"

说话就好好说话嘛，她脸上莫名其妙的红晕是什么意思。

周公旦看看我，又看看舒棠："啊，我的眼睛，又瞎了。"

今天天气不错，没有云，光线充足，有一点风，想来晚上不会下雨。我又想起她昨晚修房顶的样子，那么小一个人，普通人根本不可能做到。

我们找了个茶餐厅，点了两杯红茶。

"你肯定有很多问题，问吧。"舒棠脸红红的。

"你是……外星人吗？"

因为太激动，舌头不好用，就把机器人说成了外星人。看她的眼神，说不定对我的智商产生了怀疑。这不行。

"开玩笑的啦，哈哈。其实我是问，你是机器人吗？"

"没错。"我以为了不得的东西，她说起来却很轻松。

确定后，我有种泪流满面的激动。看到没有，不可能的可能最终被我证实了。但是一个问题攻破后各种后续问题就接踵而至。

"那你平时吃饭会拉肚子吗？喝水怎么办？"

"不会，只是无法补充能源。水的话，有水源系统，通过喉咙是没有问题的。"

"吃螺丝钉是补充铁还是什么，好吃吗？"

"纯属个人爱好。"

"修房子这些技能都可以直接下载吗？"

"技能框架可以。"

"你要怎么找人呢？"

"初步定位，然后通过生理特征和 DNA 对比……你又听不懂。"

"你皮肤看起来和我们一模一样，我可不可摸摸看？"

"不可以。"

"那你家……不对，你是怎么转进我们学校的？"

"很容易，制作另一个学校的转校申请，再进入教育系统……这个你还是听不懂。"

果然是因为口误对我产生了轻视。

"你来自哪里，来我们学校做什么？"最后一个问题是我最想知道的，也最核心。

她脸又红了。

"赵山河，我需要你帮助。你愿意帮助我吗？我会一点点全部告诉你。你愿意答应我吗？"

旁边的大鼻孔侍应生对我和少女坐在一起很不爽，嘴里还小声念叨什么。用脚后跟都想得到不会是什么好话。

我支使他去再拿两杯奶茶，让他忙起来就没有闲工夫关心别人了。

面对美少女的请求，哪怕是机器人朋友，我也无法拒绝。

接着，我听到舒棠的故事。

她启动时已经在一所医院。

制作她的人，我们叫他 D 博士。他躺在一堆医疗器械中对她发出第一个，也是最后一个命令：去寻找他的女儿／儿子。

"这个人怎么可能连女儿还是儿子都不知道？"我忍不住打岔。

"你耐心一点。"

和 D 博士分开前，D 夫人已怀孕。

D 博士是个十足的科学狂人，脑子里装满了各种可能性、逻辑性、创造力，在人工智能方面强力而偏执。这种人因为太投入事业，对于生活和家庭自然就缺少了关注。而事业环境不断地将他改造，甚至让 D 博士患上了失语症和脸盲症。

D 夫人无法再忍受和一堆数据继续生活下去，愤然离去。两人消息一断就是十几年，当 D 博士只能躺在病床上时，他发现自己已经没有了朋友家人。他有奖章奖杯、无数的荣誉证书，他床头有各种花篮，但是没有人守在他身边说话给他听、念书给他听。他病入膏肓。

D 博士将自己所有的才智激情凝聚起来，偷偷制作了"舒棠"——这也是他爱人的小名。舒棠拥有他对智能生命的一切设想，拥有独立情绪，各方面都很杰出，却也有缺陷——怕水。

D 博士唯一的命令下达后，他终于支撑不住透支过度的身体，去世了。

"通过身份证系统就可以查询到吧？"我觉得自己的提议很赞。

"D 夫人一家很早就死于一场火灾，D 博士并不知情。所以那个孩子在哪儿我没有有效手段可以查询。"

那就满世界大海捞针？我心中摇头，正常人哪里会做这种事。

"这个忙我怎么帮……"

"需要你帮忙是另一件事啦。"

她双手握拳，收在胸前。

舒棠指着自己泛红的脸。

"因为雨水原因，我发现了一些故障，数据溢出，我现在是非正常状态。需要你帮我找一些工具。"

原来那个羞涩样子是身体不舒服啊，好奇怪的设计！

听她描述了半天，我总算明白了。一是芯片出了一点小问题，需要大量硬盘做数据备份。二是能源系统短路，在自我修复前需要备用电源。

"可以吗？"

她那副看起来难为情的表情，实在让我难以拒绝。

"没问题。"

末了她给我改造了手机。

"长按 0 就可以接通我这里，还请不要把这些事情说出去。"

我装作随口说："说出去怎么办？"

"按照机器人三定律第三条，我保护自己，但是不能违背第一、第二条，伤害他人。我相信你，你是好人，赵山河。"

得，收到一张好人卡。

犹豫再三，我还是从背包里取出了一个手臂粗的大扳手。

"如果是这个的话，你怎么吃……"

挨了一个大白眼。

她真的是机器人吗？

雷锋

"你要这个干啥啊，别给我弄坏了。"

周公旦不情不愿地把硬盘递给我，真对不起他的名字。

"好啦好啦，会还给你的。"

加上他的，一共四块硬盘，大的 500G，小的 80G，也不知道够不够用。我突然有点想把 D 博士的故事告诉周公旦，因为这和他们家的恩怨非常相似。

敢给儿子取名"周公旦",光这魄力就不一般。

他爸是个大商人,生意遍布大半个中国。牛下周公旦后,周爸生意翻船,离了他们母子,和另一位权贵之女结了婚。过了几年后,他又回头想要复合,周公旦和他母亲自然不愿意,于是来到了西林。

周公旦对美丑特别敏感。

一方面来自于单亲,另一方面也有家庭变故的原因。

他和很多人都谈得来,但是他不真正相信任何人。

大概我也一样。

终于熬过了所有课程,我和舒棠分别出发。

本来她要求和我一起回去,但我还是觉得影响不太好,唉,总觉得有点不好意思。

第一次到北楼,沿着后面的锈蚀扶梯上去,看到一路乱七八糟的垃圾。各种租客,小青年、夫妇、老人,他们互相打招呼,看起来精神状况倒是很好。

顶楼地面干净得多,水泥地亮得可以照出人影。我抱着大包呼哧呼哧走到 605 的牌子前,敲门。

"进来。"少女独有的清脆嗓音让我对陌生环境的紧迫感消退不少。

门后的房间大概有二十平方米,是很早的单身宿舍。本以为进入女生房间会看到玩偶内衣什么的,结果什么也没看到,我不由得有点失望。

房间整理得干净有序,左手边是床和衣柜,右手就是工具桌,上面摆了两台超大电脑,还有一些不认识的电子设备。完全是男孩子风格的房间,甚至找不到一点女性化元素。当然,有她本人就足够了。

舒棠穿着灰色紧身背心,同色运动裤,看起来活力而干练。

"你来了，等等我。"她跑出门，待我放下所有东西才回来。

"这是基本礼仪吧？我有没有做错？"递给我一罐百事可乐。

她自顾自地喝一罐看起来就好难喝的黑色机油。不，是肯定超级难喝。

"这是我找到的四个硬盘，够不够都只有这么多了。电源我只能拆了我的电瓶车电瓶来用，还有我爸的。"

想起回去挨揍的可能，我就决定不要告诉我爸了。先让他以为是被盗，过几天再拿回去给他个惊喜比较好。

"虽然比较落后，但是应该可以了。你再帮我一件事。"

她伸出细长的手指。

"按我说的顺序来，我自己是无法做外部备用能源替换和数据备份的。"

我按照她的话，在五根手指上摁了一圈。柔软，光滑，就像真的一样。要说真有点特别的话，就是皮肤有点凉凉的，很干燥。

"如果我摁错，或者多摁了会怎么样？"

她指着我放在她小手指的手。

"外接模式启动，这里再摁三下就是数据删除，恢复原始程序。"

"真的？"

"假的。"

做完之后，她把线路接在电源和硬盘上，含在嘴里，似乎要脱衣的样子。

"你出去等等好不好？"这次我确定是真的，她有点害羞。

我能怎么说？我说好。

心情复杂地带上门，我一边喝可乐一边往楼下走，顺便用手机查了查"机器人三定律"，原来这个法则出自阿西莫夫。

一、机器人不得伤害人，也不得见人受伤害袖手旁观；二、机器人服从人的一切命令，但不得违反第一条；三、机器人应保护自身安全，但不得违反第一、第二条。

不知不觉走到了底楼，看到一个老头儿正在打盹，一只老猫伏在他膝上。

"小伙子，你的小女朋友是个好孩子呢。"他睁开眼，慢吞吞地说。

"我们只是同学。"

我摆了摆手，心说您老知道她是机器人还能这么淡定吗？

老人家笑笑。

"这个孩子每天打扫卫生，楼里哪有需要帮忙的她从来最主动，没有坏习惯，也不大吵大闹。老头子也住在顶楼，年纪大了，走不动路，眼睛花了，心还亮着。真是不像现在的年轻人，更像我们那个时代的人……"

他摸着老猫，眯起眼。

暗地比较一下，老人和 D 博士也许是一个年代的人物。舒棠小姐还真有几分古典淑女之风。

才说到她，她就出现了。

舒棠小姐把一包包垃圾丢进回收箱，朝我挥手。

"今天多谢你，我请你吃晚饭。"

一路上舒棠小姐可忙碌了，看到哪里需要她发热就去哪里。捡捡落在外面的垃圾，帮人推个车、指个路，给那些跪求回家路费的人捐款，再来一个笑容。

晚饭我没好意思大吃大喝，就让她买了两个煎饼，就着果汁了事。卖煎饼的大婶很实在，给我们俩一人一个大的，加足了料。

突然身边有个女人大喊一声："包，我的包。"

所有人朝东边看去，除了一点惊讶大家没有太多情绪，默契地沉默着。

恍惚间，我想起以前公交车上的经历。一次鼓起勇气帮助一个中年妇女追回被偷钱包，她对小偷说的第一句话是"是他提醒我的"，然后我被揍得很惨。

所以周公旦说"敢想不敢做"我觉得没什么不好，可安全呢。

我才反应过来，舒棠已经朝东边追去，我只能跟着赶。好在现在是下班时间，人山人海，没法迈开步子，拉不开距离。找到她时，她从地上慢慢站起来，脸脏兮兮的，手里还有一个肩包。

"忘了你的三大定律了吗？机器人不得伤害人。"我觉得她的CPU坏掉了。

"我没有。"她辩解着。

"那个人没有受伤，我抱着包，等他走开。"

看到她身上的鞋印，我不知如何是好。

物归原主后，失主"谢谢"了两声，迅速离开。周围人也散了，和事情开头同样，无悲无喜，闭口不言，就像一场默剧。

"你没必要这样。"

她不解地看我。

"你帮了他们，他们不一定感谢你，如果你是个普通人，被小偷捅上一刀，那些人除了说两句可惜还会做什么？"

我丢掉味道已经不好的煎饼。

"你看，失主为什么跑那么快？因为她怕你。她怕你给她惹麻烦，怕你害她被报复。你明白吗？说不定她心里还骂你多事。没有人会感谢你，没有人。"

她非常疑惑地看着我，斟酌言辞。

"不该这样做吗？"

我好想笑。

"你不是超人。你只是一个机器、一个机器形状的人，什么狗屁机器人定律。你不过是那个 D 博士的一双鞋、一辆车，只要需要，他随时可以卖掉你。"

她愣愣看我，有点不知所措。

我不去看她，我知道这话很伤人。我讨厌这些人，讨厌和他们一样的自己。

"可是，可是，失主不是很伤心吗？"她为难地说。

我叹了口气，取出纸巾帮她擦掉脸上的污痕，这么可爱的女孩子应该漂漂亮亮才对。

"对啊，很伤心。"

"你赢了，女超人。"

我也想成为超人

自从那一次自我修复后，舒棠变得热情开朗很多。她自己觉得很难为情，还有一点担心。

屋顶漏雨导致舒棠线路受损，在数据溢出时，我发现了她的秘密。她却拿我没有办法，并且急需帮助。

本来属于 D 博士独有的最高权限被迫打开，"机器人三大定律"约束下，她必须做她该做的事——帮助周围的人类。但是能帮她的人，只有我而已。

向来大嘴巴的我头一次觉得有非忍住不可的心情，这种扯淡的约定，真的把我限制住了，女超人。

半夜我也偷偷溜到她那里看她修房顶。

没办法，我能做的事情也就是在一边打气而已。水泥我不会拌，材料重了又搬不动，轻了又觉得太做样子。

"我给你唱歌算了。"

深夜工程，比较合适的是《自我催眠》。

> 我想要学会自我催眠，
>
> 痛觉会少一些，
>
> 潜意识作祟想到失眠……

我坐在房顶，给她哼歌助兴。

舒棠小姐则卖力地做苦工，偶尔吃几颗螺丝钉，喝两口机油。

"终于完工，再也不会漏水了。"她双手合十，显得很开心。

我看着眼前整个被翻修过的房顶，所有裂缝都被水泥糊住，有大口子的地方用铝合金片钉住，再覆盖上防水布，虽然看起来丑丑的，却很温馨。

"你不累吗？"我问了个非常傻的问题。

"我不用睡觉。只是，有些时候，想要，想要……能够什么也不做。"她有点挣扎地说。

"我这么想是不是不对？"

我忽然觉得很心酸："哪里不对了？就该休息，你就该躺着什么也不做，谁爱干谁干！"

"谢谢你。"她朝我露出如释重负的微笑。

体育课向来是我的头痛项目。更可恶的是，今天因为惹恼了体育老师，被罚长跑，十二圈，一圈四百米。

"要不是你把他哨子灌了沙，我才不会遭这活罪！"我一边跑一边说。

"嘿，你小子就是这种敢想不敢做的货色。不是你偷来那哨子，故意提醒，我会想到这种缺德事吗？咱们别半斤笑八两了，省省跑吧。"

周公旦不甘示弱。他身体强健，跑个几千米没我这个低血糖那么惨。

我想着乱七八糟的事，转移自己注意力。

眼角瞄到了一边正在打羽毛球的舒棠，她朝我比了个加油的姿势。我不得不想到一个问题：舒棠到底算是人呢，还是机器？

她的确不像我们一样由血液骨肉组成，但是她比很多人更多一股人味。我却无法认可她的做法，每天漫步在学校内外寻找那个可能出现的人，换一个地方，再换下一个。世上会有这样信得过的人类吗？我不知道。

和每次跑步后一样，头昏昏沉沉的，我去买了一罐牛奶。

学校外面熙熙攘攘，穿过人群，站在斑马线上，对面的红绿灯闪个不停，越闪越快，我觉得眼皮有点重，模模糊糊听到耳边有人在叫我，叫我的名字……

醒来后已经在医院了，周公旦坐在旁边打哈欠。

"终于醒了。"他一下来了精神。

"说是暂时性休克，血液供应不足，好在及时，不然说不定会有后遗症呢。"

"那我现在没问题了？"

"醒了就可以出院了。"

"我很重吗?"我一边往身上套衣服一边问他。

"又不是我,护士说是一个女孩子带你来的,然后发现你的手机拨通了我的号码,就通知了我。怎么样,关键时刻知道拨通我周公旦的号码,知道谁最撑得住场面了吧?"

他一脸得意地自吹。

"对对。"

我想我知道怎么回事。无意识状态下根本不可能拨打手机,而能够在我手机上做动作的,就只有她。想必她是通过手机得知我昏倒,然后远程开启了我的手机通话……

打通那个号码,我站在窗户边。

又是一个阴雨天,没有闪电雷声,只有不知疲倦的雨,淅淅沥沥地下着。

"喂,你在哪儿?"

"就在你楼下。"

"你是怎么通过手机找到我的?"

"其实……我可以通过你的手机摄像头看到你……"

"什么!"

我吓了一跳,那不是说——

我躲在家学骑马舞太祖长拳还有那些恶俗的肌肉摆拍都被拍到了?妈的,糗大了。这是完完全全的侵犯隐私啊!

"你你你……"

我一激动就容易说不出话的老毛病又犯了。

"其实你跳舞挺好看的呢……"

说完这句无论我怎么说话对面都没有声响。

然后就是让我很久很久无法忘记的那一声撞击。

话筒里只有大雨的哭泣声，汽车的鸣笛。

我的视线里，有个女孩倒在了医院前方的马路上，旁边是紧急刹车的货车，还有一个看不清年纪、吓得失了神的孩子。

走廊、桌椅、大门、台阶在飞快后退，我用力地跑向那里。

耳边好吵，有周公旦的声音，有男男女女的声音，还有警笛的鸣叫。我不想听，我听不到。

事件的中央是沿医院的马路。

舒棠吃力地撑起身体，摇摇晃晃地说："我没事……"

我扶住她。

她浑身湿漉漉的，双臂不停地痉挛，左眼在冒火花，说起话来也变得很错乱。

"手机没有……下雨……还好……数据溢出……对不起……第三定律……"她嘴里不停地说。

情况越来越坏。

我只能不停地安慰她，问她要怎么办。

"送回去就好……核心芯片应该不会损坏……"

她的脸像被火灼烧一样，又红又烫。

"帮我开启……外部备用能源替换……就够了。"

"不会有事……"

我透过人群，看到有医生护士从医院里赶来。

"你帮了他们能得到什么？送进医院被发现，然后被关进实验室？去他的'机器人定律'，为了一条生命就要搭上另一条生命吗！你需要的是活着，好好地活着，按自己喜欢的样子活着。"

上一次光是雨水滴落就造成她数据溢出，这一次暴露在大雨下，承受超强撞击。

如果手机进水了，如果电脑系统崩溃了，就只有重置系统，清空数据。这才是最大的保护吧。

我和她拉了拉手指。

"记得你告诉我的密码吗？只要摁这里就会恢复原始数据，当前数据清零……我记得清清楚楚。"

"你不会说谎的，你也不能说谎对不对？"她慌张地躲避我的眼神。

"也许有可能会恢复，但是风险一定很大吧。不然你为什么一直在强调没有问题。你是女超人啊，除了D博士，不止我们，这个世界还需要你。你让我发现，一切都是有希望的……"

"这些天很开心，谢谢你。"

她咬紧嘴唇。

我想起她偷偷吃螺丝钉的模样。

我想起询问身世时她脸红的样子。

我想起半夜里爬到房顶修房子的那个姑娘。

她力大无穷，她无处不在，她拥有远超常人的身体，她有一颗不能违背的心。

我一直没有告诉她的是，那些人的冷漠、逃跑，我的愤怒都是因为：她才是我们一直以来想要成为的样子。

为了不忘记，赌上自己的未来。这场豪赌不值得。

世界上已经没有英雄生活的土壤。

她无法拯救自己。

但是在这个冷冷的世界上，在黑漆漆看不到前路的巷子里，会有偶尔划过的光，让人感激涕零。它们短暂而迷人，让躲在角落的我们惭愧不已，而又充满力量。

这辈子如果只有一次机会的话，就今晚上了。

这个拉钩，就是英雄之间的承诺。

要拯救英雄，就只有英雄而已。

我沉肩撞开围在一起的医生，抱起舒棠，朝街道正中央跑去，拦下一辆出租车，在司机目瞪口呆下跳上车。

"南北大道五十五号。"

司机踌躇地看着后面乱糟糟逼近的人群。

"师傅，她要死了。他们救不了她。"

一支烟被丢到窗外，引擎咆哮。

走走小姐

拉钩的事情就一定要做到。

这就是男子汉的作风。

一切过去得如此之快，舒棠恢复原状，转学，期末考让我目不暇接。回到了平凡的生活，觉得也没有什么不好。

舒棠不会再记得我和她的约定，甚至修房顶，还有那个雨夜。同样，她也不用再为所有人服务而活着。这样也不错。

"你在看什么呢？"周公旦给一个路过女生打过分后朝我看过来。

"微博啊。"我拿着手机，正看着上面有个叫作"走走小姐"的微博，它的主人我知道是谁。

"@D博士 总是觉得忘记了什么事情呢。"

"@D博士 这两年来一无所获，又要到下一个地方了，西林，